マリナが軽く手を打って、にこりと笑うと他の二人も頷いた。

「すごいよ！　ユーク！
こんな戦い方があるなんて知らなかった！」
マリナ
魔剣士の少女。バスタードソードを装備し、
クローバーの前衛をつとめる。
明るく快活な性格。
「本日をもって、
俺はこのパーティを抜けさせてもらう」
ユーク・フェルディオ
赤魔道士。Aランクパーティ「サンダーパイク」に所属していたが、喧嘩別れの形で離脱。元教え子のマリナたちの駆け出しパーティ「クローバー」に加入する。補助系の魔法を駆使して、彼女たちをサポートする。
「いろいろと
教えてくださいね、先生」
シルク
レンジャーのダークエルフ。弓と精霊を扱い戦う。真面目で冷静な性格。

バリー
ジェミー
「ユーク、『サンダーパイク』に戻ってこないか？」
カミラ
サイモン
サンダーパイク
ユークが所属していたAランクパーティ。彼のサポートがなくなってからは、依頼も失敗続き。
「ボクは、ユークと、一緒がいい」
「絶対にお役に立つので雇ってほしいっす！」
ネネ
猫人族《フェルシー》の少女。『忍者』の職能《ジョブ》を生かし、クローバーに斥候役として途中加入する。
レイン
僧侶兼魔術師。ぼんやりしており不思議な雰囲気の少女。ユークに恋心を抱いているようで——？

詠唱と共に魔力を練り、
魔法式を緻密に織っていく。
「――〈歪光彩の矢《プリズミック・ミサイル》〉」

Aランクパーティを離脱した俺は、
元教え子たちと迷宮深部を目指す。
右薙光介
Illust
すーぱーぞんび

CONTENTS

A rank party wo ridatsushita orewa moto oshiego tachito meikyu shinbu wo mezasu

プロローグ　P7

第一章　心機一転と新たな仲間　P10

閑　話　サイモンの誤算と勘違い　P55

第二章　危険な魔獣と新魔法　P61

閑　話　サイモンの思い上がりと上から目線　P105

第三章　指名依頼と小さな異変　P110

閑　話　依頼失敗とサイモンの拙い企み　P163

第四章　夢のマイホームと国選依頼　P170

閑　話　聴聞されるサイモンとずれゆく思考　P242

第五章　青白き不死者王と迷宮の異変　P248

閑　話　ジェミーの諦観と浅ましい希望　P289

第六章　再会と再会　P294

エピローグ　P354

イラスト / すーぱーぞんび

デザイン / 百足屋ユウコ + モンマ蚕（ムシカゴグラフィクス）

プロローグ

「本日をもって、俺はこのパーティを抜けさせてもらう」

俺の言葉に、浮かれたざわつきが消えた。

高難易度依頼の達成を祝う席で言うべきではなかったかもしれない。

だが、もう我慢ならなかったのも確かだった。

「……一応、理由を聞こうか？　ユーク」

「報酬の分配に関して不満がある。これについては何度も話しただろ？」

パーティリーダーである『騎士』サイモンに、今日の報酬が入った袋を取り出して見せる。

つい先ほど、今回の依頼の報酬として渡されたものだ。

「少なすぎる。これじゃあ赤字だ」

「僕たち冒険者はパーティを組んでいても、それぞれ個人だ。活躍に応じて報酬が増減するのは当たり前だろう？」

「そうだぞ、ユーク。お前、全然戦闘もしないし、ちょこちょこアイテムを使うだけじゃないか。むしろ報酬があるだけありがたいと思えねぇのか？」

サイモンに同意するのは、『戦士』バリーだ。

分配された報酬はおそらくサイモンに次いで二番目に多いはず。

「〝配信〟の準備くらいじゃない？　役立ってるのって。それだって別に誰でもできることだけどねーきゃははは」

酔っぱらってそう笑うのは『魔法使い』のジェミー。

「正当な報酬を得るには、正当な働きをしなくてはなりませんよ、ユーク。もっと努力してパーティに貢献すればよいのです」

カミラ……まるで正論のように言ってるがな、俺のサポートを一番受けているのは『僧侶』の君だと思うぞ。

「抜けてどうするんだ？　ウチでダメなら他でなんてやっていけないよ？　ユーク。今だって幼馴《おさな》染《じみ》のよしみで『サンダーパイク《ウチ》』に置いてあげてるだけなのに」

心底同情した目で俺を見るサイモン。

意識的なのか無意識なのか、相変わらずの上から目線。

「つまり、俺がいなくても困らないんだろ？」

「ま、別に困らないけどさ……」

若干の歯切れの悪さ。雑用を押し付ける相手がいなくなって困る、程度の認識なのだろう。

「なら、ここで俺は抜けさせてもらう。これまで世話になった」

「泣いて戻っても、もうお前の席はねぇからなー！　ぎゃははは」

「ばいばーい！　もう帰ってこないでねー！　きゃははは」

バリーとジェミーが嗤《わら》う声を背後に受けながら、席を立つ。

「おいおい、今なら冗談で済ませてやってもいいんだぞ？」

半笑いでそう告げるサイモンに、俺は中指を立てて応える。

「やってられるか！」

こうして俺は、あっさりと五年間を共にしたパーティを抜けた。

第一章　心機一転と新たな仲間

――翌日。

普段通りの時間に起床した俺は、仲間と仕事を探して冒険者ギルドへと向かった。

一階にある酒場兼食堂の大型魔導《まどう》スクリーンには、現在配信中のパーティによるダンジョンアタックが映し出されている。昨日は俺もあれに映っていた。端の方だけど。

冒険者の発信する〝冒険配信〟は、今や世界の一大コンテンツだ。

ダンジョンアタックの生配信を見るもよし、映像編集された攻略解説配信を見るもよし、それこそ料理や薬品合成の配信をしている者もいる。

数年前にそれを可能とする魔法道具《アーティファクト》が開発され、急速に普及してから、冒険者たちはこぞって配信を行った。

何故《なぜ》か？

いい配信は、いいアピールになるからだ。

有能なパーティには依頼が殺到するし、上手《うま》くすれば王侯貴族からの個人的なスカウトもありえる。

それに、商店やメーカーも自社の商品を売れっ子の冒険者に使用してもらうことで、容易に宣伝することができるようになった。

今では、スポンサーとして特定のパーティに補助を行うことは、ちょっとした箔《はく》にすらなっているくらいだ。

そのため、トップランクのパーティは配信用の専用人員を雇ったりすることもあると聞く。

……『サンダーパイク』でその役回りをやらされていたのは俺だったけど。

「あら、ユークさん。こんにちは。今日はどうなさいましたか？」

カウンターに近づくと、受付嬢のママルさんが微笑《ほほえ》んで迎えてくれた。

「仕事探しと求人登録に」

「求人登録？　『サンダーパイク』に登録されていたはずでは？」

「昨日付であそこからは離脱しましたので……」

「あら、まあ」

ママルさんが口元を押さえて苦笑する。

「いろいろありますからね。では、こちらの用紙に記入をお願いしますね」

差し出された用紙の必要事項にペンを走らせる。

名前：ユーク・フェルディオ
年齢：20歳
性別：男
職能：赤魔道士／錬金術師
冒険者信用度《スコア》：Bランク

特技および特記：
強化《バフ》、弱体《デバフ》、アイテム使用によるサポート。
中衛可。〝冒険配信〟の撮影・編集可。ランク差による参加制限なし。

「……っと。こんなもんかな」

「相変わらずきれいな字ですねぇ」

「錬金術を使う時は文字の正確さも必要なので」

「さすがです。では、これを求人掲示板に出して――「あー！　先生だ！」

ママルさんの言葉が終わる前に、何者かがカウンター前に駆け込んできた。

「こんにちは！　フェルディオ先生！　何してるの？」

「ん？　おお、マリナじゃないか」

「はい、マリナです！」

快活な笑顔で笑う赤髪の少女。

半年ほど前に俺が個人的に受けた冒険者ギルドからの特殊依頼……新人に冒険者のイロハを教える、『冒険者予備研修』で担当を受け持った新人冒険者の一人だ。

確か、パーティは少女ばっかりの三人組で、筋はなかなか良かったように記憶している。

「なんだ、少し背が伸びたか？　怪我《けが》はしてないか？」

「大丈夫！　シルクもレインも元気だよ！」

「そりゃよかった」

冒険者の離職率は高い。

危険な仕事であるが故に、気を抜けばあっという間に職を失うことになるのだ……時に、命ごと。

「それで、なにしてるの？」

「パーティ探しだ」

書いた求人票をひらひらさせて苦笑する。

望んで離脱したが、あまり元教え子に見せたくない姿だな、これは。

「え……じゃあ、ユーク先生って、今フリーなの？」

「ああ」

俺から求人票をひったくって、マリナが俺を見る。

「じゃあ、うちのパーティとかどうかな？」

「え？」


マリナの突拍子もない提案があってから、一時間後。

俺はギルド直営の酒場の一角で、新規パーティ加入面接を受けていた。

面接官は、元教え子だ。


はしゃぐ『魔剣士』のマリナ。

ダークエルフで冷静な『レンジャー／精霊使い』のシルク。

少し不思議な雰囲気の『僧侶／魔術師』のレイン。

三人とも『冒険者予備研修』の時のままだ。

「ええと、フェルディオ先生？　パーティに参加希望……ということでいいんでしょうか？」

さらさらとしたストレートの銀髪を軽くかき上げながら、シルクが俺に問う。

「そうなる、かな」

シルクの何とも言えない表情に、思わず苦笑してしまう。

実際のところ、一度は断ったのだが……マリナの強引さに折れたのだ。

そこで、他の二人の了承が得られたらと条件を付けたら、このような状況になった。

「ね、フェルディオ先生ならいいでしょ？」

「ボクは、いいと、思う」

レインが小さくうなずく。

「わたくしも反対はしませんけど……フェルディオ先生、大丈夫ですか？　わたくしたちは、冒険者信用度《スコア》も低い駆け出しのDランクパーティです。Bランクの冒険者としては益が少ないのではないですか？」

「それについては、問題ない。それに、むしろその方が向いてるかもしれないしな」

所属していた『サンダーパイク』はAランクが三人もいる、迷宮攻略のトップを走るパーティだった。

挑戦する依頼《クエスト》や迷宮《ダンジョン》もハイレベルで、当然、その分だけサポート役の俺の負担は増えることになる。

大量の薬品、魔法の巻物《スクロール》各種、魔法道具《アーティファクト》がどんどん消費され、その経費は俺の財布から失われていく。

俺が離脱を決めた昨日のクエストなど、完全に赤字だった。

だが、低ランクの依頼《クエスト》や迷宮《ダンジョン》なら、それらの消費は相対的に減る。

そうなれば、消費と報酬のバランスはおのずと取れてくるはずだ。

俺のような金を食うタイプの冒険者は、低ランクの依頼を着実にこなす方が身の丈に合ってるような気がする。

「じゃ、いいよね！　決定！」

マリナが軽く手を打って、にこりと笑うと他の二人もうなずいた。

どうやら俺は、お眼鏡に適《かな》ったらしい。

「よろしく頼むよ。よかったら気軽にユークと呼んでくれ」

俺の言葉に、三人がうなずく。

「よろしくね、ユーク！」

「よろしくお願いいたします」

「よろしく、です」

この初々しい感じは、長らく感じなかったな。

冒険者になって以来、ずっと『サンダーパイク』にいた俺には、こういった挨拶をする機会があまりなかったから。

「では、今日はどうしましょうか」

「何か予定があったのか？」

「『ペインタル廃坑跡迷宮』へ魔鉄鉱を取りに行く依頼《クエスト》を受けているんです。まだ猶予はありますが、依頼主がお急ぎのようなので」

『ペインタル廃坑跡迷宮』は低ランクの小迷宮《レッサーダンジョン》だ。

廃棄された坑道がダンジョンに変化したもので、危険はそう多くない。

階層も地下十階までしかないし、彼女たちが潜るにはちょうどいいだろう。

……俺の初仕事としても。

「なら、俺の初陣といこう。サポーターとして、今の三人の連携も見ておきたいし」

「いいんですか？」

「いいとも。しっかりと働かせてもらうよ」

冒険道具は全て持ってきているし、問題はない。

「じゃ、行こう！　フェルディオ先——……ユーク！」

「ああ。今の時間ならテネット村行きの乗合馬車があるはずだ。あれに乗っていこう」

俺の言葉に、三人がぽかんとした顔をする。

「どうした？」

「……？　乗合馬車の時間、全部把握してるんですか？」

「当たり前だろ？」

サポーターの業務は多岐にわたる。

現地入りの時間調整のために、移動手段などについての知識は必須だ。

「さっすが！　さあ、そうと決まればレッツゴー！」

◇

馬車に揺られること一時間。

途中下車してしばらく歩いた場所に、『ペインタル廃坑跡迷宮』の入り口はある。

冒険都市フィニスからほど近く、まだ枯れていない小迷宮《レッサーダンジョン》として、いまだに駆け出し冒険者の仕事場所となっているのが、ここだ。

「魔鉄鉱ってことは、目標は六階層か？」

「いいえ、四階層か五階層での取得を目指します。まだ、五階のフロアボスを倒せていないので……」

少し言いにくそうにシルクが告げる。

「了解した。なら、まずは四階層だな」

魔鉄鉱は鉱山系迷宮で産出される魔力を帯びた鉄だ。いろいろな合金の素材となり、魔力を通しやすいので付与《エンチャント》を刻みたい職人には必須といえるが、これは迷宮でしか採れない。

そのため品切れになりやすく、急ぐ職人などはこうして冒険者に採掘依頼を出したりするのだ。

ここ『ペインタル廃坑跡迷宮』の魔鉄鉱の採掘ポイントは六階層に多く存在する。

浅い層でもあるにはあるが、なかなか出会えないことが多い。

しかし、五階層には下層への侵入を阻むフロアボスが存在し、これが冒険者の足を止めする。マリナ達《たち》のような駆け出し三人では、確かに少し危険かもしれない。

「さぁ、行こう～！」

マリナが先頭になって、ダンジョンに入っていく。

その手には、折り畳み式の10フィート棒。よしよし、教えたことを良く守っているようだ。

先行警戒や罠《わな》発見をする盗賊《シーフ》や斥候《スカウト》がいない場合、一番丈夫な『魔剣士』であるマリナが床を叩《たた》きながら進むのが一番リスクが少ない。罠の多くは地面に設置されているものだからな。

……だが、俺がいるなら話は少し変わってくる。

「マリナ、先頭を代わろう。俺がやる」

「へ？　ユークは赤魔道士でしょ？」

「そうとも。何でもできる器用貧乏なんだよ、俺は」

そう自嘲しながら、鞄《かばん》からカンテラを一つ取り出して火をともす。

深い青の炎がゆっくりと揺らめいて、薄暗い坑道を照らした。

「なにそれ？　きれい……！」

レインがカンテラを興味深げに覗《のぞ》き込《こ》む。

「【看破のカンテラ】って魔法道具《アーティファクト》だ。これで罠を見破る」

特別な油を燃やすカンテラで、これがあれば、素人の俺でも熟練の盗賊《シーフ》のように罠を見つけることができる。

油自体は俺が錬金術で作るので、それほどの出費でもない。

「マリナは殿《しんがり》について、背後からの奇襲に備えてくれ」

「うん！　わかった！」

相変わらずの素直さ。ちょっと心配になるくらいだ。

「それじゃあ、進もうか。三階までは最短距離で行こう。四階からは魔鉄鉱を探さないとだしな」

三人の歩幅に合わせて、ゆっくりと坑道を進む。

すでに地図は頭の中に入っているので迷うことはない。

『サンダーパイク』が初めて潜ったダンジョンもここだった。

まったく変わっていないな。ここは。

「……おっと、戦闘準備だ。20ヤード先の小部屋に何かいるぞ」

ノスタルジーに浸っていると、前方の小部屋で何かが動いた。

俺の言葉で、各々が得物を構える。

「ボルグルだ……！」

背丈は俺の腰ほど。

毛むくじゃらでどこか猿に似た人型の魔物が三体、小部屋にたむろしていた。

すでにこちらの灯《あか》りに気が付いていて、向こうも臨戦態勢をとっている。

「先制しますッ」

シルクの放った矢が、鋭い風切り音を立てて坑道内を飛ぶ。

それは狙いたがわずボルグルの胸に深々と刺さって、そいつはどさりと床に倒れ伏した。

相変わらずいい腕をしている。

「ぎゃっぎゃ！」

仲間の死に激昂《げきこう》したのか、奇妙な叫び声をあげてボルグルがこちらに駆けだす。

……が、控えていたマリナも飛び出していた。

マリナが振るうのは、やや短めのバスタードソード。リーチと攻撃力、取り回しの具合を少し小柄な彼女なりに上手く調整してあるようだ。

さて、俺も仕事をしよう。

まず、マリナに向けて三種類の〈身体強化《フィジカルエンチャント》〉の魔法を放ち、そのまま指をひるがえして二体のボルグルに転倒《スネア》の魔法をかけた。

足元を滑らせて隙を作るだけの単純な魔法だが、近接戦闘中にこれをもらえば致命的なことになる。

そう、今しがたマリナに斬り捨てられたボルグルのように。

「お見事」

「ううん、今の、ユークの魔法だよね？　すっごいラクチンだった！」

「そりゃ結構。しかし、強くなったな。驚いたよ」

ボルグルはどこにでもいる下位の魔物《モンスター》ではある。

だが、飛び出しのタイミングや体捌《さば》き、後衛に危険が及ばないようにするための位置取り……どれをとっても、かなり良かった。

仮加入《スポット》参加するならCランクのパーティでも戦えそうなくらいだ。

「えへへ、ありがと。でも、先生の言う通りに訓練しただけだよ！」

「先生はよせって。さぁ、魔石を回収して進むぞ」

死体となったボルグルの胸にナイフを入れて、手際よく魔石を回収する。

魔物が体内に持つ魔石は、各種魔法道具《アーティファクト》の稼働媒体や素材になったりするので、冒険者ギルドをはじめとして買い取ってくれる場所は多い。

冒険者の収入源の一つだ。

「手際、いい」

魔石の回収をまじまじと見ていたレインが、そうポツリともらす。

「慣れてるからな」

「ボクたちじゃ、こうはいかない、かな」

「そうなのか？　ま、今後は俺が中心でやるよ。興味があるなら余裕がある時に一緒に練習してみよう」

「うん。お願い、します」

ボルグルの魔石を回収した後、再び先頭に立った俺は注意深く坑道を進んでいく。

迷宮化《ダンジョン》している以上、罠の類いが発生していてもおかしくないし、魔物だっていくらでも湧き出てくるはずだが……日頃の行いがいいからだろうか、俺達は特に問題なく二階層に進む階段へたどり着くことができた。

「ダンジョンアタックのルーティンはどうなってる？　階段ごとに休憩か？」

「うん。損耗報告も一緒にしてる」

なるほど。俺が教えた通り、基本に忠実にやっているようだ。

しばし、壁に背を預けて一息つく。

「武器、防具ともに破損なし。体力も十分だよ！」

「使用した矢は回収済み。損耗なしです」

「ボクも、損耗なし、です」

「俺も損耗ほぼなし。魔力も十分だ」

定期的な損耗チェックは迷宮攻略《ダンジョンアタック》における重要なルーティンだ。

するパーティとしないパーティでは、不測の事態に陥るリスクがまるで違う。

ちなみに『サンダーパイク』ではほとんどしなかった。

俺が尋ねるまで申告がないなんてザラだ。


「さ、それじゃあ行くか」


しばしの休憩を挟んだのち、俺は再び【看破のカンテラ】をかざしながら、階段を下りていく。

普通、ダンジョンというのは潜れば潜るほど魔物《モンスター》が強くなるもので、『ペインタル廃坑跡迷宮』でもそれにもれず、地下二階になれば徘徊《はいかい》する魔物も少し強力になる。

そう、階段を下りた瞬間……出会いがしらに襲ってきたコイツらのように、だ。

「死鉱夫《デッドマイナー》だ！　多いぞ！」

つるはしやスコップを持った死人たちが十数体、階段を下りたばかりの俺達を取り囲んでいた。

死鉱夫《デッドマイナー》はアンデッドタイプの魔物《モンスター》で、それ故に普通の痛みに怯《ひる》まず、総じて頑丈だ。

「レイン！」

シルクが呼びかけると、すでにレインは祝詞を上げ始めていた。

錫杖《しゃくじょう》を何度か地面で打ち鳴らしつつ、朗々と祈りの言葉を紡ぎ始める。

「マリナ、先生、カバーを！」

自らも細剣を抜き放って、シルクが叫ぶ。

「オーケー！」

「まかせてくれ。〈身体強化《フィジカルエンチャント》〉、〈防壁《プロテクション》〉、〈小祝福《リトルブレス》〉！」

範囲化した強化魔法をばら撒《ま》く。

これくらいしておけば、多少の攻撃では致命傷とはなるまい。

次に、腰のポーションホルダーから聖水を抜き出して、レインの周囲に大雑把に撒き散らしておく。低位のアンデッドなら、これだけで足止めが可能だ。

「とああ！」

にじり寄る死鉱夫《デッドマイナー》を、マリナが力任せに吹き飛ばす。

〈身体強化《フィジカルエンチャント》〉で強化されているとはいえ、なかなか堂に入《い》った戦い方だ。

さて、俺も中衛として働かねばな。

腰の小剣《ショートソード》を抜いて手近な一体に踏み込み、二度三度と斬りつけて、死鉱夫《デッドマイナー》を怯ませる。

真銀《ミスリル》で作られた小剣《ショートソード》は、アンデッドの身には痛かろう。

そうこうするうちに、レインの祈りが完成した。

「シャンッ」と錫杖の音が響くと同時に、柔らかな光が広がって死鉱夫《デッドマイナー》を消し飛ばしていく。

光が収まった頃には、もう動く死鉱夫《デッドマイナー》は全て灰となっていた。

「さっすがレイン！」

「時間、かせいで、もらったから」

普段は控えめなレインだが、あの規模の〈死者浄化《ターンアンデッド》〉はなかなか使えるものではない。『僧侶』の腕としてはBランクはありそうだ。

軽く指を振って、レインに〈魔力継続回復《リフレッシュ・マナ》〉をかけ、再度先頭に立つ。

こういう出会いがしらの遭遇戦は斥候がいれば減るんだが……。

「……？　ね、ユーク。いま、何かした？」

「ああ、〈魔力継続回復《リフレッシュ・マナ》〉を使ったが？　〈死者浄化《ターンアンデッド》〉はそれなりに消耗するだろ？」

俺の返事に、レインがぽかんとした顔をした。

「ユーク、〈魔力継続回復《リフレッシュ・マナ》〉が使えるの？」

「ん？　ああ。赤魔道士だからな」

〈魔力継続回復《リフレッシュ・マナ》〉は赤魔道士だけが使える強化魔法の一つだ。いや、正確には補助回復魔法といった方がいいか。

この魔法は、周囲の環境魔力《マナ》を取り込んで徐々に回復させるという効果がある。

魔力というのは、本来しっかりとした休息を取らないと回復しにくいものだが、この魔法を使えばたとえ戦闘中であっても回復させることができる。

即効性はないが、魔法を使う者の継戦能力を飛躍的に向上させる便利な魔法だ。

「なになに？　すごい魔法なの？」

マリナのはしゃいだ声にレインが小さくうなずく。

「すごく、珍しい魔法。使えるだけで、Aランクパーティに入れるくらい」

「それは言いすぎだろう」

レインの言葉に軽く笑う。これが使えるからと言って、パーティに入れるほどAランクは甘くない。

「赤魔道士は不遇職だからな。いろいろと小細工を身に着けてるのさ」

〈魔力継続回復《リフレッシュ・マナ》〉の修得はなかなか難しかったが、俺には才能があったらしい。魔法書の入手もなかなか困難で、手に入れるのに些《いささ》か苦労した。

まあ、『サンダーパイク』の面々は俺がどんな強化補助をしようと、鈍感というか無関心だったが。

「さて。俺の事は置いといて、先に行こう」

「はーい！」

一階層よりも警戒しながら二階層を進む。

あの規模の群れに何度も出くわしていては、レインの負担が大きすぎるからな。

「何をしているんですか？」

時々立ち止まって足元に聖水を撒く俺に、シルクが興味深げな視線を寄越す。

「アンデッドの足止めに聖水を撒いてるんだ。追撃や挟み撃ちをこれで簡単に防げるからな」

「そんな方法が……」

「ま、普通にやると金がかかるからあんまりおすすめしない。これは俺の自作だから気にしないでいい」

「自作⁉　聖職者でもないのに……？」

「あんまり褒められたことじゃないけどな」

シルクは驚いているが、聖水というのは錬金術で作成するれっきとした魔法薬《ポーション》の一種だ。

教会では『光の水晶』という素材を使って作成しているようだが、実はアンデッドを〈死者浄化《ターンアンデッド》〉した後に残る『浄化の灰』でも作ることができる。

裏レシピってやつだ。

さっきの死鉱夫《デッドマイナー》の灰もちゃんと回収してあるので、聖水を撒きながら進んでも、赤字にはならない。

「……やっぱり、ハイランクの冒険者は経験が違いますね」

「そりゃ、五年もやってるといろいろな。なに、俺から学べるところは学んでくれたらいい」

「ユーク、その言い方は何かやだ」

後ろを歩くマリナが、むっとした様子で口をとがらせる。

「ん？」

「今の言い方だと、いなくなっちゃうみたいじゃない。ダメだよ！」

「ん？　そう、か？　そう聞こえたならすまなかったな……」

どうやら俺も『先生』気分が抜けていないようだ。

「わかればよし！」

「でも、いろいろと教えてくださいね、先生」

冗談めかしたシルクのフォローに苦笑しつつ、ダンジョンを着々と進んでいく。

三階層でも魔物《モンスター》と遭遇したものの、難なく切り抜けて、俺達は第四階層へと足を進めた。

◇

「休憩がてら飯にしようか」

予定では、この先は魔鉄鉱の採掘ポイントを探して動くことになる。

ここらで腹ごしらえをしておく必要があるだろう。

「ダンジョンでのご飯って、なんだか気が滅入《めい》るよねぇ……」

「しかた、ない」

鞄から干し肉と乾パンを取り出したマリナとレインが小さくため息をついている。

まあ、一般的な冒険者の食事事情というのはおよそこういうものだが、薄暗い場所で熱のない食事をすればそうもなるだろう。

だが、今回は俺がいるのを忘れているな？

「まあ、待て。今回は俺が用意する」

腰の魔法の鞄《マジックバッグ》から、フライパン、それに小型コンロを取り出して、同じく鞄から引っ張り出した簡易テーブルの上に並べていく。

「わ、わっ……魔法の鞄《マジックバッグ》だ……！」

「ん？　見るのは初めてか？」

目を輝かせるレインが何度もうなずいて俺と鞄を交互に見る。

「まあ、安い物じゃないからな」

「いつか、ほしい」

「冒険を続けていれば手に入る機会もあるさ」

魔法の鞄《マジックバッグ》は魔法道具《アーティファクト》の中ではそれなりにポピュラーなものだ。

駆け出しには手を出しにくい値段ではあるが、魔法道具《アーティファクト》ショップに行けば普通に置いてあるし、ダンジョンで見つかることもある。

俺のような道具類に頼ったサポートをする人間にとっては必須とも言える品だ。

「さてと。メシの準備だ」

魔石で稼働する魔法道具《アーティファクト》のコンロに火をつけて、フライパンを熱しながら、バゲット、卵、ソーセージ、チーズ……それともう一つ鍋を取り出す。

こっちの鍋は、少しばかり特別だ。

小さめの寸胴……といった形状のその鍋を床に置き、お玉でコンコンと二回ほど叩くと、みるみるうちに鍋に湯気立つスープが満たされた。

ふむ、今回は魚介のスープか。

「なにこれ？　なにこれ⁉　すごいすごい！」

様子を見ていたレインが目を輝かせて鍋を見ている。

以前も感じていたが、どうやらレインという女の子は魔法道具《アーティファクト》フリークであるらしい。

自分で魔法が使えるというのに、こうも魔法道具《アーティファクト》に惹《ひ》かれるというのは、ドワーフの血でも入ってるんじゃないだろうか。

「これは『オーリアス王城跡』ダンジョンで拾った【常備鍋《スープストック》】って魔法の鍋だ。修復には随分金がかかったが、なかなか面白いだろ?」

「とても、興味深い……」

【常備鍋《スープストック》】に魅入られるレインを傍目《はため》に、温まったフライパンにソーセージと卵を投入する。

じゅわじゅわと脂の爆《は》ぜる音と、空腹を誘う匂いがあたりに立ち込めた。

「……」

「どうした? マリナ?」

「信じられない。ダンジョンの中でまともなご飯が食べられるなんて……夢かな?」

「そんな大層なもんじゃないだろ。ほら、食え食え」

そう言って皿を手渡すと、マリナは本当に幸せそうにそれを食べ始めた。

大した料理ではないが、喜んでもらえるとこっちも作った甲斐《かい》があるってもんだ。

「……?」

渡された皿を、シルクが興味深げに見ている。

「あの、先生。ごはんが……何か魔力を纏《まと》ってる、気がするんですけど」

「まあな」

そうか、シルクはダークエルフだし、魔力に敏感なのかもしれない。

むしろ体にはいいので、安心して食べてほしい。

「どうして、目玉焼きとソーセージに魔力が？」

「料理だって、広義で言うところの錬金術みたいなもんだろ？」

「……違いますよ？」

「前に試してみたら、ちょっとした訓練で魔力が乗せられるようになったんだ」

「だから、何故魔力を……？」

「そりゃ、ここからは採掘もあるからな。疲れないように身体能力がアップするように愛情を込めておいたぞ」

「料理は、愛情……？　愛情は魔力《マナ》だった……？」

頭を抱えるシルク。

そこまで難しい話はしていないはずなんだが。

考え込むシルクの背中を、レインがさする。

「シルク、考えちゃダメ。フィーリングで、いこ？」

魔法使いがそれを言うのはどうなんだ……と思いながらも、俺は焼き立てのソーセージにかじりついた。

◇

地下四階層に下りてしばらく。

俺達は運よく、採掘ポイントを見つけることができた——そして、ただいま絶賛戦闘中である。

「なかなかの大物だ。これは魔鉄鉱がたくさん採れそうだぞ」

〈鈍遅《スロウ》〉の魔法をかけながら、暴れる『採掘ポイント』から距離を取る。

「行くよ！」

その俺の隣を、剣を構えたマリナが疾駆していく。

その手に持つ剣は黒々とした魔力を刃《やいば》に纏っていて、ひりつくような気配を放っていた。

「てぇぇッ！」

勢いを乗せたままコンパクトに行われた振り下ろしが、『採掘ポイント』の頭部を見事に捉えてサックリと斬り落とす。

マリナの職能《ジョブ》である『魔剣士』はかなり珍しい職能《ジョブ》で、その適合者は一万人に一人とも言われている。

能力は、見ての通り……武器の〝魔剣化〟だ。

ありとあらゆる武器を禍々《まがまが》しい破壊の魔力で包んで、その攻撃力を大幅に上昇させることができる。

熟練の魔剣士が振るう剣は、ミスリル製の鎧《よろい》でもバターのように切り裂くと言われているくらいだ。

「はぁ……はぁ……」

その代わり、〝魔剣化〟はかなり消耗が大きいというデメリットがあるのだが。

「大丈夫か？」

「うん！　でも、やっぱり十秒くらいが限界だなぁ……」

「能力を使いこなしていけば、そのうち慣れるさ」

指を振って〈魔力継続回復《リフレッシュ・マナ》〉をマリナに付与しておく。

「じゃ、掘ってくるから。三人は休んでてくれ」

「はーい」

動かなくなった『採掘ポイント』――岩蜥蜴《ロックリザード》の背に、つるはしを振り下ろすと、結晶化して半ばインゴットのようになった魔鉄鉱がポロリと背から落ちた。

この岩蜥蜴《ロックリザード》という生き物は、坑道内を動き回って石を食って生活している。

ただ、こいつが食うのは石であって金属ではない。それらを雑多に口にした結果、不純物となった金属が背中から結晶化して生えてくるという、面白生物なのだ。

岩蜥蜴《ロックリザード》の背中につるはしを振り下ろし、黙々と魔鉄鉱を引きはがしていく。

中には、普通の鉄鉱や銅もあるが、これはこれで使い道があるのでお構いなしだ。

「ふう、こんなもんか」

「すみません、お手伝いしなくて……」

「いいよいいよ。それより、聞いてなかったんだけど、必要納品数はどのくらいなんだ？」

それなりにでかい個体だったので、そこそこの数は採掘できたが、これで足りるとは思えない。

「標準インゴットで二十個とのことなので……あと、もう少しですね」

「なら、もう一匹か……一階層下りるとしよう。岩蜥蜴《ロックリザード》は縄張り意識の強い生き物だ。このあたりにはもう居ないかもしれない」

生息域的に、四階層はおそらくこの一匹だけだろう。六階層ならもう少し多いんだがな。

「そうですね。マリナとレインもそれでいいかしら？」

「おっけー！」

「わかった」

座り込んでいたマリナがすっくと立ち上がる。

「マリナ、いけるか？」

「うん！　〈魔力継続回復《リフレッシュ・マナ》〉ってすごいんだね。だるさが全然違うよ」

「そうか？　なら、これから〝魔剣〟を使う時はかけるようにするよ」

「ホントに？　ありがとう、ユーク！」

にぱっと花が咲いたように快活な笑みを浮かべるマリナ。

こういう明るいのが一人いるだけで、パーティの雰囲気は全然違う。

「それじゃあ、サクッと下にいこうか」

そのまま下りの階段へと向かった俺達は、階段エリアで再度の休憩を挟んだのち、問題の五階層へと向かった。

入り組んだ坑道を注意深く探索し、目的の岩蜥蜴《ロックリザード》を探す。

が、しかし……その姿はどこにも見当たらなかった。

「いないね？」

「ああ、誰かが討伐しちまったのかもな」

依頼が出てるという事は、供給が足りていないということだ。

他の依頼者が他の冒険者に他の依頼を出していてもおかしくはない。

岩蜥蜴《ロックリザード》自体は、迷宮の魔力で生み出される魔物《モンスター》なので、日を置けば再び姿を現すだろうが……

せっかくなら、今日のうちにやってしまいたい。

そして、そう思っているのは、俺だけではないようだ。

「もう少し探してみましょう」

「うん。どこかに、いるかも」

地図を広げて、まだ探索していない場所を探すシルクとレイン。

その間、マリナは周囲を警戒して安全を確保している。

なかなか連携の取れた、いいパーティだ。

うん。これなら、いけるんじゃないか？

「提案なんだが……フロアボスを突破して第六階層に行くってのはどうだ？」

俺の提案に、マリナ達が驚いた顔をする。

「でも、先生に手伝っていただいての突破では……」

「今の俺はパーティメンバーなんだから、そこは気軽に頼ってくれ」

俺の苦笑にシルクがハッとした顔をする。

やっぱり、まだ俺が『先生』だった頃の感覚が抜けていないみたいだな。

「それに、俺という新参者のプレゼンもさせてもらわないとな」

「プレゼン？」

「ああ。フロアボスでは全力でやらせてもらう。俺がパーティの役に立てることを、君たちにアピールしないとな」

途端に、三人が小さく笑う。

「先生のすごさはもう十分伝わってますよ」

「そうそう、びっくりしてるよ！」

おっと。まだまだ、いろいろとできることはあるんだが。

まあ、それを把握してもらうためにも少し俺の見せ場が必要だろう。

「でも……そういうなら先生の提案に乗ってみましょう。わたくしも、先生の全力が見てみたいですし」

「まかせてくれ。それなりに強めの先輩風を吹かせてみるさ」

自信満々に笑った俺は、三人を連れて第五階層の最奥に向かって歩いていく。

『ペインタル廃坑跡迷宮』第五階層のフロアボスは、『鋼鉄蟹《スチールクラブ》』と呼ばれる小型の馬車ほどもある巨大な蟹だ。

その名の通り、鋼鉄製の甲羅を持つ難敵で、仕留めるには魔法の力が必須と言われている。

戦闘経験に乏しい駆け出しの冒険者にとっては、かなり危険な相手だ。

「さて、まずは俺一人で行く」

坑道を進み、フロアボスの待ち受ける扉の前に到着したところで、俺は三人にそう告げる。

「え、大丈夫なの？　ユーク」

マリナが心配げな声を上げるが、俺はそれにうなずいて応える。

「先輩冒険者として、そして新参者として少しばかり格好をつけさせてもらおうと思ってな」

魔法の鞄《マジックバッグ》から〝冒険配信〟用の機材を取り出して、空に浮かべる。

浮遊型自動撮影魔法道具《アーティファクト》、『ゴプロ君』だ。

「〝配信〟する、の？」

「いや、記録用だよ。あとで戦闘状況のチェックを行ったりするのに、フロアボスとの戦闘は全部記録してるんだ」

ふわふわと浮く『ゴプロ君』を、レインが興味深げに見ている。

本当に魔法道具《アーティファクト》が好きなんだな。

「ね、ユーク。〝生配信〟しちゃおうよ！」

同じく興味深げに『ゴプロ君』を見ていたマリナが、目を輝かせて俺を見る。

「ん？　別にいいけど……。何でだ？」

「面白そうだから！」

正直でよろしい。

「じゃあ、パーティの配信として登録するか……。あれ、そういえば『パーティ』の名前を聞いてなかったな」

「恥ずかしながら、まだないんです……。正式なパーティ登録もまだしてなくて」

シルクが小さくなって答える。何も落ち込まなくたっていいじゃないか。

そういうパーティだって結構あるのだから。

「じゃ、今決めちゃお！」

「何か案があるのか？」

言い出しっぺのはずのマリナが、少しもじりとする。

もしかして何も考えてなかったとかか……？

そう考えていたら、小さな声で提案があった。

「――……『クローバー』。えっと、ユークが幸運の四枚目！」

「あら、マリナにしてはステキね」

「うん。いい、おもう」

どうにも背中がむず痒《がゆ》くなる理由だが、三人が気に入っているならいいだろう。

「よし、帰ったらギルドにパーティを登録しに行こう。んでもって、まずは……よし、設定した。

『クローバー』の記念すべき第一回生配信は俺のフロアボス戦か。……待てよ？　いいのか、それで？」

せっかくの初回配信なのに、新参者の俺がメインでいいんだろうか？

もっと、四人で何かやっている画《え》の方がよくないか？

「いいよ！」

いいらしい。

「それじゃあ、やるとしますか」

自己強化を盛りに盛って、フロアボスの間の扉を開く。

円形闘技場のように整えられた大きな空洞の真ん中に、そいつは居た。

こちらに気が付いて、鋏《はさみ》を打ち鳴らす鋼鉄蟹《スチールクラブ》。

この威嚇動作の間に、俺は指を振って魔法を準備する。

「〈麻痺《パラライズ》〉、〈鈍遅《スロウ》〉、〈猛毒《ベノム》〉、〈綻び《コラプス》〉、〈目眩まし《ブラインドネス》〉……っと」

近づいてくる鋼鉄蟹《スチールクラブ》に対し、俺は続けざまに弱体魔法を速攻詠唱《クイックキャスト》を活用して吹っ掛けていく。

弱体魔法の大盤振る舞いだ。

「すごい……！」

扉前で見ていたレインの上げた小さな賞賛が、耳に届く。

今まで評価されてこなかっただけに、こうして後輩に俺を見てもらうのは悪くない気分だ。

〈麻痺《パラライズ》〉、〈鈍遅《スロウ》〉で動きを制限し、〈猛毒《ベノム》〉で弱らせ、〈綻び《コラプス》〉で蝕《むしば》む。

攻撃しようにも、〈目眩まし《ブラインドネス》〉で視界を封じられた鋼鉄蟹《スチールクラブ》の大きな鋏は空をきるばかりだ。

そして動けば動くほど、〈猛毒《ベノム》〉の毒が回っていく。

「……〈重圧《グラヴィティ》〉」

すっかり弱ったところで、俺は追加の弱体魔法を発動する。

本来はかけた相手にかかる重力を倍加して動きを鈍らせる魔法だが……〈猛毒《ベノム》〉と〈綻び《コラプス》〉ですっかり弱化した鋼鉄蟹《スチールクラブ》には、これが決定打となった。

倍加した自重に脆《もろ》くなった身体が耐え切れず、鋼鉄蟹《スチールクラブ》は金属質な音をたてながら、地に臥《ふ》すようにして動きを止める。

作用していた弱体魔法が次々と解除された感覚が俺に届く。

鋼鉄蟹《スチールクラブ》を仕留めた証拠だ。

死体に弱体魔法はかからないからな。

「討伐完了、っと。……ご視聴、お疲れさまでした！」

おそらく誰も見ていないであろう〝生配信〟を挨拶と同時に終了して、後ろにいる三人に笑ってみせる。

「どうだった？」

「すっごい！」

ダッシュしてきたマリナがいきなり抱き着いてきた。

「ぐッ」

金属鎧をつけたマリナのダッシュハグはなかなか攻撃力が高い。

どうせなら鎧をつけていない時にしてくれ。

「すごいよ！　ユーク！　こんな戦い方があるなんて知らなかった！」

「わたくしも、驚きました。まさか、弱体魔法だけでフロアボスを仕留めてしまうなんて……！」

「魔法、詠唱なしで、連続で使ってた……！　あんなすごいの、ボク、見たことない」

受け入れられたようで、ほっとした。

『サンダーパイク』の時は、配信映えしないなんて言われて活躍する機会さえ与えてもらえなかったからな。

「ちょっとしたもんだろ？」

「すっごい！」

ご機嫌なマリナに苦笑しつつ、鋼鉄蟹《スチールクラブ》の死体に近づく。

なかなかのデカさだし傷もない。きっといい値段で売れるだろう。

「解体はギルドに任せるか」

魔法の鞄《マジックバッグ》に鋼鉄蟹《スチールクラブ》の死体をまるごと収納して、三人を振り返る。

「でも、いいんでしょうか……？　先生におんぶに抱っこで」

「なら、次は四人でやってみよう。全部が全部、今みたいに上手くいくわけじゃないからな」

「はい。先生がそうおっしゃるなら」

シルクは少し真面目すぎるきらいがあるが、よく考えている。

ただ、慎重になりすぎて実力が発揮できていないのも確かだ。もう少し自信をつければ、もっといい冒険者になるはずだ。

「ああ、階段を下りる前に、あれを開けてしまおうか」

俺の示す先、鋼鉄蟹《スチールクラブ》のいた場所に、宝箱《チェスト》が、いつの間にか姿を現していた。

◇

「いやー、大漁だったな」

馬車に揺られるフィニスへの帰り道、俺は達成感に顔をほころばせた。

なにせ、フロアボスから出現した宝箱《チェスト》には、魔鉄鉱をはじめとする大量の鉱石やインゴットがみっしりと詰まっていたからだ。

宝箱《チェスト》は『迷宮《ダンジョン》の祝福』などと言われる怪現象の一つだ。

気が付けばそこに在る……といった不思議な現れ方をするそれには、金銀宝石からガラクタまで様々なものが詰まっており、時折貴重な魔法道具《アーティファクト》が発掘されることもある。

ダンジョンアタックの醍醐味《だいごみ》といっても過言ではないロマンが詰まっているのだ。

今回の中身は貴重な魔法道具《アーティファクト》を求める冒険者にはハズレかもしれないが、地下六階に下りるのを躊躇《ためら》っていた『クローバー』にはいい助け舟となった。

今度は四人で戦って突破すれば、遠慮も憂いもなく地下六階に潜っていくことができるだろう。

「さて、先輩方。新人の働きはどうだった？」

「なんというか、ケタ違いでした……」

「すごすぎて、びっくりした」

「ごはん、おいしかった、です」

レインだけ評価が怪しいが、おおむね良好という事でいいんだろうか。

「役に立ったならよかったんだが。俺みたいなのが急にパーティに入ってくると、やりにくくないか？」

実は、少しばかり得意げに先輩風を吹かしすぎた……と、反省している。

駆け出しには駆け出しのやり方がある。試行錯誤しながら経験を積みたい時期に、俺のようなランク違いの人間がいると、きっとやりにくいに違いない。

今回の冒険で反応が芳しくなければ、ここで抜けるのも彼女たちの為《ため》だろう。

「あたしは全然。すっごい楽しかった！」

「考えすぎですよ、先生。その、逆に頼りっきりになってしまって申し訳ありません」

「ボクは、ユークと、一緒がいい。いろいろ知ってて、面白い」

「そ、そうか……？」

たじろぐ俺の服を、レインがつまむ。

「ユーク、いま、抜けようとしたでしょ？　ダメだよ」

「え？　そうなの？　なんで？」

「何か、失礼がありましたか？」

次々と服をつままれて、ギクリとする。

そんな目で見ないでくれ。

「いや、君たちが嫌じゃなかったらいいんだけど」

女の子ばかりの駆け出しパーティに、いきなり元教官でランクも年齢も違う俺が入るというのは、彼女たちの矜持《きょうじ》や冒険心を傷つけやしないかと思っただけなのだ。

そんな俺の心情を読み取ったのか、シルクがポンと手を叩いて恐ろしい提案をした。

「では、先生にパーティリーダーをしてもらいましょう」

「へ？」

「これまで、わたくしが暫定でリーダーのようなものをしていましたけど、きちんとしたリーダーはいなかったんです。パーティ名すら決まってなかったくらいですから」

「いや、だからって……なんで俺？」

たじたじとする俺の手を取って、シルクが美しく笑う。

「だって、やっぱりユークさんはわたくしたちの先生ですもの。マリナが突然先生をパーティにと言った時は驚きましたけど、きっと精霊の導きに違いありません」

その精霊は無謀と慢心の精霊じゃないだろうか。

さすがに入って一日の俺にパーティリーダーをというのは、無茶な導きだと思うぞ！

「あたしも賛成！　ユークなら大丈夫！」

「うん。経験豊富、だし」

「おいおいおい……」

「『クローバー』はユークが入って初めて、思いついた名前なんだもん。今日、結成したようなもんでしょ？」

マリナの言葉に、シルクとレインがうんうん、とうなずく。

これは、逃げられそうにない。

「本当にそれでいいのか？」

「もちろん！　ユークなら安心だよ！」

あんまり男を簡単に信用するもんじゃないぞ、マリナ。

ただ、この娘たちのこういう危なっかしさをフォローするには、リーダーって立場はありか。

この先、出会うであろう危険から多少なりとも遠ざけてやれるかもしれない。

「……わかったよ。でも、リーダーとして不足だと思ったらいつでも言ってくれ」

渋々といった俺の返事に、三人娘は手を叩き合って喜んだ。

◇

フィニスに戻って、二時間ほど。

さっそく俺達はギルドに『パーティ結成申請』を行い、それと同時に依頼の達成報告を行った。

実のところ、依頼の報酬自体はそれほどでもなかったが、持ち込んだ鋼鉄蟹《スチールクラブ》は状態が良好ってことで、かなりいい値段で売れたので個人的には満足だ。

「おつかれさまー！」

平服に着替えたマリナが麦酒《エール》の入ったジョッキを一気にあおる。

冒険者らしい、なかなかいい飲みっぷりだ。

「お疲れ様。無事に依頼達成できて何よりだ」

「先生のおかげですね」

「うん。あの連続魔法は、すごかった……！」

レインがそう言いながら、おずおずと俺の前に揚げエビを盛った皿を動かす。

「ん？」

「これ、おいしい。食べてみて。レモン、搾ると、いい」

にこりと笑うレインに、うっかり涙が溢《あふ》れそうになった。

これまで料理を横取りされることはあっても、分けてもらえることなどなかったのだ。

「ありがとう」

「おいしい、でしょ？」

「ああ」

レインに感謝しつつ、忘れないうちにと小袋をテーブルに出す。

依頼達成報酬と鋼鉄蟹《スチールクラブ》、その他諸々《たもろもろ》の売却金だ。

「シルク、報酬の取り分はどうしてたんだ?」

「一括してわたくしが管理していました」

「へ?」

これは意外だった。

個人志向の高い冒険者にはあまりない方式である。

「お小遣い制だよ! あ、でもこれからはユークもいるし、変えた方がいいのかな?」

「そうですね。先生がリーダーになったのですし、お任せします。一括管理なさるならわたくしの口座から全額引き出して参りますが?」

「いや、ちょっと意外だったな……どうしようか。ちなみに、何か理由があってそうしてるのか?」

俺の質問に、シルクがうなずく。

「いずれは拠点を購入したいと考えておりまして。いつまでも宿暮らしをするのも気が休まりませんから」

「ああ、なるほどな……」

それで意識的に節約をしているということか。

「そういう事なら、今後も一括管理ということにしよう。パーティ金庫に預けたらどうだ?」

「そうですね。正式にパーティ登録もしましたし、そういたしましょう。でも、よいのですか?」

「俺が入ったからって、何もかも変えることはないさ」

実際、今回のクエストではほとんどアイテムの消費はしなかった。

時間のある時に自作して、余剰分を売却したりすればこれまでのように赤字になったりすることもないだろう。

「それじゃあ、改めてよろしくな」

そうジョッキを掲げたところで、酒場の入り口から叫ぶような声が聞こえた。

何かトラブルだろうか。

「やってられるか！　オレは抜けさせてもらう！」

どこかで聞いたようなセリフが、酒場に響いた。

「なんか、大騒ぎだね」

「ああ」

マリナにつられてちらりと背後を振り返る。

そこでは、元パーティメンバーであるサイモンが、男と言い争いになっていた。

何をやってるんだか、あいつは。


……ま、もう知ったことではないが。


『サンダーパイク』はまだ騒いでいるが、放っておいて三人に向き直る。

「それで、明日はどうする？　休養日を作った方がいいか？」

「はい。依頼達成したら二日間の休みを作るようにしています。もちろん、先生にお任せしますが」

「シルク、また先生になってるぞ」

「あっ……」

口を押さえて顔を赤らめるシルク。

「追々でいいから慣れてくれよ。それじゃあ、明日と明後日《あさって》は休暇ってことで」

「ユークは、どうするの？」

「そうだな、俺は軽く市場を見て回って……消耗品の補充かな。魔法の巻物《スクロール》とか、魔法薬《ポーション》とか」

拾ってきた『祝福された灰』を使って聖水も作ってしまおう。

いろいろと役に立つアイテムだしな、あれは。

「ユーク、錬金術師、だもんね。ちょっと、羨ましい」

「そうか？」

「うん」

レインが少し赤い顔でふんわりと笑う。

少し酔っているのかもしれない。

何と言っても、錬金術師というのはあまり冒険者に向かない職能だ。

というのも、その能力のほとんどが魔法道具《アーティファクト》や薬品の生産に集約されているからだ。

しかも、知識を得たり、道具を揃《そろ》えたりといった初期投資がそれなりにかかる。

大器晩成型の不遇職能《ジョブ》、というのが、一般的で正直な評価だろう。

なにせ、どのくらい動けるかが消耗品に依《よ》るので、とにかく金がかかる。

俺のように『金食い虫』などと揶揄《やゆ》されてパーティで煙たがられることも多く、錬金術師のほとんどは冒険者ではなく商店や冒険者ギルドで働いていたりすることが多い。

ただ、錬金術師でないと使えない魔法道具《アーティファクト》や魔法の巻物《スクロール》が存在するので、他に有用なセカンダリジョブがあれば冒険者をする者も少数いるにはいる。

……俺のように。

「次の仕事をどうするかは三日後でいいか？　明後日でよけりゃぶらぶら探しておくが」

「ダメですよ、しっかり休まないと。先生がそう言ったんですからね」

指をぴんと立てて、俺を注意するシルク。

やっぱりリーダーはシルクがするべきじゃないだろうか。

「わかったわかった。じゃあ、三日後の朝、ここで。もし用事があったら、西通りの『踊るアヒル亭』に言伝《ことづて》をしてくれ。そこで寝泊まりしてるから」

「そこに行けば、ユークに会えるの？」

「どうだろうな。何か用事か？」

マリナが首を振る。

「ううん。暇だったら遊びに誘おうと思って」

「マリナ、いくら俺が見知った人間だとしても、男にはもう少し警戒した方がいいぞ？　俺が悪い奴《やつ》だったらどうするんだ」

「悪い男はそんな風に注意しないよ？」

「……」

思わず言葉に詰まる。

それはそうなのだが、何か違う気がする。

「まあ、機会があったらな。それに、これからいくらでも一緒に冒険に出られるだろ」

「それもそっかー」

納得してくれたようだが、どうにも危なっかしいな。

ため息をついていると、俺の事をツンツンとレインがつついた。

「ね、あれ……ユークじゃない？」

見上げると酒場の大型スクリーンに、『今日の注目配信』と銘打って、配信が流れていた。

スクリーンに映し出されるのは、赤い冒険装束を着込んだ俺。

「ホントだ、ユークが映ってる！」

椅子から半ば立ち上がるようにして、スクリーンを凝視するマリナ。

そのスクリーンの中では、赤魔道士が鋼鉄蟹《スチールクラブ》をソロで手も触れずに制圧していた。

画面の下に表示されている視聴数は……五千回を超えている。

「は？」

思わず、目を疑う。

〝配信〟してからまだ半日ほど。それでこれは少しばかりおかしい数だ。

『いやー、すごいですね。ジョブは赤魔道士でしょうか？　ペインタル廃坑跡の新人殺しとも言われる鋼鉄蟹《スチールクラブ》を、触れもしないであっさりと撃破。名のある冒険者でもなかなかこうはいきませんよ。これ見てどう思います、ガトーさん？』

『いやいや、びっくりしました。不遇職といわれる赤魔道士にこんな戦い方ができるなんて、新鮮です。配信パーティは〝クローバー〟というそうですが、耳にしたことないですね』

『上位ランカーのパーティはほぼ把握しているんですけど、私も聞いたことがないです。もしかすると、新たな風を吹かせるかもしれませんね！』

『今後も要チェキ！　ということで……本日の注目配信でした！』


冒険者ギルドの公認パーソナリティが軽くまとめて、スクリーンは次の映像を映し出す。

呆然《ぼうぜん》としたまま、俺は麦酒《エール》を一口あおった。

「視聴数、最後は六千超えてましたよ……。さすが先生です」

「俺も驚いた。足踏みしやすいフロアボスだし、駆け出しが見てたのかもしれないな」

「でも参考にならないよ。ユークがすごすぎて」

確かに、俺のマネをしようと思ったらそれなりに修練を積む必要があるだろう。

だが、鋼鉄蟹《スチールクラブ》に赤魔道士の弱体魔法が有効だとわかれば、今パーティを組めずに燻《くすぶ》ってる赤魔道士の新人たちにも光明が見えるかもしれない。

「飲みなおそ？」

レインが俺のジョッキに追加の麦酒《エール》を注ぐ。

「お祝い、しよ」

「今日は祝うことがいっぱいあって大忙し！　全部ユークのおかげだね！」

「ああ、そう言ってくれると嬉《うれ》しいよ」

満開の笑顔を浮かべるマリナにつられて、俺も笑う。

こんなに楽しい気分になるのは、本当に久しぶりだ。

ジョッキをマリナと打ち鳴らしながら、俺は別の事も考えていた。

（……むしろ、マリナ達のおかげだよな）

あの時、受付カウンターにマリナが現れたからこその現在《いま》だ。

そう思うと、感謝の気持ちが心の中で大きくなってくる。

先ほどの配信解説でもあったが、赤魔道士というのはあまり好まれる職能ではない。

数自体が少なくて、周囲の理解も乏しいし、強化《バフ》や弱体《デバフ》といったスキルも地味な印象が先行して敬遠されることも多々ある。

それを、三人はちょっとした知り合いであるというだけで、受け入れてくれたのだ。

「みんな、ありがとう」

鼻をすすりながら思わず漏れた言葉に、三人が目を丸くする。

「どうしたの？　ユーク。お礼言うのはあたし達の方だよ？」

「ユーク、何かあった、の？　だいじょぶ？」

「気になることがあるなら、言ってくださいね？」

おっと、心配されてしまった。

思わず苦笑してしまったが、これを話すのはまたの機会でいいか。

いずれ、彼女たちが壁にぶつかった時……きっと、この気持ちを伝えよう。

そして、一緒にそれを乗り越えるために俺はもっと強くなろう。

そう心の中で誓って、ジョッキを一気にあおった。

閑話　サイモンの誤算と勘違い

（どうにも、状況が悪い）

……と、僕──サイモン・バークリー──は歯嚙《はが》みする。

ユークの代わりに加入した新メンバーのせいだろうか？

そうとしか考えられないが、やはり出発前にもう少し連携をつめるべきだったかもしれない。

「バリー！　西通路から魔物《モンスター》の増援だ！　頼む！」

「馬鹿言うな！　こっちも手一杯だ！」

非常にまずい状況だ。

このままでは魔物《モンスター》の攻勢に耐えきれない。押し切られる。

「新人《コルク》！　足止めしろ！」

「できるわけないだろ！」

バリーの怒鳴り声に新メンバー、Bランクの『レンジャー／シーフ』であるコルクが怒鳴り返す。

役立たずで金食い虫だったユーク以上の働きができるはずだが、今のところ役に立ってはいない。

いや……それにしても、だ。今日は魔物が強すぎる。

この『オーリアス王城跡』迷宮は、これまでに何度も潜っている場所だ。

僕たちの最高到達点は十階層。

それなのに、何故《なぜ》か今日は第四階層などで足止めを食っている。

「なんか、おかしいぞ！　魔物《モンスター》が強すぎる！」

屈強なAランク『戦士』であるバリーもかなり押されている。

相手は鰐《わに》頭の狼《おおかみ》——鰐頭狼《ダイルウルフ》の群れで、これまで何度も戦ったことのある慣れた相手のはずだ。

だが、以前と明らかに強さが違う。素早く、硬く、鋭い。

「どうなっている。魔物《モンスター》が以前より強くなっているのか？」

「何言ってんだ……あんたら？　なんでそんな実力でここに潜ろうって思ったんだよ……？」

新人のコルクが、妙な顔をしている。

「きゃあーっ！」

鰐頭狼《ダイルウルフ》の一体が、前衛を抜けて詠唱中のジェミーに噛《か》みついていた。

こんなに簡単に突破されるなんて！

「くッ！　ジェミー！」

助けに行きたいが、目の前には三体の鰐頭狼《ダイルウルフ》がいる。

背を向ければ、あっという間に飛び掛かられてしまうだろう。

だが、早く何とかしなくては……ジェミーは噛みつかれたまま振り回され、すでにぐったりしている。

「カミラ、回復魔法を！」

「もう魔力がありません！」

そんなバカな！

まだ潜ってそんなに経《た》っていないんだぞ？

いつもなら五階層までは余裕をもって潜れていたのに！

何故だ？　何が違う？

あの役立たずが抜けて、積極的に動ける攻撃手が増えている分、戦闘は有利になるはずだ。

「こなくそォ！」

戦斧《せんぷ》をぶん回したバリーが牽制《けんせい》して、なんとか壁になってくれている。

今のうちに後ろの鰐頭狼《ダイルウルフ》を叩《たた》く！

「コルク、援護しろ！」

「やってるよ！」

動かなくなったジェミーを離して、『僧侶』のカミラに襲い掛かろうとしていた鰐頭狼《ダイルウルフ》に突進する。

横薙《な》ぎの一撃が、鰐頭狼《ダイルウルフ》を捉えた。

（殺《と》った！）

そう確信したが、僕の渾身《こんしん》の一閃《いっせん》は鰐頭狼《ダイルウルフ》を仕留めるには至らなかった。

以前であれば、これで仕留められていたはずなのに！

……だが、鰐頭狼《ダイルウルフ》を後衛位置から追い払うことはできた。

今がチャンスだ。

「撤退しよう！」

まだ息のあるジェミーを抱え上げて、階段に向かって走る。

「コルク、殿《しんがり》を頼む！　矢で牽制して足止めするんだ！」

「無茶苦茶言うな！　オレを殺す気か！」

リーダー命令も聞かず、コルクは僕の隣を並走する。

後ろではバリーとカミラが、鰐頭狼《ダイルウルフ》に追われていた。

何度か追いつかれながらも追い払って走る。

「ハァ、ハァ……何とか、逃げ切ったか」

階段エリアにようやくたどり着き、一息つく。

「ジェミー、大丈夫かい？　……ジェミー？」

抱えていたジェミーを床に下ろすと、彼女は浅い息をして青白い顔をしていた。

「カミラ、回復魔法はまだ使えないのか？」

「瞑想《めいそう》して魔力を回復しますわ。少し時間をください」

「魔力回復薬《マナポーション》はどうした？」

「持っておりません」

やはりおかしい。

カミラの魔力がこんな階層で底をつくなんてことは今までなかったし、いつもなら魔力が減れば魔力回復薬《マナポーション》を飲んでいたはずだ。

「がふッ……ヒュー……ヒュー……」

血の塊を吐き出して、ジェミーの呼吸が浅くなっていく。

今にも止まりそうなくらいだ。

「そうだ、治癒の魔法薬《ヒーリングポーション》！　誰か持ってるだろ？」

「持ってねぇよ。そういうのはあの雑用係の仕事だろ」

「なら、コルク！　持ってないか？」

僕の問いに、渋々といった様子で狩人《かりゅうど》が小瓶を取り出す。

「ありがとう。さぁ、それを僕に渡してくれ」

「あのさ。これはオレの金で、オレが準備した薬だ。アンタらにくれてやる道理はねぇんだぞ？」

「何言ってるんだ⁉　仲間が死にかけてるんだぞ！」

コルクがため息まじりに差し出した小瓶を受け取る。

「仲間の命がかかっているのに、どうしてそんな態度になれるんだ？」

「加入時に消耗品は自己負担でって言ったのは、アンタだろう？　当たり前みたいに言うなよ」

「くそ……！　とにかく今はジェミーだ」

傷口に治癒の魔法薬《ヒーリングポーション》を振りかけて、カミラの魔力回復を待つ。

後は運任せにしかならない。


——数時間後。

何とかジェミーを助けて、フィニスに戻ってきた頃にはもうすっかり日が落ちていた。

『サンダーパイク』結成以来、こんな事になったのは初めてだ。

それもこれも、この新メンバーが自分勝手で不甲斐《ふがい》ないせいで起こったこと。

リーダーとして一言、ビシリと言っておかなくてはならない。

「コルク、君の態度は仲間として相応《ふさわ》しくないよ」

僕の言葉にコルクが苛《いら》ついた表情で睨《にら》んでくる。

「ああ、お前らなんかこっちから願い下げだ。新進気鋭の『サンダーパイク』がどれほどのもんかと思ったら、自分の実力も把握できねぇ連中だとは思いもしなかったぜ」

自分の実力不足を棚に上げて、恥ずかしくないのだろうか。

これならまだ役立たずのユークの方が慎み深いくらいだ。

「今後もウチでやっていきたいなら、そんな発言はするべきじゃない」

「……」

一息置いて、コルクが怒鳴った。

「やってられるか！　オレは抜けさせてもらう！」

第二章　危険な魔獣と新魔法

二日間の休暇を終えて早朝。

冒険者ギルドに向かった俺は依頼ボードを眺めて唸《うな》っていた。

「うーむ」

「どうされたんですか？」

新たな依頼票を張り出しに来たママルさんが、唸る俺に苦笑する。

「三人の経験になって、なおかつ冒険者信用度《スコア》と報酬がいいのがないかと思いましてね」

「それはなかなか欲張りましたね」

「ええ。経験はともかく実力としてはBランクでも行けそうな気がするんですよ。俺の補助があればBランク依頼でも行けると思うけど、俺の名前でBランクを達成しても嬉《うれ》しくはないだろうしなぁ……うーむ」

さらに唸る俺を、ママルさんがまた笑う。

「やだ、本当に先生みたい。シルクさんが先生って呼ぶの、わかる気がしますね」

「ママルさんまで！　よしてくださいよ」

そもそもその発端となった『冒険者予備研修』の教官役だって、ママルさんが押し付けた依頼だというのに。

「じゃあ、これはどうかしら」

「Cランク依頼？　内容的には……ん？　なんでこれがCランクなんです？」

渡された依頼票には『ヨームン滝の丸石を三つ納品』と書かれている。

ヨームン滝はフィニスから一日くらいの距離にある、オルダン湖畔森林の奥にある滝で、その滝つぼにある丸石は魔力を込めると水晶のように透きとおる性質がある。

金持ちが〈灯り《ライト》〉用魔法道具《アーティファクト》の光源素材として依頼を出すことが多い。

しかし、依頼のランクとしてはせいぜいDくらいだ。

都市から離れることを覚え始めた駆け出しが、野営の練習がてらちょっと足を延ばすくらいの軽い依頼のはず。

となれば、考えられるのは……。

「オルダン湖畔森林に異変が？」

「はい。どうも大型の魔獣が住み着いたようで、Dランク冒険者に依頼を出しても失敗することが多いみたいで……。今回の依頼は確実性を重要視したいのでCでお願いしますと言われました」

冒険者ギルドが管理する依頼《クエスト》のランクはA～Fランク。

Aに近づけば近づくほど依頼難度は高く、受けるために必要な冒険者信用度《スコア》も高くなる。

逆に、依頼者もそれ相応の報酬を提示しなくてはいけないし、ギルドに支払う依頼手数料も高くなる。

「期限も一週間と短いですが、どうしますか？」

「む……」

キナ臭さはあるが、普段Dランク相当の仕事でCランクの報酬と冒険者信用度《スコア》が得られるのだ。

いい仕事だとは思うが、返事は三人が揃《そろ》ってからの方がいいだろう。

「それ、剝がし持ちしても？」

「剝がし持ち」はいい依頼をとりあえず剝がして手元に置くことを指す。

グレーな行為であまり褒められたものではないが、「いい依頼は早い者勝ち」という冒険者ギルドのシステム上、検討中という体《てい》で依頼を先に剝がしておいて、仲間と相談するというのはよくあることであり、ギルドも目をつぶっている。

「ギルド職員にそれ聞くのはアウトですよ」

苦笑しながら依頼票を渡してくれるママルさん。

軽く会釈して見回すと、丁度マリナ達《たち》三人が入り口に現れたところだった。

「あ！　ユーク！」

子犬のように駆け寄ってくるマリナに苦笑しつつ、件《くだん》の依頼票を見せる。

「いい依頼があるんだが、どうだ？」

「よし、引き受けよう！」

どうしよう、マリナってやつは少しばかり頭が弱いのかもしれない。

「ユークがいいって言うなら、いいよね？」

「そうですね。何と言っても今は先生がリーダーですし」

「異議、なし」

「では、受諾処理をしてきますね」

すぐそばに居たママルさんが、俺の手から依頼票を抜き去ってカウンターへ歩いていく。

「おいおい、いいのか？」

「いいよ。オルダン湖畔森林には一回行ったことあるしね！　でも、なんでCランクなんだろう？」

まずはそこを話し合うべきなのだが……。

「魔獣が出るらしい。今からでもキャンセルするか？」

「いえ、冒険者信用度《スコア》も欲しいですし、受けましょう。絶対に遭遇すると決まったわけでもないですし、いざとなれば対処すればいいだけです」

「ユークがいれば、安心」

その信頼の厚さはどこから来るんだ……。

受けようと言ったのは俺だが。

「じゃあ、装備を整えてきてくれ。一時間後にここに集まろう」

「装備だけでいいんですか？」

「冒険道具と食料は常にストックしてるから問題ない。一時間後なら昼前の乗合馬車に間に合う」

「わかった！　できるだけ急ぐね！」

俺の言葉にうなずいた三人が、ギルドの入り口に消える。

それを見送った俺に、ママルさんが受諾証を差し出した。

「はい、受諾証。頑張ってくださいね」

「もしかして、狙ってました？」

「ふふ、実は。〝クローバー〟の次の配信を待つ声もちらほら聞こえますよ」

結局、例の鋼鉄蟹《スチールクラブ》の攻略配信は視聴回数が一万回を超えた。

いまや『タブレット』と呼ばれる配信視聴用の魔法道具《アーティファクト》は市井の人間にすら普及しており、冒険配信はその中でもトップクラスの人気配信なのだ。

……少しばかり悪目立ちが過ぎたかもしれない。

「まいったな」

「私も楽しみなんですよね、実は」

「ママルさんまでそんなことを」

小さくため息をついて、受諾証を受け取る。

「まあ、あの子たちの為《ため》にも配信はしますよ。例の魔獣の正体とか、冒険者ギルドにも有用なんでしょ？」

配信が励行されているのは、なにも娯楽の為だけではない。

冒険者が冒険者信用度《スコア》を申請するのにも役に立つのだ。

オルダン湖畔森林の謎の魔獣の情報、可能であればそれの討伐を動画内に収めれば依頼達成以上の冒険者信用度《スコア》の加算が期待できる。

そうすれば、受けられる仕事の幅が広がって、マリナ達はさらに躍進できるはずだ。

「でも、無理はしないようにしてくださいね？　セオリーを守ってください」

「わかっています。ありがとうママルさん」

笑顔のママルさんにそう返事をして、俺も冒険者ギルドを後にした。

◇

「……」

宿への道を急ぐ俺の後を、誰かが追ってきている。何者か知らないが、果たしてどういった用件か。

それにしても、雑な尾行だな。

おそらく本職の盗賊《シーフ》ではないだろう。

だからと言って、あまりいい気はしない。人通りが少なくなったところで襲撃するつもりかもしれないし、どうにも薄気味悪い。

依頼に出る準備もしなくてはいけないし、どうしたものか。

……仕方ない。ここは走ってまいてしまおう。

〈身体強化《フィジカルエンチャント》〉で敏捷性《びんしょうせい》を引き上げて、俺は一気に駆けだす。

勝手知ったる東通りだ。小道も辻《つじ》も全部頭に入っている。

しばらく走っていると、背後の気配は消《き》え失《う》せていた。

(あきらめたか)

そう思ったが、どうやら俺の考えは甘かったようだ。

後をつけるのをやめた背後の誰かは、堂々と宿の前で俺を待ち伏せることにしたらしい。

「お前が、ユークだな？」

「えっと、いいえ？」

「嘘《うそ》をつくな！」

誤魔化せるとは思ってなかったが、やっぱり駄目だった。

「確信があって俺をつけてたなら、わざわざ尋ねるなよ」

ため息をついて返すと、その人影が俺を睨《にら》みつけた。

俺よりずいぶん年上だろうか。

その男は脂ぎった顔をしていて、顔と身体は少しばかり丸い。

冒険者にも見えるが、上等な装束は冒険仕事には向かなそうだ。

「それで？　俺に何か用事か？」

「お前、あのパーティから抜けろ」

「……は？」

頭の中が疑問でいっぱいになる。

入ってまだ三日のパーティからもう抜けろと言われた。

しかも、見ず知らずの奴《やつ》からだ。

「そりゃできない相談だ。これでも一応『クローバー』のリーダーだからな」

「はあ？　リーダーだと？　お前が？」

「ああ」

「……ふざけるなよッ！」

急に激昂《げきこう》した男が、腰の剣を抜いた。

周囲から悲鳴じみた声が上がって、向かい合う俺達に注目が集まる。

冒険都市フィニスは、土地柄もあって武器を携行する人間は多いが、さすがに街中で得物を抜くのはご法度だ。

「オレが先だろ？　オレはな、何度も何度も何度も打診してんだよ！　パーティに入ってやるって。親切にしてやったのによ……ッ」

「親切の押し売りはよくないな」

「オレの方が先に目をつけたんだ！　すっこんでろ！」

「目をつけたとか、先とか後とかじゃないだろ。だいたい、俺が抜けたからってお前がパーティメンバーに入れるってことにもならんだろうに」

「うるせぇ！　ケガしたくなかったら、とっとと抜けるって言え！」

剣を突きつけながら、興奮した様子でがなる男。

どうも酔っぱらってるか、違法な魔法薬《ポーション》でもキメてるようにしか見えない。

逆にこれで素面《しらふ》なら、教会に連れていかないとダメなレベルだ。

きっと精神が何か良くないモノに汚染されてる。

「主張はわかった。だが答えはノーだ」

「駆け出し風情が！　痛めつけてや——……あがッ」

一歩踏み出した瞬間、男はつるりと足を滑らせて石畳に派手に転倒した。

剣を抜いた瞬間に、足元に〈転倒《スネア》〉の魔法を設置しておいて正解だったようだ。

うめく男に軽く指を振って、〈眠りの霧《スリープミスト》〉の魔法を飛ばす。ごく小範囲のものだから、周りの野次馬にはそうそうわかるまい。

「まったく、迷惑な酔っ払いだ」

周りに聞こえるようにそう呟《つぶや》いて、俺は宿屋に向かう。

野次馬には酔った男が転倒してそのまま眠ったようにしか見えなかったはずだ。

武器同様、魔法を街中で使うのもあまり褒められたことではないからな。


部屋に向かって冒険装束に着替えた俺は、そのまま裏口から出る。

馬鹿正直に正面から出ていけば、あの男にまた絡まれるリスクがあるし、それに時間をかけていると待ち合わせの時間に間に合いそうにない。

〈身体強化《フィジカルエンチャント》〉を自分に付与して、街を駆ける。

しばしのち、冒険者ギルドが見えてきた頃、同じように冒険者ギルドに向かって歩く三人を見つけることができた。

なんとか間に合ったようだ。

「おっと、間に合ったな」

「時間ピッタリだよ、ユーク」

サムズアップを決めながら、マリナが快活に笑う。

「よしよし、じゃあこのまま馬車乗り場に行こうか」

「……ユーク、何か、あった？」

ギクリとして固まる。

普段ぼんやりとしていそうなのに、どうしてこんな時だけ鋭いんだ、レインは。

「その件も移動しながらにしようか」

「わかりました。速やかに移動しましょう」

シルクが歩調を早める。

こういう状況判断の早いところは彼女の美徳だ。俺よりよっぽどリーダーに向いている。

冒険者ギルドに入らず、その前をスルーして俺達は乗合馬車の乗り場に向かう。

あの男はどうにも執念深そうだからな。……あれで諦めるとは思えない。

冒険の間に三人に事情も聴いて、その上で方針を決めよう。

街中で武器を抜くような奴だ……いざとなれば、こちらも強い自衛策をとる必要があるかもしれない。

その時は、この娘たちのために多少の泥も被《かぶ》ろう。それがリーダーでサポーターな俺の役割だしな。

「ユーク？　顔、怖いよ。大丈夫、ちゃんと、四人で解決しよう。パーティ、でしょ？　ほら、笑う」

「あ、ああ。わかってる、今から説明するよ」

微笑《ほほえ》んで俺の頬をつまむレインに苦笑を返して、馬車乗り場へと急ぐ。

そのおかげで、俺達は何とか昼前の馬車に滑り込むことができた。

◇

「それで、何があったんですか？」

馬車の中には俺たちだけ。話をするにはちょうどいい。

「知らないやつに後をつけられたんだ。それでもって、パーティを抜けろと脅しをかけられた」

「もしかして、それは小太りの男性ですか？」

「ああ、そうだ」

シルクはあの男を知っているようだ。

「あー、あのヘンなおっちゃん？」

「しつこい、やつ」

「やっぱり、三人とも顔見知りだったか」

俺の言葉に、シルクが大きなため息を吐く。

「冒険者ギルドで何度も声をかけてきた人です。〝パーティに入ってやる〟とか〝男手も必要だろ〟とか……。断ってもしつこくて。困っていたんです」

「大きい事を吹聴してたわりに、実力も大したことなかったもんね。冒険者信用度《スコア》をギルドに聞いてみたら実はEランクで、あんまり評判も良くなかったもん」

「街中で剣を抜くようなバカだもんなぁ……」

俺の言葉に、三人が一斉にこちらを見る。

「怪我《けが》、ない？　だいじょぶ？」

「ああ、問題ない。本人は魔法で眠らせて放置してきたしな。はー……しかし、困った奴もいたもんだ」

「すみません、先生。わたくし達のせいで危険な目にあわせて」

「みんなのせいじゃないよ。それにあんなのは危険のうちに入らんさ」

もし、あの時……お互いに剣を抜いたとしても、勝ったのは俺の方だろう。

剣術にそう自信があるわけではないが、そんな俺から見ても明らかに隙だらけだった。

正直なところ、あのまま襲われていたとしても、素手で制圧できたと思う。

「ま、帰ったらギルドに報告もしておくし、また来るようならしっかり対処させてもらおう。その辺のトラブル処理は、サポーターでリーダーの俺の役回りだからな。みんなも、注意してくれ」

「さすが、ユーク！　頼りになる！」

「褒めたって飴玉《あめだま》しか出んぞ」

懐から取り出した飴玉をマリナに握らせて苦笑する。

「……でる、んだ」

「出ましたね……」

レインとシルクも欲しそうにしているので、一つずつ飴玉を渡しておく。

「さて、ここからは切り替えていこう。まずは依頼の確認。主目的は『ヨームン滝の丸石』を三つ回収することだ。これは滝つぼまでたどり着けば問題なくできる」

「問題は魔獣ですね」

魔獣は魔物《モンスター》の小カテゴリーだ。

主に動物の姿をしている魔物《モンスター》を、俗にそう呼称する。

魔物《モンスター》というとボルグルも蛇竜《ワーム》も血狂熊《ブラッドベア》も全部一緒くただが、この中で魔獣と言えば血狂熊《ブラッドベア》の事を指す。

つまり、正体は不明だが、オルダン湖畔森林で危険視されている魔物《モンスター》は少なくとも動物の形態をとった魔物《モンスター》ということになる。

これは、わりと重要な情報だ。

これがオルクスやボルグルといった組織的な集落を形成する人型魔物《モンスター》ではないというだけでも、多少の行動指針にできる。

「森林地帯に生息するってことは、熊、鹿、狼《おおかみ》、猪《いのしし》……といった何らかの魔獣だろう。そう言えば、以前にもオルダン湖畔森林に行ったって言ってたよな？」

「うん。二ヵ月前だったかな？　その時は『夜香草』の採取の依頼だったよ」

「魔物《モンスター》には遭遇したか？」

俺の質問に、マリナが首をかしげる。

「そういえば……そういうの、いなかったね。普通の動物にも、出くわさなかったと思う」

マリナの返答に、背中がぞわりとする。

初めてのエリアであれば「そういうものだろう」と考えるのも不思議ではないが、オルダン湖畔森林は、近くの集落で謝肉祭があるくらいに生き物の豊富な森だ。

運よく遭遇しなかっただけで、その魔獣はきっとその頃から森に潜んでいたに違いない。

「……まずいな。ちょっと気を引き締めた方がよさそうだ」

「そんなに？」

「ああ。周囲の動物が息を殺して身をひそめるほどに緊迫しているなら、例の魔獣は相当な大物かもしれない。出くわさないように気を付けたいが……」

気をつけるが、難しいだろう。

冒険者が相次いで襲われているという件を鑑みれば、その魔獣は森を往く俺たちを見逃しはすまい。襲撃があると考えてしかるべきだ。

「森に入ったら、『ゴプロ君』を飛ばして記録を取る。遭遇、戦闘になったら〝生配信〟に切り替えて可能なら討伐、撤退するにしても姿は捉えておきたい」

「どうして、〝生配信〟、するの？」

レインが首をかしげる。

「いくつか目的がある。まず、一つ目は現在ギルドでも未確認な魔獣の種類の特定。あと、配信中に危機的状態に陥れば、それを見たギルドが増援を寄越してくれる可能性がある。あと、上手《うま》く魔獣を退治できれば、その配信でもって討伐証明ができるだろ？」

「〝配信〟ってそういう使い方もできるんですね……」

「もっとみんな使えばいいのにな」

今回、魔獣の正体が『不明』となっているのは、オルダン湖畔森林に向かうような低ランクパーティが配信用の魔法道具《アーティファクト》を持っていなかったからだ。

まぁ、整備には錬金術師の手が要るし、そう安価なものでもない。駆け出しの冒険者が配信用魔法道具《アーティファクト》を持っていなかったからと責めることはできない。

むしろ、俺としては『ゴプロ君』をはじめとする配信用魔法道具《アーティファクト》は、ギルドが配ってもいいと思っているのだが。

「いよいよあたしたちも配信デビューだ！」

「配信映えする服、買えば、よかった……」

やる気に溢れるマリナと、意外と乗り気なレインが少し面白い。

レインはこういうの嫌がるかと思ったんだが。

「か、髪型とかこれでいいんでしょうか？　ヘンじゃないですか？」

もしかすると「遊びじゃないんですよ」なんて二人を叱るかと思ったが、シルクも見栄えを気にしているらしい。

なんだ、年相応に可愛《かわい》いところもあるじゃないか。

ん？　待てよ？

……ダークエルフの年相応って、本当に年相応なのか？

「大丈夫だよ、ユーク。シルクはちゃんと十七歳だから。おばあちゃんじゃないよ」

「……俺は何も言ってないぞ」

「マリナ、わたくしの年齢を勝手に公開しないでください。先生も女性の年齢を気にするなんて、エチケットが足りませんよ！」

「す、すまない。そんなつもりじゃなかったんだが」

頭を下げていると、レインが俺の袖をついついとつまんで引っ張る。

「ちなみに、ボクが、一番年上……です。二十歳」

「へ？　そうなのか？」

一番幼げに見えたレインが、実は俺と同い年だったとは。

女ってのは、見た目じゃわからんな。だって、レインはこんなにも――。

「む……いま、ボクのつつましい部分を、見たね？」

「いや、違う！　見てない！　誤解だ！」

「もう、ダメだよ？　ユーク。レインったら、実りに乏しいのを気にしてるんだから」

「だから違うんだって！」

騒がしい時間を過ごしつつ、俺達を乗せた馬車はオルダン湖畔森林へと向かっていった。

◇

――オルダン湖畔森林。

フィニスから歩いて約一日、馬車なら半日ほどの場所にある比較的大きな森林地帯だ。

森の中央部にはオルダン湖と呼ばれる湖があり、その水源となっているのが、上流に存在する『ヨームン滝』である。

ヨームン滝の水は、その直近にあるかなり古いダンジョンからの湧水によって発生しており、ダンジョンの奥には永遠に水を吐き出す魔法道具《アーティファクト》があると言われている。

さて……その噂《うわさ》はともかく、この湧水に良質な魔力が含まれているのは確かで、錬金
俺もここには時々足を運んでいた

水そのものが錬金術の素材であるし、今回依頼されている丸石、周辺に自生する魔力を帯びた薬草……どれも、フィニスの生活に重要なものだ。

今回は魔法道具《アーティファクト》用素材の丸石ということだが、この状態が続けば、じきに魔法薬《ポーション》や薬品の供給も滞り始めるだろう。

依頼者にとっては、まさにCランク相当の価値がある依頼ということだ。


……十中八九、依頼者は冒険者ギルドだと思うが。


依頼の段階では、トラブルを防止するために依頼者を明かさないという事はままある。

仲介する冒険者ギルドが把握さえしていれば、それで問題ないからだ。

迂闊《うかつ》に『誰が、何を欲している』という情報が冒険者から流れれば依頼者の不利益になることもあるし、報酬について荒っぽい直談判を行う輩《やから》だっている。

故に、多くの依頼票には依頼者の名前が記載されていない。

だが、ある程度フィニスで冒険者を長くやっていれば、だいたい依頼者の見当はつくものだ。

この依頼は採取依頼の皮を被った調査依頼で、危険が付きまとう討伐依頼でもあると考えられる。

……つまり、それを加味したCランク依頼だ。

普段、Dランクの依頼がCランクで出回ってくるというのは、そういうことを疑わねばならない。

「……ってことだ。だから、ここから先は気を引き締めてくれよ」

「なるほどです。でも、他にわたくし達のような駆け出しがこれを受けていたら危なかったのでは？」

「多分、それがあるから俺に直接渡したんだと思う。ママルさんはそういうところ抜け目ないからな」

長く冒険者をしていれば、あの若々しいハーフエルフの受付嬢の性格がわかってくる。

あれは笑顔で無理難題を放り投げてくる、鬼の類いだ。

しかも、ちゃんと相手を見て投げてくるもんだから始末が悪い。

ただ、経験に裏付けされた信頼に足るだけの目はある。

今回の事も、俺達にならば解決できると踏んでのことに違いない。

「危険だと思ったらすぐに離脱だ、いいな？」

『ゴプロ君』を起動しながら、これから足を踏み入れる森を見やる。

思った通り、妙にひりついた感覚が漂っていて、動物の気配を全く感じない。

（……間違いなく、いるな）

俺の緊張が伝わったのか、マリナ達が落ち着かない様子で森を見る。

よし、それでいい。緊張のしすぎもよくないが、今から行く場所をちゃんと危険と認識できているなら、サポートは俺がする。

「大丈夫だ。強化魔法をフルで付与してから入る。先頭はマリナ、殿《しんがり》は俺だ」

「ダンジョンの時と逆だね？」

「森の中に罠《わな》はないからな。それに獣ってのは基本的に背後から襲ってくるもんだ。〈幻影分身《ブリンクシャドウ》〉の魔法が使える俺が殿につくのがいいんだよ」

〈幻影分身《ブリンクシャドウ》〉は強化魔法の一種で、身代わりとなる分身を自分にかぶせる魔法だ。

これがあれば、少なくとも奇襲を受けても初撃は回避できる。

惜しむらくは、『赤魔道士』専用魔法な上に、自分にしか付与できないということだ。

「それでは先生が危険ではありませんか？」

「なに、これでもいい防具を装備している。そう簡単にやられやしないさ」

地味な俺が纏《まと》うには些《いささ》か派手なこの一揃《ひとそろ》いの赤い装束は、こう見えて魔法の防具だ。

『サンダーパイク』時代にダンジョン深部の宝箱《チェスト》から手に入れたもので、最後の最後まで売却するかどうか揉《も》めに揉めたあげく、俺が売却価格と同じだけの金貨を積んで手に入れた『赤魔道士』専用装備一式である。

赤魔道士というのが不遇ジョブであるため、専用装備は安く取引されているのが不幸中の幸いだった。

「やっぱり、『赤魔道士礼装《ウォーロック・アタイア》』だった……」

「お、よく知ってたな」

「うん。こんないい状態のは、見たことがない」

レインは俺の冒険装束についてもよく知っているようだ。

そう、まさにそれだ。

使用可能な状態の『赤魔道士礼装《ウォーロック・アタイア》』はなかなか出回らない。

他の魔法の防具もだが、ダンジョン産出品の武具は使用できない状態で宝箱《チェスト》から出てくることもわりと多いのだ。

まあ、それを使用可能な状態にするのが鍛冶屋や錬金術師の仕事なわけだが。

「えーっと、つまりユークにまかせてオーケーってこと？」

「ああ。そういうことだ。滝までのルートは頭に入ってるか？」

「馬車で教えてもらったルートだよね？　大丈夫、覚えてるよ！」

「よし、それじゃあ進もう。……『録画開始』」

『ゴプロ君』に命令を与えて、森の中へと踏み入っていく。

まるでダンジョンの中にいるような静けさの中、注意深く進むマリナ。

俺は俺で、全員に音を軽減する〈抜き足差し足《スニーキング・ムーブ》〉の魔法を付与する。

本当は〈姿隠し《インビジブル》〉もかけてやりたいが、あれはちょっとしたことで解除されやすいし、仲間同士で姿を見失う危険性がある。

川沿いの道をしばし上流へと遡っていく。

せせらぎの音が俺達の足音を掻《か》き消《け》すし、何より戦闘になってもそれなりに開けているから武器を振りやすい。

天気も良く、危険が無ければその辺で昼食でもと思えるようなロケーションだが、そうもいかない状況だ。

「今のところ、順調ですね」

「ああ」

このまま何もなければいい、と口に出そうとしたところで……森からざわつくような圧迫感を感じた。

（来たか……ッ！）

気配を感じると同時に、『ゴプロ君』を〝生配信〟モードに変える。

その瞬間を待っていたかのように、そいつはのそりと姿を現した。

予想通りだが、外れてほしい予想だった。

さらに言うと、相手に関しては完全に予想外だった。

現れた魔獣は、熊に似た大きな体軀《たいく》と、それを支える筋肉質な四肢を持つ生き物で、前足のかぎ爪は大型ナイフのように鋭く、革鎧《かわよろい》程度ならすぱりと斬り落としそうなほどに発達していた。

頭部はまるで馬のようだが、その口からは乱杭《らんぐい》にぎらつく牙がこぼれており、草食ではないことを雄弁に物語っている。

「グルルル……ッ」

背の中ほどまである黒く長いたてがみを震わせながら、そいつはヤギのように横に裂けた瞳でこちらを見据えた。

注意深く、隙を窺《うかが》っているのだ。それができるほどに、頭がいいということでもある。

「ザルナグだ……！」

まさに魔獣の中の魔獣。

こんな都市の近くで野生のザルナグと遭遇するなど、「まさか」を通り越して「あり得ない」というのが俺の印象だ。

せいぜい、殺人豹《マーダーパンサー》あたりだろう程度に考えていたのに、これは非常にまずい。

討伐依頼としてギルドに張り出されるなら、その難易度はBランク相当。

俺達『クローバー』では、完全に力不足だ。

「ユーク、コイツは？」

「ザルナグだ！　本来は北の荒野とか、ダンジョンの深層で遭遇するようなヤツで、はっきり言ってかなり強い！　俺たちじゃ歯が立たんかもしれんぞ」

俺もザルナグと戦ったのは、たったの二回。

『サンダーパイク』時代に、ダンジョンの奥深くで遭遇したことがあるだけだ。

Aランク三人を含む五人パーティでそれなりに苦戦したのに、駆け出しのパーティにはどうあっても荷が重すぎる。

「いいか？　俺がコイツを足止めするから、即時撤退するんだ。状況は〝配信〟でギルドに伝わっているはず……緊急討伐依頼を出してもらえ！」

「先生はどうするんです⁉」

「足止めすると言った！　シルク、ここから先は君がリーダー代理だ。メンバーの安全を一番に考えて行動するんだ！」

小剣《ショートソード》を抜き、ザルナグと相対して睨みつける。

おそらく、どこかで冒険者と交戦して反撃を受けたのだろう。俺達に対して、やや警戒した様子を見せている。

逆を言えば、各個撃破が有効だという事を理解しているということだ。

そこに付け入るには、この中で最も戦闘経験がある俺が一人で残るというのがベターな選択と言える。

「そんなの……やだ」

赤髪をなびかせて、マリナが俺の隣に立つ。

「おい、マリナ……！」

「足止めはできるんでしょ？　その間に首を落とせば勝ちじゃない。あたし、そういうの得意なんだ！」

バスタードソードを背中から抜いて、両手で構えるマリナ。

その後ろでは、シルクとレインが魔法の構築に取り掛かっていた。

「一番、強力《デカ》いので、殺《と》る……！」

「森の中なら、わたくしも足止めできます。先生、仕留めましょう」

ええい、どいつもこいつも話を聞かない！

「お前らな！　危ないんだぞ！　アレは！」

「それは、ユークも一緒でしょ」

息を大きく吐き出して、マリナがチリチリとした殺気を放つのがわかった。

さすが魔剣士と褒めてやりたいほどの集中力だが、できれば逃げてほしい。

……そうするにも、時間切れのようだが。

「グルルルッ‼」

「くッ！」

沈み込んだザルナグが高速で大きく跳躍する。

それに反応して俺の前に出たマリナが、体をねじるように長剣を横薙《な》ぎにして、それを迎え撃った。

ザルナグの鋭い爪とマリナの剣がぶつかり合って……マリナが体勢を崩す。

体重差もさることながら、膂力《りょりょく》の差が大きすぎた。

「マリナッ！」

追撃するべく爪を振り上げた魔獣へ、咄嗟《とっさ》に〈衝電《ショック》〉の魔法を放ち怯《ひる》ませる。

鼻先に電撃を当てられて退きはしたが、そう何度も通じる手ではない。

「〈麻痺《パラライズ》〉、〈鈍遅《スロウ》〉、〈目眩まし《ブラインドネス》〉！」

ついでに準備しておいたいくつかの弱体魔法を放つが、いまいち効果が薄い。

特殊個体か悪名付き《ネームド》の類いか？

「ごめん、ユーク！　まだいけるよッ！」

立ち直ったマリナがバスタードソードを構えなおす。

まだいけるとは言うが、このままではじり貧だ。どこで崩れるかわからない。

「少しだけでいい……時間を稼げるか？」

「わかった！」

理由も聞かずに、マリナが前に出る。

それに反応してかザルナグが大地を蹴ろうとするが、その直後蔦《つた》のような植物がその足元から伸びて、魔獣の動きを阻害した。

「木の精霊《ドライアド》に助力を乞いました！」

次々と巻き付く蔦を引きちぎりながら、ザルナグが強引に距離を詰めてくる。

だが、俺にとって十分な隙となった。

「――La putra odoro de rozoj, hurlantaj nigraj hundoj, la maro glutanta la subirantan sunon, miksaĵo de nigra kaj blanka, hele kolora malpura akvo……!（薔薇《ばら》の腐臭、遠吠《とおぼ》えする黒い犬、夕陽《ゆうひ》を飲み込む海、黒と白の混合物、鮮やかな色の汚水）」

指を振りながら詠唱し、魔法式を構築していく。

これぱっかりは、赤魔道士の俺でもさすがに詠唱が必要だ。

そういう風にできている……いや、そういう風にしかできなかった。

あんまり配信では見せたくない奥の手だが、この状況にあっては四の五の言ってられまい。

「――〈歪光彩の矢《プリズミック・ミサイル》〉！」

俺の指先から放たれた七色に輝く光弾が、矢のように飛翔《ひしょう》してザルナグを撃つ。

貫通もしなければ、爆発もしない。衝撃すら発しない。ただ、吸い込まれるようにして消えたそれの効果は、すぐに出現した。

今まさにマリナに襲い掛かろうとしていたザルナグが、そのまま速度をゆっくりと落としやがて歩くようにして、その場に止まる。小さく痙攣《けいれん》し、口から黒い泡を吹きながら。

「ど、どうなったの……!?」

身構えていたマリナが、驚いた顔をしている。

おそらく、この場でザルナグに何が起こったか把握しているのは、術者の俺だけだ。

そして、この好機を逃すわけにはいかない。

「レイン！」

「ん！」

俺の合図に呼応して、レインが錫杖《しゃくじょう》を振り下ろす。

それに合わせて、晴天の空がにわかに曇り……直後、紫電が天よりザルナグにほとばしった。

轟音《ごうおん》と衝撃を響かせながら、雷撃が魔獣を撃つ。

「ガァアアァアァッ！」

ザルナグが咆哮《ほうこう》をあげる。

俺の〈歪光彩の矢《プリズミック・ミサイル》〉とレインの雷撃魔法を受けてなお、命を絶つには至らないとはとんでもなくタフだな。

だが、今なら行ける……！

「行け、マリナ！　首を叩《たた》き落《お》せ！」

マリナのバスタードソードに〈必　殺　剣《クリティカル・ウェポン》〉を付与する。

たった一撃きりだが、聖剣のごとき威力を持たせることができる、俺が使える付与魔法の中でも最高ランクの魔法だ。

「まっかせて……ッ！」

言うが早いか、『魔剣化』も剣に乗せて飛び出し、流れるように一閃《いっせん》するマリナ。

まるで、美しい舞のような一太刀が鋭い風切り音と共に振り切られる。

次の瞬間、宙を舞った凶暴な馬面《うまづら》の首が地面にとさりと、静かに落ちた。

◇

「やった……！」

マリナが、返り血を浴びながらペタンと座り込む。

首を失ったザルナグがどさりと地面に倒れ込むのを確認して、俺も息を吐きだした。

レインとシルクも緊張を解いているようだ。

「討伐完了。ご視聴ありがとうございました！　……〝配信〟終了」

『ゴプロ君』を停止して、俺も膝をつく。魔力を消費しすぎて、頭の奥で鈍痛がしている。

「みんな、大丈夫か？」

俺の問いに、各々答えが返ってくる。

それに小さく一息ついて、俺は自嘲する。

かなり危ない戦いだった。駆け出しにやらせるべきではない戦闘だった。

この配信……マリナ達にとっては追い風になったかもしれないが、俺にとっては失敗の証拠映像だ。

死傷者が出なかったのはほとんど偶然によるもので、ザルナグの最初の一撃でマリナが命を落としていた可能性だってあった。

「お疲れ様。……三人とも、後でお説教だからな」

「え、ひどい！」

マリナが座ったまま俺に振り向く。

ザルナグの返り血で顔も髪もドロドロだが、目立ったケガはしていないようだ。

元気な様子にほっとしつつも、この能天気な娘にどう説教をしたものかと頭を悩ませてしまう。

「うん。でも、ボクも、ユークに説教、する……！」

「なんでそうなる……」

「だって、死ぬつもり、だったでしょ？」

ギクリとして固まる俺を、レインがじっと見つめる。

「わたくしも、先ほどの指示には一言《ひとこと》言いたいことがあります」

「あたしも！」

おっと、三対一だ。

これは劣勢というか、分《ぶ》が悪い気がしてきたぞ。

確かに、経験の浅い三人にはいかに危険な状況だったかわからないだろうし、俺のとった行動も完全に割り切れるものではなかったのだろう。

結果的に勝てたとはいえ、かなり運に任せた戦闘だったということは説明しておかなくてはなるまい。

あの時、〈歪光彩の矢《プリズミック・ミサイル》〉が有効に作用したからよかったものの、あれを抵抗《レジスト》でもされていたらと思うとぞっとする。

「……折衷案だ。四人で反省会にしよう」

「そうですね。そうしましょう」

俺の提案にシルクが笑顔を見せ、マリナとレインもうなずいた。

それにほっとしながら、首のなくなったザルナグを頭と一緒に魔法の鞄《マジックバッグ》に収納しておく。

雷撃に焼かれたとはいえ、状態は悪くない。ギルドで売り払えば、それなりの金になるだろう。

「うぇぇ……気持ち悪っ」

「真正面から思いっきり浴びてたもんな……」

返り血が固まり始めたマリナが眉尻を落とす。

冒険者ともなればこういう場面は多々あるが、年頃の娘に気にするなというのも酷な話だ。

それにザルナグの血は成分的にあまりいいものではない。

さっさと洗い流してしまった方がいいだろう。

「川で洗い流してもいいが、向こうにちょっとした泉があるんだ。そこで休憩にしよう」

魔獣の討伐は成した。

日数的にも余裕はあるし、少しばかりゆっくりしたとしても罰は当たるまい。

それに、その泉は当初から予定していた野営地の一つでもある。

今日はそこで休んでしまってもいいかもしれない。

魔獣はもう居ないのだから、ここから後は気楽なDランクの依頼と同じだ。

「そうしましょう。精霊との対話に少し神経を使ったのでヘトヘトです」

「ボクも。魔力すっからかん……」

ヘタる三人に〈魔力継続回復《リフレッシュ・マナ》〉を付与しておく。

特に、レインの使った魔法〈雷撃《サンダーボルト》〉は第五階梯《かいてい》魔法だ。

未熟な魔法使いが使えば、頭が沸騰して目を回しても仕方ないレベルの大魔法……レインが完全にコントロールしていることにはかなり驚いたが、実際のところ消耗はかなり激しいだろう。

レイン一人見ても、今日はもう休んだ方がいいと言える。

「こっちだ。ゆっくりでいいからついてきてくれ」

疲労した三人の歩調に合わせて、目的の泉に向かう。

治癒の魔法薬《ヒーリングポーション》の素材採取のために俺がよく訪れる場所で、比較的安全に野営できることは確認済みだ。

魔獣《ザルナグ》に遭遇しなかった場合も、ここを野営地にしようと考えていた。

しばし歩くと、視界が急に開ける。

小さなせせらぎの音が心地よい我らが野営地に到着だ。

「わぁ、綺麗《きれい》……！」

マリナが驚いた様子で目を輝かせる。

その様子に、俺は少し懐かしい気持ちになった。

俺も最初に訪れた時はこの光景に驚いたのだ。

森の中にぽっかりと開けたような場所にあって、泉の中央には小島のような平たい岩。

水深は一番深いところでも俺の肩くらいまでしかなく、澄んだ水は飲むこともできる。

「少ししたら日も暮れるし、今日はここで野営しよう」

「そうですね。魔獣の件は片付きましたし、あとは『ヨームン滝』に行くだけですからね」

「ああ。疲労した状態で夜の森を歩く方が怖いからな」

魔獣を討ったとはいえ、森には危険な動物や魔物《モンスター》だってまだまだいる。

それを疲労したまま強行軍するなんてことは、できればやめておきたい。

「野営の準備は任せてゆっくりしててくれ。マリナは返り血を洗ってこい」

「はーい」

駆けだすマリナの背中を見送って、魔法の鞄《マジックバッグ》の中から野営用のタープと寝袋を引っ張り出す。

テントでもよかったのだが、テントだと何かあった時に初動が遅れがちだし、焚火《たきび》の熱が遮断されてしまうからな。

「ひゃっほーい」

マリナが泉に飛び込んだらしい派手な水音を背後に聞きながら、俺は野営の準備を淡々と進めた。

◇

オルダン湖畔森林から帰還して、数日後。

俺達『クローバー』の面々は、冒険者ギルドに呼び出しを受けていた。

まあ、十中八九、今回達成した例のCランク依頼の件だろう。

なにせ、あれは……本来はBランク依頼とするべきもので、それをDランクのパーティが達成したという事実は、良くも悪くも話題になってしまっていた。

なにせ、その模様を〝生配信〟してしまったし。

ギルド側としても困ったのだろう。

本来、依頼というのは冒険者の経験《スコア》を鑑みて、受諾の可否を判断する。

それは、失敗による依頼者への不利益を防止すると同時に、俺達冒険者が身の丈に合わない依頼に挑戦して、引退するのを予防する意味があるのだ。

特に『討伐依頼』は必ず戦闘になることから危険要素が多く、派遣する冒険者に関しても冒険者信用度《スコア》と達成記録《ログ》を事前に確認される。

今回の場合、あの依頼は書面上ただの採取依頼の体《てい》をとっていた。

しかし、オルダン湖畔森林の状況を冒険者ギルドは認知しており、問題となっている魔獣の調査と討伐を想定した依頼だというのは、少しこなれた冒険者ならすぐに気が付くはずだ。

そうなると、『冒険者ギルドがDランクパーティをBランク討伐対象にぶつけた』ようにも見えてしまう可能性がある。

おそらく、冒険者ギルドとしてもザルナグの事は予想外だったはずだ。俺とて、遭遇するまではそうだったのだから。

だが、あの配信を見て、偶然を装った無茶をする若い冒険者（駆け出しの事だ）が増えないとも限らない。

冒険者であれば、誰もが輝かしい戦功と討伐による高い冒険者信用度《スコア》を欲しているのだ。

……特に、駆け出しは。

俺達が行ったザルナグの討伐は、評価されてしかるべきではある。

俺はともかく、マリナ達三人の冒険者信用度《スコア》と達成記録《ログ》にはザルナグ討伐について反映してもらわねばならないが、それをどういう理由で落とし込むかは、冒険者ギルドのお偉方にとっては些か難しいところだろう。

「大丈夫かな？　何か怒られちゃうのかな？」

冒険者ギルドへの道を歩きながら、マリナが不安げに俺を見る。

「いや、そんな事にはならないだろうけど……。面倒なことは言われるかもしれないな」

冒険者ギルドが何を言ってくるか、俺にもわからない。

そもそも、今回の依頼は報酬についても未払いになっている状態だ。

予想される落としどころとしては、『依頼自体最初からなかった』というあたりだろうか。

依頼掲示板にもまだ貼っていなかったし、依頼票は俺達『クローバー』しか見ていない。

つまり、俺達が個人的な用件でオルダン湖畔森林に入り、たまたま遭遇したザルナグを叩いた……という形にすれば、ギルドとしては一応の体面が保てるだろう。

「こちらでお待ちくださいね」

ママルさんに案内されて、普段はあまり立ち入らない冒険者ギルドの三階……その一番奥の部屋に俺達は通された。

ふかふかの柔らかいソファに大きな窓。

応接室に通されたってことは、問題聴取という形ではないのだろう。

それだけでもほっとする。

「ど、どうしましょう……緊張してきました。これは先生だけではいけなかったのでしょうか？」

「パーティメンバー全員で、とのお達しだったからな」

「ボクは、ユークに、任せる」

レインは意外と肝が据わっているというか、落ち着いている。

俺に任せる……という投げやりさはともかく、方針が決まれば揺らがないタイプなのかもしれない。

「待たせた」

筋骨隆々とした初老の男が、扉から姿を現す。

上等なスーツに身を包んでいるが、今にも千切れ飛びそうなほどに生地が張り詰めていて、もう少し大きいサイズにしたらどうかと毎回思うが、本人はこれが気に入っているらしい。

「やってくれたな、ユーク」

「俺のせいじゃありませんよ」

この大男……ギルドマスターのベンウッドとは、ちょっとした知り合いである。

「状況を詳しく教えてくれ」

「報告の通りですが？」

「提出された客観的事実の記録じゃない。お前の考えを聞かせてくれと言っている」

目つきを鋭くして、圧をかけてくるベンウッド。

殺気じみたプレッシャーに、マリナ達が縮み上がる。

「やめろ、ベンウッド。うちのパーティメンバーが怖がっている。だいたい、俺に話があるなら、俺だけ呼べばよかっただろ？」

「ユ、ユークさん！　ギルドマスターですよ⁉」

「よし、余計な敬語がとれたな」

焦った様子のシルクと裏腹に、にやりと口角を上げるベンウッド。

相変わらず面倒くさい奴。やり方がいちいち荒っぽいんだよ。

「あのザルナグについてか？　本当に報告の通りだよ。でも、話を聞いていると二、三ヵ月前には
もうオルダン湖畔森林にいたんじゃないかと思う」

「ほう。何故《なぜ》だ」

「マリナ達が以前に依頼で森に入った時、魔物《モンスター》とも動物とも遭遇しなかったと言っていたから
な。その時期でそれはおかしいだろ」

「そうだな。それで、どう見る？」

何を言わせたいのかは、わかっている。

だが、これは完全な予想だ。軽々しく口にするべきじゃない。

そうとわかっていても、俺はそれを口にした。

わざわざ呼び出して尋ねるくらいだ。それを聞くまで納得しないだろう。

「……『溢れ出し《オーバーフロウ》』の可能性がある。即刻調査するべきだ」

「そうか」

うなずいたベンウッドがママルさんに目配せして退出させる。

調査依頼を発行させるつもりだろう。

『溢れ出し《オーバーフロウ》』は、何らかの原因でダンジョンから魔物が溢れ出す現象だ。普通、ダンジョンの魔物
は外に這《は》い出《で》てこない。迷宮の魔力によって、命を縛られているからだ。

だが、その束縛が時に外れてダンジョンの外へと出てしまうことがある。

それは、ダンジョンに異変があったという証左であると同時に、大暴走《スタンピード》の兆候でもある。

もし、ザルナグほどの魔物《モンスター》が迷宮から這い出ているのだとしたら、かなり危険な状態かもしれない。

「さて、ここからは、君たち全員の話だ。今回の件……君たちを危険にさらしたこと、大変に申し訳なかった」

立ち上がったベンウッドが深々と頭を下げる。

それに驚いたのはマリナ達三人だ。

「あ、あの、あたし達は大丈夫だったので……。ユークがいたし」

「はい、そうです。先生がおられましたから、問題なく！」

「ユークの魔法で、倒したようなもの、です」

三者三様で俺に丸投げしようとするなよ……！

俺一人じゃ足止めがせいぜいだっただろうに。

「ユークはともかく……あの配信を見る限り、君たちには充分な実力があると儂《わし》は考える。今回の実績を持って、Ｃランク昇格としようと思うが、いいかね？」

「いいのか？」

思わず聞き返す。

意外な結果だった。もみ消しにかかるとばかり思っていたが。

「他のギルドとも協議した結果だ。ユークというＡランク冒険者の手助けあっての事……という表明を出して、駆け出しどもを抑えるさ」

「おいおい、俺はBランクだぞ？　ついに耄碌《もうろく》したのか？」

だが、ベンウッドは俺の暴言に指を左右に振ってにやりと笑う。

「馬鹿言え。配信のあれ……未発見の新魔法だろ。それでザルナグ討伐をしたことにしてあんだよ。おめでとう、これでお前も今日からAランカーだ。ほれ、これにサインしろ」

「は……？」

したり顔でAランク契約書を差し出すギルドマスターに、俺は乾いた笑いを浮かべることとなった。

◇

「おめでとう～」

「おめでとう、です」

「みんな、Cランク昇格おめでとう」

「先生もですよ！　Aランクなんて……本当にすごいです！」

——冒険者ギルドから少し離れた、居酒屋。

その一角にある個室で、俺達はお互いを祝って日も高いうちから杯を交わしていた。

ギルド併設の酒場でもよかったのだが、ここのところ俺達は少しばかり注目を集めてしまっている。

気兼ねなくゆっくりできる方がいいだろうと考えて、あえてここを選択した。

ギルド酒場より値段は高くつくが、酒も料理もこっちの方が少し上等だ。

「まあ、とにかく大変だったが、無事に達成できてよかったよ。報酬もこの通りだ」

テーブルの中央に、いつもより一回り大きい革袋を置く。

例の依頼に関しては、内々にBランク依頼として処理され、報酬が大きく上乗せされた上、討伐したザルナグの死体もかなり高く引き取ってもらえた。

おそらくギルドからの詫《わ》びも上乗せされているんだろうと思う。

「シルク、中身を確認してくれ。これで拠点購入に一歩前進じゃないか？」

「では、失礼しますね」

袋の紐《ひも》を解いたシルクの褐色の指先が、硬貨を一枚ずつ積み上げていく。

受け取った俺は袋の中身を知っているが、駆け出しにとって報酬を確認するこの瞬間は、嬉しい時間だろう。

マリナもレインも、机に丁寧に並べられていく金貨を食い入るようにして見つめている。

こういうところは駆け出しっぽくて、まだまだ初々しい。

「すごく、多いですね……！」

「今回のは最終的にBランクの調査討伐依頼として処理されたからな」

袋の中身を最後まで数え切ったと思ったシルクだったが、終わりに何かを袋の中からつまみ出した。

小さなメモと……それに貼り付けられた『ランドール白金貨』。

「あの、これ……先生宛です」

「んんん？」

俺が依頼カウンターで確認した時は、そんなの入っていなかったはずなんだが。

折りたたまれたメモを開くと、短く一文『儂からの詫びだ』と添えられていた。

ベンウッドめ、相変わらずだな。

こんなことをしなくとも、俺の信頼は揺らぎやしないというのに。

ま、ここは快く受け取っておくのも義理の一つか。

「特別報酬らしい。ありがたく頂戴しておこう」

つまみ上げたランドール白金貨を、丁寧に十枚ずつ積まれた金貨の横に置く。

これ一枚で、金貨二十枚分の価値がある。一般家庭なら二ヵ月ほどは暮らしていける額だ。

それをポンと寄越すなんて、ギルドマスターってのはよっぽど儲《もう》かるんだろう。

金貨を数えていたシルクが、ポツリと漏らす。

「……えっと、多分これで目途《めど》が立ちました」

「お金貯《た》まったの？」

マリナが身を乗り出して、テーブルを覗《のぞ》き込《こ》む。

倒れると危ないのでよしなさい。

「はい。まだどうなるかわかりませんけど、今回の報酬で予定していた金額には達しました」

「やったな！　おめでとう」

俺の言葉に、シルクが小さく目を伏せる。

「どうした？」

「やっぱり先生に助けてもらっての事なので、少し複雑というか、申し訳なくて。今回の依頼にしても、換金していただいた鋼鉄蟹《スチールクラブ》に関しても、わたくし達では到底成せなかったことです」

やれやれ、何を深刻そうにしているかと思えば……そんな事を気にしていたのか。

だが、これも俺がパーティに加入したことで起こした軋轢《あつれき》や摩擦の一つと言えるだろう。

少しばかり寂しいが、シルクにとって俺はまだまだ家族《パーティ》になりきれていないらしい。

「シルク。俺はもう『クローバー』のパーティリーダーだ。そういう遠慮はしなくていい。俺は君たちのために全力を尽くすし、その結果は良《よ》し悪《あ》しも含めてパーティ全員のものだ。だから、気にすることはない。これは、俺達全員で得たものなんだから」

「……はい。そうでした」

シルクが顔を上げて笑う。

実にエルフらしい控えめで静謐《せいひつ》な笑顔だが、気持ちは切り替わったようだ。

そんなシルクを見てマリナとレインも笑った。

「ね、ユーク」

「ん？」

仕切り直しとばかりに俺のジョッキに果実酒を注ぎながら、レインがこちらを見る。

ふんわりと赤い頬は、少し酔っているのかもしれない。

「ユークの、夢は……なに？」

「どうした、急に」

「ボクたちの立てた、目標は、手が届きそう。次の目標のために、聞いてみたい、です」

小さくコツンと互いのジョッキをあてて、ニヘラと笑うレイン。

さては俺の話を肴《さかな》に酒を楽しむつもりだな？

……ま、いいか。

意外と意地が悪いところがあるじゃないか。

「俺の夢は『無色の闇』の迷宮最深部に挑むことだよ」

「……ッ？」

驚いた様子のレインが無言でむせ込む。

人の話を肴にしておいてむせ込むとは。そんなに驚かなくたっていいだろ？

「おいおい、大丈夫か？」

「それって……」

「そう、『深淵の扉《アビスゲート》』のある迷宮だよ」

『深淵の扉《アビスゲート》』は、古代よりこの世界に存在していると言われ、異界への扉だと噂されている固定型の魔法道具《アーティファクト》である。

そして、その存在が確認されている唯一のダンジョンが『無色の闇』だ。

「ユークは、『深淵の扉《アビスゲート》』を、くぐりたいの？」

レインが不思議そうな顔で俺を見る。

「いや、ただ見てみたいだけなんだよ。世界の果てを」

目的というにも乏しい、ただのロマンだ。

どこまでも続くこの世界の断崖をこの目で見てみたい……そんな、少しばかり子どもっぽい夢が俺を冒険者たらしめている。

「なんだか、ユークらしい、かも？」

「納得いただけたなら結構なことだ」

首をかしげるレインに笑って応える。

「でも、なんとなくわかるかも。ねえ、ユーク。そこまで行ってさ……〝生配信〟しよう！」

酔っぱらった様子のマリナが笑顔で無茶を提案する。

「おいおい。そう簡単な話じゃないんだぞ？」

『無色の闇』は、その危険さや特殊性から長らく封印指定されている迷宮だ。

迷宮に入るのだって、国の特別な許可がいる。

少なくともAランクパーティにならないと、探索許可が下りないだろう。

「ボクは、賛成。ううん……次の目標は、それがいい」

「わたくしも、先生の夢はとても素敵に思えます。なんだか、お金と生活の事ばかり考えていて、そういう気持ちって忘れてました」

三人それぞれが、やる気溢れる目で俺を見る。

「あたし達、もっと頑張るから……ユークの夢を叶《かな》えようよ！」

「うん。今度は、ボクらの、番」

「頑張りましょうね、先生！」

……酔った勢いってのはすごいな。いや、駆け出し特有の『若さ』もあるか。

だが、気持ちはありがたく受け取っておこう。

今まではこうして夢を語る相手すらいなかったのだから。

「ああ。いつか四人で、『深淵の扉《アビスゲート》』を見に行こう」

閑話　サイモンの思い上がりと上から目線

『先日もザルナグ討伐配信で皆さんの目をくぎ付けにした〝クローバー〟ですが、今日も新たな配信でわかせました！』

『この映像は……ゴルゴナ地下遺跡五階のフロアボス、〝彷徨う左手《レフティ・ハンド》〟の討伐の様子でしょうか』

『そのようです。以前も話題に上がっていた、この赤装束の方はリーダーのユークさんで、やはり赤魔道士だそうです。いやぁ、毎回ほれぼれする動きですねぇ』

『というと？』

『何と言っても無詠唱《クイックキャスト》の技術がすごいんですよ！　アレはあらかじめ魔法を準備しておく赤魔道士の上級スキルですが、戦闘前に適切なものを選択して待機させなきゃいけない、かなり難しいスキルです。相当な経験と知識がないと、ああは上手《うま》くいきませんね』

『なるほど、なるほど』

『それにですね――……』

冒険者ギルドの大型スクリーンに映し出されるユークを目にして、僕は思わず歯嚙《はが》みする。

何だってあんな役にも立たない、姿以外は地味なヤツが持《も》て囃《はや》されるのかさっぱりわからない。

高難易度のダンジョンアタック動画でもなく、特に珍しくもない浅い階層のフロアボス討伐動画。

こんなものが面白いと思っているなんて、視聴者の質はここのところすっかり悪くなったようだ。

しかし、そうも言っていられない現状もある。

僕たち『サンダーパイク』も以前と同じように配信を行っているが、最近は視聴数がすっかり落ち込んで、先日もスポンサーが一人離れた。

業腹《ごうはら》だが、僕たちもこんな感じの映えない配信を考えるべきかもしれない。

そもそも、配信担当になったジェミーの腕が悪いせいでもあるんだが。

「ちっ……ユークのやつ、低ランクパーティに交じって天狗《てんぐ》になってやがるな」

同じように配信を見たバリーが、酒をあおりながら毒づく。

「この間、Aランクに昇格したらしい。調子にも乗りたくなるだろうさ。それより、僕らの事だ」

ここのところ、僕ら『サンダーパイク』はどうにも調子がでず、失敗が続いている。

理由としては、『新加入メンバーの質が悪い』という一点に尽きるが、それでも失敗は失敗だ。

加えて、新メンバーが居つかないという問題もある。

一時加入《スポット》ではなく、正式加入《レギュラー》としてパーティに迎え入れているのに、そのほとんどが一回から二回ほどの仕事で捨《す》て台詞《ぜりふ》を残して去っていく。

やる気も根性も我慢も足りない『ヘタれた冒険者』が増えていると聞いたが、どうやら噂《うわさ》は本当だったらしい。

『おおっと！　ユークさん、ここで魔法の巻物《スクロール》を使用。一気に押し込む！　これはナイスアシストですね、ガトーさん』

『ええ、完璧なタイミングでした。仲間との連携も素晴らしいですね。彼のアシストがあれば、私もダンジョンに挑めそうです』
『それはどうでしょうねぇ。……っと、ここで、討伐完了。危なげない勝利です』
『今後も〝クローバー〟から目が離せませんね！　それでは、次の配信に移りましょう。次は——……』

配信の中のユークに、思わずため息をつく。

しかし……ユークのやつは、あんなに動けるやつだっただろうか？

いや、少なくとも『サンダーパイク』にいた時のあいつは、あんな風ではなかった。

〈歪光彩の矢《プリズミック・ミサイル》〉なんて誰も知らない新魔法を使ったりはしていなかったし、もっと地味で事務的で、無気力だったはずだ。

「なあ、このままメンバーが見つからないじゃ困るしよ、この際アイツ呼び戻さねぇか？」

「ユークをか？」

「おう。なんだかんだ言ってもオレらについてこれてたし、最近の根性なしどもよりはましだろ？」

バリーのいう事にも一理ある。

新メンバーの質は下がる一方で、そのせいで依頼も迷宮攻略《ダンジョンアタック》も失敗続き。少なくとも、ユークが居た時は、依頼に何度も連続で失敗することなどなかった。

あれで雑用係なりに、僕たちの役に立っていたのかもしれない。

「あれだ……要は金の問題なんだろ？　ちょっとばかり、報酬に色を付けてやればいい。役に立たねぇジェミーの取り分でも減らしてよ」

「だが、あいつは自分で抜けたんだぞ？」

「金がなくて苛《いら》ついてたんだろ？　今頃後悔してんじゃねぇか？」

「……そうだな。それにAランクが低ランク依頼をこなしたところで冒険者信用度《スコア》は稼げない。ここはひとつ、僕たちが折れてやるのもいいかもしれないな」

あいつが幼い時から言っていた冒険の目的《ゆめ》——世界の果て、『深淵の扉《アビスゲート》』に挑むには、国と冒険者ギルドの許可を取り付ける必要があり、高い冒険者信用度《スコア》が必要だ。

僕たちのようなAランクパーティに籍を置くことは、ほぼ必須の条件と言える。

それがわかっていながら抜けると言った時は驚いたが、理由は金だった。

裏を返せば、こちらが少しばかり報酬面で折り合いをつけてやれば戻ってくるということだろう。

まったく……我が幼馴染《おさななじみ》ながら、情けない。

そんなさもしい奴が幼馴染だなんて、僕まで恥ずかしくなってくる。

「次、見かけたら声かけてやろうぜ」

「ああ、そうしよう。お互いに歩み寄ることも必要だしな。これまでの事は水に流してやろう」

そう笑って、バリーとジョッキを打ち合わせる。

あとで念の為《ため》にジェミーとカミラにも確認をしておかねばならないが、反対意見は出ないだろう。

そもそも、ユークがあんなこと言い出すまで『サンダーパイク』は上手くいっていたのだし、あいつが抜けたから新メンバーを探さねばならなくなったのだ。

冒険者としても、大人としても責任をとってもらう必要がある。

その上で、僕たちがあいつを許してやれば、何もかも元通りだ。

「お、噂をすれば……だ」

バリーの目配せに振り返って見やると、若い娘ばかり三人連れたユークが、楽しげに話しながらギルドの入り口に姿を現した。

赤毛の女剣士に、銀髪のダークエルフ、それに幼げな容姿の僧侶。

どの娘も見目はいいが、垢《あか》ぬけない感じがする……見たところ、まだ駆け出しだろう。

だが、女は女だ。

童貞くさいあいつのことだし、どうせ言い寄られてころっと騙《だま》されたに違いない。

依頼受諾の関係上、Bランク——いまはAランクか——の冒険者信用度《スコア》が欲しい駆け出し女にいいようにダシに使われてるって、気付きもしないなんて。

相変わらず世間知らずな奴。

赤魔道士に、そうほいほい声をかける奴が居るわけないだろうに。まったく。

さて、声をかけてやるか。

僕は立ち上がり、胸を張ってユークの前に歩いていった。

第三章　指名依頼と小さな異変

「――ご視聴ありがとうございました！　〝配信〟終了。……みんな、お疲れ様。損耗チェックよろしく」

一息ついて、俺はみんなを振り返った。

今回、俺達《おれたち》はCランク依頼を受けて、ここ『ゴルゴナ地下遺跡』へと来ている。

目的は、今しがた討伐した地下五階のフロアボス、〝彷徨う左手《レフティ・ハンド》〟だ。

巨大な手だけの魔物《モンスター》で、口もないのに何故《なぜ》か魔法を使う得体のしれないヤツだ。

現状、何に分類されるかよくわからない、不気味なこの魔物を研究する学者は意外と多く、新鮮な研究材料を……ということで依頼があったらしい。

しかも〝生配信〟もしてほしいという、追加オーダー付きで。

その分、報酬は高かったが。

「鎧《よろい》、ちょっと損耗。剣は問題なし。怪我《けが》はー……なし、大丈夫！」

「手持ちの矢は残り十二本。身体的ダメージはなしです。精霊魔法を使ったので、魔力はやや損耗です」

「魔力は、残り、半分くらい。魔力回復薬《マナポーション》二個、使用。残数は、一個」

損耗チェックもかなり手馴《てな》れてきたし、相互チェックも最近はしているようだ。

「俺は治癒の回復薬《ヒーリングポーション》が残り三、魔力回復薬《マナポーション》が二、岩石《ロックブレイク》の魔法の巻物《スクロール》を使った。……ちょっと苦戦したか？」

俺の言葉に、三人が小さくうなずく。

よしよし、ちゃんと自己分析もできてるな。

上手《うま》くいってもいいかなくても、現状を把握するのは成長には必要なことだ。

俺が駆け出しの頃よりも、ずっと彼女たちはよくやってる。

「よし、宝箱《チェスト》を開けたら、少し休憩して地上に戻ろう」

「了解！　あー……いっぱい動いたからお腹《なか》減っちゃった」

「帰ったらいつものところで一杯やろう。それまでは、これでも食べて我慢してくれ」

食いしん坊のマリナにリンゴを一つ投げ渡して、俺は宝箱《チェスト》の開錠に取り掛かる。

本来はシーフの仕事だが……この錬金術で作った簡易魔法道具《アーティファクト》【リビングキー】があれば、俺でも開くことが可能だ。

「お、これはなかなか……。よし、階段エリアで休憩しよう」

「はーい」

◇

マリナ達と『クローバー』を結成して一ヵ月と少しが経《た》った。

活動そのものは順調で、小さな失敗とそこそこの成功を積み重ねながら、俺達は前へと進んでいる。

マリナ達は、どうやら本気で『深淵の扉《アビスゲート》』を目指すことにしたらしく、ここのところで随分と成長した。

もともとのポテンシャルが高いのだろう。ほんの少しのアドバイスや軽い指示だけで、彼女たちの動きはどんどん良くなっていく。

この調子で行けば、今年中のBランク昇格もあり得るかもしれない。

「やっと帰ってこれたねー」

「乗合馬車が通る時間を見誤った……すまんな」

本当は、帰路を歩きながら街道を通る乗合馬車に乗せてもらおうと思っていたのだが、どうやら俺の見通しが甘かったようで、帰りは完全に歩きになってしまった。

『ゴルゴナ地下遺跡』がフィニスからそれなりに近い場所にあったからよかったものの、危うく野宿になるところだ。

「ゆっくり歩いて帰るのも、わたくしは楽しかったですよ」

「ん。ユークには、きっと吟遊詩人《バード》の才能も、ある。あとでまた、いろいろ話して……ほしい、です」

俺の失敗談を道すがらの暇つぶしに話していただけなのだが、意外に好評だったようだ。

ま、失敗談なんて山ほどあるし、酒《さけ》の肴《さかな》にするにも丁度いいだろう。

「とりあえず、達成をギルドに報告してしまいましょう」

「そうだな。〝彷徨う左手《レフティ・ハンド》〟も早く届くに越したことはないだろうし」

四人で大通りを歩いて、冒険者ギルドを目指す。

あたりはすっかり暗くなってしまっているが、冒険者の街フィニスは不夜城さながらに明るく、人通りも多い。一仕事終えた、冒険者《おれたち》のオフはこの時間からがピークなのだ。

当然、二十四時間営業の冒険者ギルドにも煌々《こうこう》と灯《あか》りがついており、併設された酒場で冒険譚《たん》に花を咲かせる者たちの声が、道にまで届いている。

「ママルさん、まだいるかな？」

「なんだ、マリナ。ママルさんに何か用事か？」

「ううん。なんとなく。ママルさんって、ユークと仲いいよね」

そのお言葉はやや語弊があるが、客観的には事実でもあるか。

「俺が冒険者になった時からの付き合いだからな。ああ見えて、この冒険者ギルドでは一番の古株だぞ」

それでもって、もしかすると一番強いかもしれない。

俺の親世代くらいの冒険者に尋ねれば、『〝灰色の隠者《グレイハーミッツ》〟のママル』の事をいくらでも聞かせてくれるだろう。

恐怖を紛らわせるために、酒を注いでやる必要はあるかもしれないが。

彼女の厳しい『冒険者予備研修』を受けたもので、ママルさんに逆らえる人はいない。

ギルドマスターのベンウッドを含めて、だ。

「マリナは、妬《や》いてる」

「そ、そういうんじゃないし！」

「はいはい。じゃれてないで行きますよ。せっかくなので冒険者信用度《スコア》の加算も一緒にやってもらいましょう。そうすれば、今日は酔いつぶれてもいいですしね」

緊張が緩んだのか、女の子らしい側面を見せるマリナとレインに苦笑するシルク。

いつも通りの光景に安心する。今回も無事にここに帰ってこれた。

俺もそう気を緩ませてギルドの入り口を入った途端、会いたくない奴《やつ》に会ってしまった。

「やあ、ユーク」

通路を塞ぐように立つ、かつてのパーティリーダー《サイモン》。

視線をやると、奥のテーブルには戦士のバリーもいた。

「……三人とも、先にママルさんのところに行って依頼達成票を出してもらってくれ。レイン、これを渡しておく。使い方はわかるな？」

「ん。まかせて」

レインに魔法の鞄《マジックバッグ》を渡して、三人を送り出す。

俺の表情を察して、何も聞かずに行ってくれたのは助かった。いい娘たちだ。

「サイモン。何の用だ」

「少し話がしたい」

同じ都市の冒険者ギルドに所属する身だ。

いつか顔を合わせることもあるだろうとは思っていたが、まさか向こうから声をかけてくるとは予想外だったな。

「話って？」

「立ち話もなんだろう？　飲まないか？」

バリーのいるテーブルを指して、ヘラヘラと笑うサイモン。

こいつがこういう笑い方をしている時は、ロクでもないことを考えている時だ。

「ダンジョン帰りで疲れてるんだ。謹んでお断りするよ」

「そう言うなよ。お前にとってもいい話ができると思うんだ」

「あいにくだが、そういうのは間に合っている」

サイモンの『いい話』が本当によかったためしなど一度もない。

こいつはベテランぶっては詐欺みたいな話に騙《だま》される、世間知らずな田舎者の筆頭だ。

一体そのおかげで俺がどれほど苦労したと思っている。

そんな男の『いい話』なんてものを聞くために時間を割くくらいなら、これからEランクの雑用依頼でも受けた方がましなくらいだ。

「悪いけど仲間が待ってる。失礼するよ、サイモン」

「待てよ！」

カウンターに向かう俺の肩を、サイモンが摑《つか》む。

「ユーク、『サンダーパイク』に戻ってこないか？」

「……？」

思わず、思考が一瞬停止した。

こいつ、何言ってんだ……？

戻る？　俺が？

「バリーとも話していたんだ。お前だって『サンダーパイク』に戻りたいんじゃないか？」

一体、何がどうなったらそんな考えに至るんだ。

迷宮《ダンジョン》の奥で邪悪な精神を蝕むもの《スキットデビル》に頭でもいじられたのだろうか？

何かしらの理由で俺が放逐《キック》されたとかなら、まだ話はわからないでもない。

だが、俺は自らの意思で以《もっ》て『サンダーパイク』と袂《たもと》を分かったのだ。

『サンダーパイク』というパーティとそのメンバーに自分の判断で見切りをつけ、自らの意思で去った。

報酬や扱いが気に食わないという事も理由の一つではあった。

だが、それが大きな理由ではない。

ずっと感じていたのだ。このままこいつらと一緒にいても『深淵の扉《アビスゲート》』には到達できない。それならば、もうAランクなどという看板にしがみつく必要もない、と。

そういった諦観と確信が、俺に離脱を決意させた。

つまり、後悔など全くないし、むしろ清々とすらしているくらいなのだ。

戻るなんてとんでもない。突然なんて迷惑な提案をしてくるんだ、こいつは……。

とはいえ、俺もいい大人だ。感情に任せた否定はするべきじゃないだろう。

過去の遺恨と苛《いら》つきは脇に置いて、それなりに穏やかな対応を心掛けるのがいまやパーティリーダーとなった俺の正しい立ち振る舞いだ。

「すまないが、その気はない」

「は？」

何を意外そうな顔をしてるんだ。

「俺は『クローバー』のパーティリーダーだからな。『サンダーパイク』に戻る気はないんだ」

「なんだよ、その態度は……！」

……？

いたって普通の態度であるはずだ。

思い通りに行かないからといってヒステリーを起こすのはお前の悪い癖だぞ、サイモン。

「だいたいな、お前が勝手に抜けたせいで僕たちが困ってるんだぞ？　悪いと思わないのか⁉」

「了解も取ったし、困らないと言っていたじゃないか」

「そうやって揚げ足を取るんじゃない！　僕の話をちゃんと理解しているのか？」

まったく、酒場の真ん中でヒスるんじゃないよ。酒の肴にされたらどうするんだ。

お互い、率いるべきパーティがある身だというのに。

「実際に、僕たちは迷惑をしている……これが事実だ。お前には、その責任を取る必要がある。それが冒険者として、いや大人として当たり前の事だろう？」

なんと偉そうに自分勝手で子ども《ガキ》じみた講釈を垂れるものだと感心する。

やっぱり脳に烏賊足《いかあし》を突っ込まれたんじゃないか？

精神汚染の呪いは早めに解呪しておいた方がいいぞ？

「サイモン。具体的にどんな迷惑が掛かっているっていうんだ？」

「依頼に失敗してる。お前が抜けたせいだ」

「それなら、新メンバーを募ればいい話だ。だいたい、お前はいつも俺をお荷物だと言っていたじゃないか。荷物が軽くなれば、足取りも軽くなるもんだろ？」

ため息と一緒に、サイモンを睨《にら》みつける。

あんまりしないことだからいまさら気が付いたが、意外と目元が疲れるんだな……これ。

「だいたい、これまで俺をないがしろにしておいていまさら何を言ってるんだ？　幼馴染《おさななじみ》だからって許されるとでも思ってるのか？」

「な……！」

まるで予想外といった顔をしたサイモンが、怯《ひる》んだ様子で俺を見る。

幼い頃から、何でもかんでも上から目線でやってきたのだ。

まさか今になって反論されるなどとは思ってなかったのかもしれない。

『サンダーパイク』に戻る気は一切ない。話は終わりだ」

「お前、あの駆け出しどもに騙されてるんだぞ⁉　お前を便利に使って――……」

「俺を便利な雑用扱いしてたのはお前らの方だろ。じゃあな、サイモン」

「いい気になるなよ……！　絶対に後悔するぞ！」

顔を赤くして捨《す》て台詞《ぜりふ》を口にするサイモンを残し、俺はマリナ達の待つ依頼カウンターへと向かった。

「悪い、待たせた」

「あの人、誰なの？」

俺とサイモンを遠目に見ていたらしいマリナが、心配げな目で問う。

「元いたパーティのリーダーだよ」

そう答えた瞬間、いまだ鎧姿のマリナがダッシュハグを敢行した。

「ぐっ！」

なんでお前は鎧を着ている時に抱き着いてくるんだ。全身鎧《フルプレート》の抱擁は、もはや攻撃と言って差し支えないぞ？

「戻っちゃうの⁉」

「心配するな。戻るわけないだろ？」

「ホントにホントね？」

「もちろん」

ダンジョンでついただろう埃《ほこり》を、赤毛の上から払ってやりながら苦笑する。

やれやれ、こうもメンバーを不安にさせるなんてリーダー失格だな。

サイモンなど無視してやればよかった。

「達成報告は？」

「はい。滞りなく済ませました。報酬は確認してパーティ金庫へ入れてあります」

「ありがとう」

やはり少し不安げにしたシルクが、俺の言葉ににこりと笑う。

「よし、それじゃあ飲みに行こうか。ほら、マリナ……今日はつぶれるまで飲むんだろ？」

「うん。今日はユークにもつぶれてもらうから」

「おいおい、勘弁しろ」

だが、確かに今日は酒を飲みたい気分だ。

長らく言いたかったことを言えた。きっと、いい気分で酒が飲める。

「だいじょぶ。ボクが、酔い覚ましの、魔法。かけたげる」

ふわりと笑いながらレインが魔法の鞄《マジックバッグ》を俺に返してくる。

なんとなくだが、この感じ……さてはレインの奴め、さっきの話を魔法で盗み聞いていたな？

聞かれて困るような話はしていないが、あまりいい趣味とは言えないぞ。

「愚痴、付き合うから、いっぱい酔うと、いい」

「……そうさせてもらう」

まったく、見た目は幼いのに時々姉みたいな顔をする。

これだからレインは侮れない。

「それじゃー、しゅっぱーつ」

「こら、マリナ。押すんじゃない」

立ち直ったらしいマリナが、ご機嫌な様子で俺の背中を押した。

◇

深酒の失敗も記憶に新しい、一週間後の朝。

すっかり冒険の準備を整えた俺達は、『アイオーン遺跡迷宮』の入り口前に立っていた。

この迷宮は、フィニスからはやや遠方にある都市、『クアロト』のすぐそばに存在する。

何故、フィニスから離れたこの小迷宮《レッサーダンジョン》に来ているかというと、『クローバー』を名指しした指名依頼が入ったからだ。

依頼人は、『クアロト』に本拠を構える老舗の武具工房『アーシーズ』。

そして、その依頼内容は『工房の新作装備を着用してのダンジョン攻略配信』である。

「全員、どうだ？」

「うん、動きやすいよ。結構軽いし、いいかも！」

マリナがはしゃいだ様子でくるりと回ると、短いスカートがふわりとめくれて、腿《もも》がちらりと見えた。

まぁ、下衣は脚甲《ソルレット》とセットのショートパンツなので、むしろ見せる設計なのだろうが……少し落ち着かない気分ではある。

「慣れないですけど、大丈夫だと思います」

一通りの点検を済ませたシルクが、照れたように笑う。

こちらは体のラインにフィットした黒のインナーの上から、左肩の露出したジャケット型革鎧を羽織っている。

動きやすさを最大限に引き出すデザインであるらしく、レンジャーであるシルクにはピッタリだと思う。

「いい、これ。魔法道具《アーティファクト》っていうのが、とても……いい」

一方レインは、ポンチョのようなマントをつまんでご満悦だ。

清潔なイメージで統一された新装備はレインの心を摑んでいるようである。

「これ全部くれる上に、お金まで払ってくれるなんて太っ腹だね！」

「これは、配信映《ば》え、する……！」

気楽そうな二人と打って変わって、シルクは少し不安げな様子でため息をついている。

「緊張します……。大丈夫でしょうか？」

「大丈夫、似合ってるよ」

「……っ！　そういうことではなく！　初めて入るダンジョンなので！」

なんだ、配信映えの話ではなかったのか。

だが、シルクの性格からすれば慣れない装備で初めてのダンジョンというのは不安要素が大きいのかもしれない。

「よし。そういう事なら依頼の件も含めて、軽くおさらいのミーティングといこう」

「うん。ここはどんなところなの？」

「そうだな……」

『アイオーン遺跡迷宮』はかなり古い小迷宮《レッサーダンジョン》だ。

迷宮の深さは地下四階層で、最深部には本迷宮《メインダンジョン》である『アウ＝ドレッド廃棄都市迷宮』への入り口がある。

つまり、『アイオーン遺跡迷宮』は、ダンジョンとしての機能もある本迷宮《メインダンジョン》への通路なのだ。

「ここまではいいか？」

「はい。大丈夫です。それで、最深部まで行くんですよね？」

「ああ、そうだ」

依頼の内容は、『アイオーン遺跡迷宮』を突破して、『アウ＝ドレッド廃棄都市迷宮』の入り口に到達することだ。

依頼者の『アーシーズ』が今シーズンに打ち出したテーマは、『女性冒険者たちの為《ため》のニュースタイル。オシャレで安全な冒険に出かけよう』であり、ポジションごとに違った強化付与がされた女性向け魔法防具《アーティファクト・アーマー》を比較的手にしやすい価格で販売するらしい。

『クローバー』は前衛のマリナ、軽装タイプのシルク、魔法使い系後衛のレインと上手く商品展開とマッチしており、ここのところの配信人気も相まって「是非に」と、指名依頼が来たというわけだ。

「難易度的には『ペインタル廃坑跡迷宮』よりも攻略しやすい。防具の性能もかなりいいし、緊張せずいつも通りで行こう」

「ユークは、潜ったこと、あるんだよね？」

「ああ。『アウ＝ドレッド廃棄都市迷宮』にも行ったことがあるぞ。ここの迷宮群は古代の商業都市だったって言われていてな、魔法道具《アーティファクト》なんかが発掘されやすいんだ。依頼が終わった後に、ダンジョンアタックを仕掛けてもいいかもな」

「おお、いきたい、です」

なんなら、宝箱《チェスト》開封配信をするのも面白いかもしれない。

……通称『開封の儀』と呼ばれるその配信も、比較的人気のある配信だ。

冒険配信の中でも〝夢のある部分〟を切り取るわけなので、当たり前と言えば当たり前なのだが。

「ま、なにはともあれ……今回は、配信録画そのものが依頼だ」

「しつもーん」

「はい、マリナ君」

「えっと、『アーシーズ』はあたし達の攻略配信を見てどうするの？　防具の問題点探したり？」

そこからか、マリナ。

説明したと思ったが……。まあ、いいか。

確認は重要だ。

「編集して、新作防具の宣伝配信として使うんだ。緊張を煽《あお》るわけじゃないが、みんなは『アーシーズ』が発表する新シリーズ防具のイメージキャラクターになるってわけだな」

「へ？」

「配信の合間とかに宣伝《CM》が入るだろ？　あれになる」

俺の説明をぽかんとした顔で聞いていたマリナが、大声を上げる。

「えええええッ⁉」

「……俺、説明したよな？」

シルクとレインに向き直ると、うんうんとうなずいている。

やっぱり説明してた。

「どうしよう、あたし……お肌とか、お手入れしてないよ！　髪も！」

「充分可愛《かわい》い、だから大丈夫だ」

「……っ！」

「さあ、そろそろ行くぞ」

魔法の鞄《マジックバッグ》から【看破のカンテラ】を取り出す。

編集があるとはいえ、罠《わな》にかかって無様な姿をさらすのもよくないし、そもそも低級とはいえ迷宮だ……気を緩めるわけにもいかない。

「……？　マリナ、何固まってるんだ？　行くぞ？」

「ひゃい！」

ぎくしゃくとした様子で歩くマリナ。

配信が宣伝《CM》に使われると理解して、いまさら緊張したか？

「先頭は俺、レインとシルクを挟んでマリナが殿《しんがり》だ。色んな角度の映像を取るために『ゴプロ君』が動き回るが、あまり気にしないでくれ」

「わかりました。戦闘指示はよろしくお願いします」

シルクがうなずいて、新調した弓を担ぎ直す。

今回の依頼に合わせて『アーシーズ』から購入した、魔法の混合弓《コンポジットボウ》だ。

これも発売前の新作で、シルク曰《いわ》くなかなかに高性能らしい。

「レイン、もし余力があったら火炎系の魔法を一度使ってくれ。映像に派手さがあるといいかもしれない。それに、幸い『アイオーン遺跡迷宮』の魔物《モンスター》は火の通りがいいのが多いからな」

「……」

「レイン？　どうした？」

なにやらジト目で俺を見るレイン。

炎の魔法は嫌だったのだろうか？

「えっと……何、かな？」

「ニブチン」

ジト目のままのレインが、俺の胸をペチリと叩《たた》いた。

……一体何がいけなかったんだ。

◇

【看破のカンテラ】を手に『アイオーン遺跡迷宮』へと踏み込んでいく。

この『アイオーン遺跡迷宮』は長方形に近い楕円《だえん》形で、どの階層もほとんど同じ形をしている。

中央部分は大きな吹き抜けになっていて、まるで歪《いびつ》なドーナツのようだ。

通路の外縁部に沿って大小さまざまな部屋が並んでおり、かつてここが巨大な商業施設だった名残を思わせる。

ただ、迷宮《ダンジョン》となった今、その部屋から俺たちを出迎えるのは笑顔の店員ではなく、魔物《モンスター》なのだが。

「思ったより、明るいんですね」

「ああ、天井が崩落して日の光が入ってるからな」

その為か、迷宮内は植物がかなり生い茂っていて視界の悪いところもある。

魔物《モンスター》の不意打ちには気をつけねばなるまい。

「使用可能な階段は東西の端に一つずつある」

「ってことは、端っこまで行かないとなんだね。そこの吹き抜け、ロープで降りた方が早いんじゃない？」

「そう考えた奴は他にもいたが……見とけよ」

足元の手頃な石を拾い上げて、吹き抜けに放り投げる。

下に落ちていくはずの石は途中で捻《ね》じれて、やがて消えた。

「うわ……なんかヘンになった？」

「古代では本当に吹き抜けだったんだろうが……迷宮化してるせいだろうな、位相が歪《ゆが》んでるんだ。絶対に落ちないように注意してくれ」

マリナがこくこくとうなずく。

素直でよろしい。

「小部屋が多い上に、逃げ場もない。魔物《モンスター》との遭遇は避けにくいから、よく注意してくれ」

「はーい」

「わかりました」

「……」

レインはまだへそを曲げているようだ。

一体何が原因だろう？

俺ってやつは一体何をやらかした……？

「レイン。俺が何かしたならちゃんと謝りたいからさ、何に怒ってるのか教えてくれないか」

「む……」

俺の困り顔に、マリナとシルクが軽く噴き出す。

「違うよ、ユーク。何もしなかったから怒ってるんだと思うよ」

「先生は、女心ってものをわかってませんね」

「んんっ？」

どういうことだ。

困惑する俺の前に歩いてきたレインが、新しい装束を見せるように腕を広げる。

「どう？」

「よく似合ってるけど？　装備に合わせてリボンの色も変えたんだろ？　それもなかなか可愛くていいな」

「……ッ！」

みるみる顔を赤くしたレインが、そのまま俺にハグを敢行する。

「お、おい……どうした？」

「ユーク、やりすぎ。レインを弱体魔法にかけないでよ」

「そうですよ、先生」

俺が一体何をしたっていうんだ……？

「も、だいじょぶ。ごめん、ユーク」

「あ、ああ」

結局なんだったのかわからないが、レインの機嫌が直ったのなら良しとしよう。

気を取り直した俺達は、地下一階層、地下二階層と順調に足を進めていく。

道中、魔物《モンスター》にも遭遇したが、およそ問題なくこれを殲滅《せんめつ》することができたし、途中の小部屋で見つけた宝箱《チェスト》からの発掘品は、レインの機嫌をさらに良くすることになった。

「えへへ……」

ご機嫌に腰に提げたポーチを撫《な》でるレイン。

そう、運が良《い》い事に魔法の鞄《マジックバッグ》を手に入れることができたのだ。

容量はそう多くなさそうだが、迷宮産出の魔法道具《アーティファクト》であるが故に性能は高く、品質保持機能がちゃんとついていた。

「よかったね、レイン！」

「うん。でも、本当に、ボクがもらって、いいの？」

「もちろんだよ！　それにこういうのは、後衛が持ってた方がいいんでしょ？」

マリナの奴、考えていないようで意外とよく理解しているんだな。

確かに、マリナのような前衛が魔法の鞄《マジックバッグ》を持っていても戦闘中に使いづらいし、何より魔物の攻撃で破損する可能性もある。

となれば、シルクかレインが持つのが順当な判断だ。

今回はレインに譲ったが、いずれはシルク用に矢弾収納用の魔法の鞄《マジックバッグ》を準備したい。

「おっと、全員止まってくれ。罠だ」

【看破のカンテラ】の青い光に照らされた床の一部からゆらりと燐光《りんこう》が立ち上る。

踏むと何かしらの現象を起こすタイプだろう。

さて、避けて通るか？

「……いや、抜いておこう」

残しておいて、帰りに引っかかったりしたら馬鹿らしいしな。

魔法の鞄《マジックバッグ》から10フィート棒を取り出して、振り返る。

「少し下がってくれ。種類はわからんが、発動させて排除する」

「大丈夫なの？」

「一応、何かあったらすぐに動けるようにはしておいてくれよ」

少し緊張した様子のマリナにうなずく。

三人が距離をとったのを確認してから、問題の床を棒でつつくと、「カチッ」と音がして、すぐに何の罠だったかが判明した。

突如として床から大量の槍《やり》が乱杭《らんぐい》に飛び出したのだ。比較的よくある罠だが、引っかかればただでは済まない。

潰しておいて正解だったな。

「よし、大丈夫だな……」

【看破のカンテラ】で再度照らしたところ、罠の発動部分は消え失《う》せていた。

幸い、槍と槍の間の隙間は通るには問題なさそうだし、このまま通らせてもらおう。

念の為、俺が先にくぐる。

「問題ない。通ってくれ」

「了解です」

シルク、レインの順に通り抜け、最後にマリナが槍の隙間を通ってくる。

この新作の防具は比較的体にフィットしたデザインなので、こういう場面にも対応しているのかもしれない。

依頼者的にはいい映像になったかもしれないな。

「階段はすぐそこだ。ついたら軽くメシ休憩にしよう」

「今日の、スープは、なあに？」

「そればっかりは【常備鍋《スープストック》】に聞いてくれ」

苦笑しつつも「レインの好物が出ればいいな」と返すと、ふんわりと笑顔を見せた。

よしよし、調子は戻ったようだな。

「む、レインばっかりずるい！　今日はあたしの好物が出るもん！」

「わたくしはミルクシチューがいいですねぇ」

そんな気の緩んだ、道行きの中……俺達の目指す階段の前に差し掛かったところで、俺は全員を止める。

「――戦闘準備だ」

俺の囁《ささや》くような声に、全員が緊張した面持ちで前方を注視する。

幸い、俺たちには気付いていない。

下り階段のそばにリラックスした様子でたむろするのは、筋骨隆々とした人型の魔物《モンスター》。

「オルクス……！」

その姿を見たシルクが、敵意むき出しに殺気を撒《ま》き散《ち》らす。

普段冷静なシルクではあるが、ことオルクスに限れば仕方あるまい。

オルクスというのは、邪悪なる蛮神バロックによって生み出された獣じみた顔を持つ人型の魔物《モンスター》で、有体《ありてい》に言うと人類の敵である。

暴力と本能で行動し、自分たち以外の知的な生命体（オルクスが知的であるかどうかの議論はいまするべきではない）は全て殺すか支配するべきと考えており、その全てを繁殖の道具か食料と認識している残虐な生命体だ。

何故か、とりわけエルフという種族に強い執着を見せ、かつて古代にあったエルフの王国『サンドリヨン』がオルクスの軍団に攻め滅ぼされた際には、多くのエルフが凄惨な目にあったと記録されている。

つまり、エルフ族にとって、オルクスとは種族的な憎悪を覚えてしかるべき、宿敵ともいえる存在なのだ。

「落ち着け、シルク」

「わかっております。ですが、確実に排除《ころ》しましょう。一匹も逃すものですか……！」

すっかりと目つきが剣呑《けんのん》に変わったシルクを抑えながら、レインとマリナに視線をやる。

「オルクスとの戦闘経験は？」

「ない」

「ボク、も」

それにうなずいて、戦略を練る。

「数は四体。武装からしておそらく下級戦士の階級だ。魔物《モンスター》ランク的にはCの相手だが、数が多いと跳ねる。向こうが上手だと思って油断するな」

オルクスは全体が軍制を敷く軍国的種族だ。

そして、その階級は単純に強さで決まり……武装も、それに比例する。

視界にいるあれは、ほぼ裸に近い。武器も粗末な槍だけ。

つまり階級は一番下ってことだ。

だが、その発達した筋肉と生まれながらの闘争心は、素手であっても十分な脅威になる。

心してかからねばならないだろう。

「まず魔法と弓で先制攻撃を仕掛ける。中距離になったら俺が弱体魔法で援護するからマリナは接敵を。シルクは射撃で遊撃を行ってくれ」

「ボク、は?」

「初撃ででかいのを頼む。できれば数を減らしたい」

そう指示を出して、強化魔法を付与していく。

こちらに有利な点はもう一点ある。胸糞《むなくそ》の悪い有利さだが、こちらは女性メンバーが多い。

俺は捕まれば即食糧だろうが、マリナ達には食欲よりも性欲を向けてくるだろう。

つまり、戦闘が開始されても、殺すつもりでは来ないということだ。

これは本能的なもので、自分の命が危険にさらされてもスタンスを変えないらしい。

三大欲求より自分の命が軽いなんて、知的生命体が聞いて呆《あき》れる。

「よし、いくぞッ」

俺の合図と同時にレインの第四階梯《かいてい》魔法〈火球《ファイアボール》〉が錫杖《しゃくじょう》の先から発射される。

高速で飛翔《ひしょう》したそれは、すっかり油断していたオルクスたちの中央付近で爆発を起こし、派手に吹き飛ばした。

……が、さすがに頑強だ。仕留めるには至らなかったらしい。

「続くッ！」

起き上がったオルクスの内、二体を目標にして魔法の巻物《スクロール》を起動する。

俺謹製の〈岩石流《ロックブラスト》〉を発動する魔法の巻物《スクロール》だ。

大小さまざまな岩が空中に出現し、直下にいるオルクスを押しつぶす。

内一体は難を逃れようとしたが、その目に飛来したシルクの矢が深々と突き刺さり、怯んだところで岩に飲み込まれた。

「残り、二！　マリナ！」

「うん！」

飛び出していくマリナに迫るオルクス二体。

そのそれぞれに、俺は指を振って〈麻痺《パラライズ》〉と〈鈍遅《スロウ》〉を放つ。

今のマリナなら、それだけで充分だ。

「てぇいッ！」

袈裟懸《けさが》けに振るわれる魔剣化したバスタードソードが、オルクスを体半ばまで切り裂く。

「一つッ！」

振り向きざまにもう一太刀、残ったオルクスに浴びせるものの……やや浅い。

だが、問題はないだろう。

その瞬間、オルクスの右目に一度に三本の矢が突き刺さったからだ。

「ナイス、シルク！」

「きちんとトドメを！」

「うん！」

過剰攻撃《オーバーキル》とも思えるマリナの一撃が、オルクスの首をすぱりと切り離す。

オルクスたちが動かないことを確認して、俺は息を吐きだした。

「よし、討伐完了だ」

「上手くいきましたね」

「ああ、討伐証だけ剝いでおこう」

オルクスは素材として無価値ではあるが、討伐を推奨している魔物《モンスター》だ。

その特徴的な耳が討伐の証《あかし》となるので、切り取って回収しておく。

「少しは落ち着いたか？　シルク」

「え、ええ。すみません……オルクスを見るとどうにも苛ついてしまって」

「エルフの性分だろ。気にすることはないさ」

俺の言葉に、シルクが少し不思議そうな顔をする。

「先生は、ダークエルフなのに……とは言わないんですね」

「肌の色の違いが人や種族の違いではないだろう？　それに、シルクはシルクさ」

「先生……」

ダークエルフは南方に住むエルフの一族が祖と言われている。

そして、エルフの裏切り者とも。

その理由はもはや、誰も正確なことは知らない。どこかの戦争で闇の軍勢に与したとか、例のオルクス戦争の時に北方の白エルフと仲違《なかたが》いしたとか……いろいろ言われちゃいるが、実際のところは誰にもわからないのだ。

それなのに、ただ悪印象だけがずっと独り歩きしている。

こんなに穏やかで仲間思いの娘が、それだけで蔑まれることなどあってはならない。

そも、たとえ噂《うわさ》が本当だとして、いまさらそれを個人に向けて糾弾する理由にするなど愚の骨頂だ。

「少なくとも、俺は……いや、俺達はシルクを仲間だと思ってる。いまさら種族なんて気にするもんか。だいたい、それを言い出したらレインなんて見てみろ。まるでドワーフみたいに魔法道具《アーティファクト》を愛《め》でてる」

「む……失敬、な！　魔法道具《アーティファクト》は、ロマン、です」

「わかる」

大きくうなずいて見せると、レインとシルクが吹き出すようにして笑った。

「あ、なんか楽しそうにしてる！　あたしも混ぜて！　……っと、その前に。オルクスが何か変なのを持ってたよ」

オルクスの死体を漁《あさ》っていたマリナが、羊皮紙のようなものを広げて見せる。

「これは……いいものを見つけたな、マリナ」

「そうなの？」

俺の言葉に、マリナが首をかしげた。

「これ、【天啓の覚書】の一部だよ」

「【天啓の覚書】？」

「隠された能力を発掘するための魔法道具《アーティファクト》だよ。かなり貴重なものだ」

しかも、状態が結構いい。

これなら、修復して足りない部分を補填すれば【天啓の覚書】として再生できそうだ。

少しばかり難しい案件だが、そこは錬金術師たる俺の腕の見せ所ってやつだな。

「どうしてオルクスなんかが、そんなの持ってるのかな？」

「宝箱《チェスト》を漁ったか、誰かから奪ったか……そもそも、どこにあったんだ？」

「あの一番大きなオルクスが持ってた袋にくしゃってなって入ってた！」

オルクスは略奪を好む戦闘種族だ。

ダンジョンや犠牲者からの戦利品を功績として携行することがままある。

この【天啓の覚書】の一部もそうして手に入れたものだろう。

「高く売れる？」

「このままじゃ二束三文だな。それに売るのはもったいない……俺が修復するよ。上手くいったら誰かが使えばいい」

【天啓の覚書】は普通、市場には出回らない。

手に入れたパーティの中で消費されてしまうのが常だからだ。

体が資本の冒険者にとって、自分の恒久的な底上げとなる才能の覚醒は、何物にも代えがたい重要性があるため、これを金に換えてしまう者はかなり少ない。

「使うとどうなるんですか？」

「その人間の才能が少し開花するって言われているな。例えば、『二つ目の職能』が発現したり、新たなスキルを得たり、急に魔法が浮かんだって例もあるらしいな」

思うに、これは気づき《インスピレーション》を与える類いの魔法道具《アーティファクト》だ。

今まで気が付かなかった自らの内面を、浮かび上がらせるような……そういうものだろう。

「では、マリナが使うのがよさそうですね」

「うん。ボクも、それがいい、思う」

「ホントに？　『二つ目の職能』、目覚めるかなぁ」

確かに、マリナには『二つ目の職能』がない。

生まれつき一つの事もあるし、目覚めるきっかけが今までなかったのかもしれない。

俺の場合は、ちょっとした薬の調合ができないかと挑戦した時に、たまたま『錬金術師』が発現したわけだが……。

そういえば、『サンダーパイク』の面々はみんな『二つ目の職能』がなかったな。

それを気にした風でもないというか、俺が錬金術師に目覚めた時は逆に『自分の職能一本で勝負できない無能』みたいに言われたのは少々傷ついた記憶がある。

とれる手段が多いというのは冒険者にとって有用だと思うんだけどな。

ま、考え方は人それぞれか。マリナにも押し付けるのはよそう。

「あたしでいいのかな？」

「ま、修復が終わってから考えたらいいさ。個人的には『二つ目の職能』が目覚めるかどうかはわからないが」

「うー……確かに。でも『魔剣士』は珍しいから、そこに才能が集約されてるかもって神殿の人に言われた」

「そういう見方もあるか。まあ、『二つ目の職能』でなくても何か隠れた才能が見つかるかもしれないぞ？」

俺の言葉に小さく首を傾けたマリナがピンときた顔をする。

「お嫁さんとか⁉」

「それは才能なんだろうか……」

些《いささ》か疑問だが、可能性は無限大だ。

「さ、そろそろ行こうか」

そう告げながら、端に寄せたオルクスの死体に手製の聖水を撒きかけておく。

迷宮の魔力でアンデッドにでもなったら面倒だからな。

「階段の踊り場で予定通り休憩にしよう。魔力も全快にしておきたい」

「そう、だね。ボクの魔力も、少し減り気味だし」

第四階梯魔法である〈火球《ファイアボール》〉を使って息切れしないだけで、大したものだと思う。

ジェミーなど、第三階梯魔法ですら辛《つら》そうにしていたのに。

指を振って〈魔力継続回復《リフレッシュ・マナ》〉をレインに飛ばしつつ、階段に向かう。

この『アイオーン遺跡迷宮』の階段は途中でちょっとした踊り場を挟んで折り返す形をとっており、『迷宮のルール』に漏れずそこは比較的安全な場所となっている。

迷宮が溢れ出し《オーバーフロウ》を起こすような不安定な状況であれば、話は別だが。

踊り場につき、いったん『ゴプロ君』を止める。

休憩中は配信を止めるとあらかじめ言ってあるし、さすがに気を抜く時間も欲しい。

「損耗確認。俺は魔法の巻物《スクロール》を一つ消費したくらい。魔力は大丈夫だ」

「あたしも大丈夫！　元気！」

「矢は五本損耗です。まだ残り二十本あります」

「ボクは魔力減り気味。休憩中に全快可能」

大きな損耗はない。

オルクスはここで遭遇するにはやや強敵だが、おそらく外から入ってきて住み着いたものだろう。

あいつらは、どこにでも勝手に住み着くからな……。

「あ、そういえば。ユーク、あれから嫌がらせ受けたりしてない？」

「ああ、ベシオ・サラスの件か。ああ、特に問題なく」

ベシオ・サラスはマリナ達のパーティに入ろうとうろついていた、Ｅランクの冒険者だ。

実はあの後、一度ばかり遭遇したが……予定通りに、ご退場願った。

『ゴプロ君』を飛ばして現場を押さえたので、今は冒険者としての登録も取り消されているはずだ。

というか、彼の冒険者信用度《スコア》はたかだかちょっとした脅迫で取り消しになるほどに低かった。

何故、あの実力と冒険者信用度《スコア》であそこまで偉そうにできたのか、いまだに謎だ。

「冒険者ギルドに伝えておいたし、処分を下してくれたんだろう」

「確かに、最近見ませんね。あの人」

「せいせい、する」

レインは特にベシオを嫌っていたからな……。

「それもだけど、『サンダーパイク』もだよ。あの人……ユークの事、睨んでたし」

「ああ。昔からああなんだ、気にするほどの事じゃない」

あの後、酒の席で盛大に愚痴ったので三人とも事情は知っている。

まさか、本当につぶれるまで飲まされるとは予想外だったが。

「心配するな、戻る気は一切ない。俺はクローバー《ここ》で夢を目指すよ」

「うん。それは気にしてない。でも、前のパーティから嫌がらせとかってたまに聞くから……そっちの方が心配」

マリナが眉尻を下げる。

「なに、嫌がらせされたって気にしやしない。今はみんなが居るからな」

確信をもってそう笑うと、三人がそれぞれ照れたように笑いを返した。

◇

「そこ、罠があるぞ。気をつけてな」

崩落した天井からの光が届きにくくなった地下三階層を、注意深く歩く。

ここから先は、周囲の環境もあまりよくない。

暗がりから魔物《モンスター》が飛び出す可能性も高くなるし、その強さも少し上がる。

とはいえ、この周辺の冒険者にとっては本迷宮《メインダンジョン》たる『アウ＝ドレッド廃棄都市迷宮』への通り道でしかないので、そう恐れるほどではないが。

「そういえば、ここはフロアボスはいないんですね」

「ああ、昔は『アウ＝ドレッド廃棄都市迷宮』前にいたらしいんだが、ここのところ十年ほどは目撃されていないらしい。確か『影の人《シャドウストーカー》』と呼ばれる魔物《モンスター》が複数で扉を守ってたって聞いたけどな」

一応、事前情報として記録《ログ》は読んだが、実際のところを見たわけではない。

当時、まだ配信用の魔法道具《アーティファクト》は開発されていなかったし、俺が潜った頃にはもう出現は確認されていなかった。

「ね、それってどんな魔物《モンスター》なの？」

「真っ黒なマネキンみたいなやつで、目だけが爛々《らんらん》と光っている……って記述があった」

「あんなの？」

マリナが、少し先に見える小部屋の一角を指さす。

そこに、ポツンと立つ人影があった。真っ黒で、目だけが夜の猫のように光っている。

「……！」

ぞわり、と背中に悪寒が走った。

「全員、停止だ。こちらを見ているぞ……！」

俺の言葉に立ち止まった三人が、緊張した面持ちで周囲を確認する。

特にシルクは精霊使いだ。闇の精霊の力を借りて、暗い場所でも視界が確保しやすい。

「アレだけのようです……！」

「警戒を続けてくれ」

未知の魔物《モンスター》だ。敵対的なのか友好的なのかすらわからない。

ダンジョンに生息する以上、侵入者《おれたち》を排除するべく動いて然《しか》るべし、といったところだが。

「……」

無言のにらみ合いが続いたが、そいつは突如として姿を小部屋の中に消した。

さて、どうしたものか。

小部屋まで追っていって倒すべきか？

それとも、このまま階段を目指すべきか？

知能のほどはわからなかったが、こちらを観察するようなそぶりはあった。

フロアボスとして出現した時も複数体であったという記録があるし、仲間を呼んで待ち伏せや強襲をかけるつもりかもしれない。

「決を採ろう。追撃か、無視か」

「わたくしは触れるべきではないと思います」

「あたしも。襲ってこないなら、ほっておこうよ」

レインは少し悩んだ上で「あれはアンデッドだから」と追撃を支持した。

「二対一だ。レイン、いいか？」

「ユークは？」

「決めかねたので君らに聞いたんだよ」

軽く苦笑する。

「ただ、警戒はしておこう。聖水を撒きながら進む」

「ん。さっきは、襲ってこなかった、けど……アンデッド、だから。襲われる可能性は、ある」

「しかし、『影の人《シャドウストーカー》』か。本物は初めて見たな」

かなり強敵、と報告書には書いてあった。できれば、今後は遭遇したくない。

特にアンデッドは弱体魔法が入りにくいので、俺のサポートもしにくいしな。

「とりあえず、先に方針を決める。戦闘になったら、まず物理的制圧を目指す」

「〈ターンアンデッド〉は？」

マリナの言葉に、俺は首を振って答える。

「以前読んだ資料によると、かなり弱らせないと効力がないらしい。俺達人間がやることは、何でもやってくると考えてくれ」

「という事は、魔法も？」

「ああ。確か暗黒魔法を使ったという記録があったはずだ」

暗黒魔法は『僧侶』の使う聖魔法の逆の機序をもたらす魔法だ。

傷を開き、死者を起き上がらせ、病や不運をばら撒く……。

修得そのものが違法とされているような魔法で、邪神や悪神の力を借りて使用すると言われている。

「わたくし達に対処できるでしょうか」

「できる」

俺は断言する。

シルクの美徳でもある慎重さは、時に視野を狭窄《きょうさく》させる。

それが、後ろ向きな提案となって逆に行動を阻むことがあるのだ。

「なに、いざとなったら、俺が何とかする。任せてくれ」

「はい。先生がそう言うのでしたら」

安心した様子で、うなずくシルク。

「確かに、ユークが居たら大丈夫な気がするよね」

「うん。ボクも、安心」

緊張が解けたようで何より。

当の俺は、少しばかり不安が増して胃に来そうだが。

だが、収穫もあった。十年以上も目撃されていなかった『影の人《シャドウストーカー》』の姿を配信でとらえることができた。

これは、それなりに価値がある記録《ログ》として提出できる。

……つまり、冒険者信用度《スコア》の加算が期待できるということだ。

「扉の前で戦闘になるかもしれない。気を引き締めて行こう」

「わかりました」

「了解！　頑張っていこう！」

「ん」

三人が、各々俺の言葉にうなずいて、前を向く。

必要以上に緊張もせず、それでいて気を抜いているわけでもない。

よし、いいコンディションだ。

「じゃあ、出発しよう」

念の為に強化魔法を付与し直して歩き出す。

記録にはなかったが、奇襲をされる可能性もある……さっきよりも注意しなくては。

しかし、どうして今になって急に『影の人《シャドウストーカー》』が？

この迷宮群に、何か異変が起きているのかもしれない。

十年前、『影の人《シャドウストーカー》』が消えたことが異変なのか、消えた『影の人《シャドウストーカー》』が再び姿を現したのが異変なのか。

何が正しいかなんて、結局のところ何か起こってからでないとわかりはしない。

ただ……以前とは違うという事は念頭に置いて行動せねばなるまい。

そう考えながら寒気が増したような気がするダンジョン内を歩き、その端に到達する。

「よし、階段だ。いよいよ次は最終層だ。まずはゆっくり休憩しよう」

地下四階層への階段からは、奇妙で静かな気配が漏れ出しているような気がした。

◇

『アイオーン遺跡迷宮』の最下層は、これまでと少し様相が違う。

ここまでは基本的に通路と小部屋で構成されていたが、最下層は吹き抜け部分がないため、床面積が広い。

両サイドに商店の名残を思わせる小部屋があるのは同様で、最下層は緑化や風化の影響が少ないためか、いまだ朽ちた看板などが掛かっている小部屋もある。

「少し雰囲気が違いますね……」

「うん。遺跡っていうより、廃墟《はいきょ》って感じ」

マリナとシルクも迷宮の様相が変化したことに、少し不安感を覚えたようだ。

そんな彼女らとは打って変わって、レインは興味深げに周囲を見回している。

「どうした？　レイン」

「とても、興味深い。この階層だけでも、全部、調べて回りたい気分、です」

「ま、依頼が終わってから考えよう。まずは依頼達成が優先事項だしな」

「うん。わかってる」

レインが納得した様子でうなずく。

「終わったら、もう一回潜ってみようよ。実はアウ＝ドレッド廃棄都市迷宮にもちょっと興味あるし」

「そうですね。せっかく『クアロト』まで出向いたわけですし、わたくし賛成です」

マリナもシルクもああ言ってるし、フィニス近辺以外でのダンジョンアタックもきっといい経験になるだろう。

俺自身、この近辺のダンジョンに潜った経験はそう多くない。

今後の事を考えれば、サポーターとして俺こそ積極的に取り組むべきかもしれない。

「なら、早く扉前まで行っちゃおう！」

「そうだな。だが、『影の人《シャドウストーカー》』の件もある。警戒は怠らないようにしよう」

「わかってる！」

マリナが快活に笑ってうなずく。

薄暗いダンジョンで彼女の明るさは、まるで強化魔法のように心を軽くする。

「よし、それじゃあ行こう。シルク、すまないが索敵のサポートを頼む。俺は夜目が利かないからな」

最下層は上層に日光が阻まれてさらに暗い。

【看破のカンテラ】は光源としてよりも、罠や仕掛けの発見に機能を割いているのでやや灯りとしては心もとない。

だが、レンジャーでかつ夜目が利くシルクの助けがあればそれは充分にカバー可能だ。

「お任せください」

うなずくシルクにこちらもうなずきを返して、最下層の広場をゆっくりと歩き始める。

おそらくここは、大型の店が入るようなフロアだったのだろう、小部屋もあるがかなり大きな部屋が要所に点在していた。

戦うスペースがある分、取り囲まれる可能性があるということでもある。

「先生……ッ」

フロアを中ほどまで歩いた時、シルクが小さいが鋭い警告を俺に発した。

その視線は、上方……吹き抜けで見える三階層部分に向けられている。

「……！」

三階層の際《きわ》に、『影の人《シャドウストーカー》』が一体、俺達を見下ろすような形で立っている。

相変わらず敵意は感じないが、逆にそれが不気味だ。

「どうしますか」

「どうしようもないな。見られて気分は悪いが、あの位置からすぐに襲い掛かってくるという事もないだろう」

そう言った瞬間、『影の人《シャドウストーカー》』が身を躍らせた。

「なっ……!?」

予想外の動きに、思わず硬直する。

吹き抜けにある位相のずれは岩すら捻じり消す、強力な力のはずだ。

それなのに、『影の人《シャドウストーカー》』はこともなげに俺達の前に下りてみせた。

(どうなっている……ッ?)

そんな俺の疑問など知らぬとばかりに『影の人《シャドウストーカー》』が嗤《わら》う。

奇妙な笑い声をあげながら口元を弧に歪める『影の人《シャドウストーカー》』からは、確かな狂気と殺意を感じた。

「来るぞッ! 戦闘準備!」

緊急用の魔法の巻物《スクロール》を広げる。

それなりに手間暇と金がかかる魔法道具《アーティファクト》だが、安全には代えられない。

……錬金術師が道具をケチって戦うなど、愚かすぎるしな。

【多重強化付与の巻物《マルチエンチャントスクロール》】がその効果を発して燃え落ちると同時に、『影の人《シャドウストーカー》』が動いた。

正中線をなぞるように、素早く腕を振り上げる『影の人《シャドウストーカー》』。

「きゃうッ」

次の瞬間、先頭に飛び出していたマリナが小さく宙を舞って倒れ込む。

「マリナ！」

小剣《ショートソード》を抜いて、マリナとの間に立つ。

『影の人《シャドウストーカー》』が何をしたのかさっぱりわからないが、床に残された痕跡からして鋭い衝撃波の類いだろう。

幸い、【多重強化付与の巻物《マルチエンチャントスクロール》】が付与した魔法の中には〈硝子の盾《グラスシールド》〉の魔法も含まれている。

マリナは大丈夫なはずだ。

「シシシッ……」

「気分の悪い笑い方をしてくれる……！」

少しばかり頭にきながらも、小剣《ショートソード》を構える。

俺のような中衛は冷静さが肝要だ。与えられた主な役割は状況の維持であり、突破は攻撃手の仕事。

つまり、ここはマリナの復帰まで前衛の代わりとなって背後を守るのが俺の仕事だ。

しかし……ここはあえて少しばかりの無茶をさせてもらおう。

俺は三人に「何とかする」と宣言したのだから。

「シャアッ！」

「……！」

『影の人《シャドウストーカー》』が同じ所作に入ろうというその瞬間、俺は一息に飛び込む。

謎の衝撃波が真正面から俺を捉えるが、これを恐れる必要はない。

一対一の戦闘なら、まだ得意分野だ。

赤魔道士の戦い方をコイツに見せてやるさ……！

「……ッ」

〈硝子の盾《グラスシールド》〉が割れる感触と衝撃。

抜けた衝撃で少しばかり頬が裂けた熱さがあったが、怯まず踏み込む。

予想外だったのか、『影の人《シャドウストーカー》』の顔から笑みが消えた。

「シャァーッ！」

「先生！」

振り下ろされる手刀が俺を捉え、シルクが悲鳴を上げたが、これも予想の範囲内だ。

あらかじめ発動しておいた〈幻影分身《ブリンクシャドウ》〉が、俺の身代わりに刃のような衝撃波を受けて立ち消え、地面に抉《えぐ》れた痕跡だけが残る。

「いくぞ……ッ！」

この隙を、逃すほど俺も甘くない。

『影の人《シャドウストーカー》』に向けて、小剣《ショートソード》を渾身《こんしん》の力で以て振るう。

「――〈必殺剣《クリティカル・ウエポン》〉、〈聖付与《エンチャント・セイント》〉、〈燃える傷《フレイムスクラッチ》〉！」

邪祓《はら》う真銀《ミスリル》の刃《やいば》に三種類の強化魔法を付与して振り抜く。

アンデッドである『影の人《シャドウストーカー》』には手痛い一撃となるはずだ。

「おまけだ、とっとけ！」

たたらを踏む『影の人《シャドウストーカー》』からバックステップで距離を取るついでに、腰のホルダーから聖油《ホーリーオイル》を抜き取って投げつけておく。

「ヒュァァァァ────」

油は傷に揺らめく炎に引火し、『影の人《シャドウストーカー》』が奇妙な悲鳴を上げて炎上しはじめる。そして、その影はすぐさまボロボロと崩れて、やがて炎と共に消えた。

◇

「マリナ、無事か⁉」

「すごいよ！　ユーク！」

心配して振り向いた俺に、マリナのダッシュハグが直撃する。

衝撃はあるが、いつものダメージはない。

「あたしなら大丈夫！　ちょっと脳震盪《のうしんとう》だったみたい」

「そうか。無事ならいいんだ」

念のため、傷のチェックをするがちょっとした切り傷だけのようだ。

軽く回復魔法を使って塞いでおく。

冒険者とはいえ、こんなことで女の子の顔に傷が残るとかわいそうだからな。

「しかし、この鎧はいいな」

「うん。すごく丈夫！」

それもあるが、マリナの突撃羊《チャージシープ》のようなダッシュハグの衝撃が随分と軽くなった。

女性向けのフォルムと軽さを実現するために、要所以外は特殊な布と革でカバーしていると聞いていたが、なるほどハグが必要なシーンにも対応しているとはさすが老舗の『アーシーズ』だ。

「ユーク。マリナも年頃の女の子、なので、ずっとハグは、よくない」

おっと、鎧のすごさを堪能《たんのう》している場合ではなかった。

「すまんすまん。しかし、まさか下りてくるとはな。シルクが見つけてくれなかったら不意打ちを受けていたな」

「いいえ、見つけただけで何もできず……」

シルクはそう言うが、俺があああも接敵してしまっては弓は使えないし、後ろでサポートに入るための精霊魔法を準備しているのは気配でわかっていた。

戦況に合わせた柔軟な立ち振る舞いだと感心している。

「レイン、どうだった？」

さて。あの時、パーティの中で最も冷静だったのはレインだ。

僧侶として、魔法使いとして『影の人《シャドウストーカー》』を観察していたのは、なんとなく気が付いていた。

どちらからのアプローチもできるように、まずは観察するというのは魔法使いとしては正しい。

「アンデッドだけど、魔力も、乱れてた。多分、正しい存在じゃない」

「やっぱりか。階層を行き来するなんて、おかしいものな……」

俺も違和感があった。

『影の人《シャドウストーカー》』が噬うなんて記録《ログ》はなかったはずだし、挙動もおかしすぎる。

これじゃあ、まるで……。

「溢《オーバーフロウ》れ出しみたい」

「……！」

レインも俺と同じ結論に至ったようだ。

ダンジョンというのは、これで一定のルールが保たれている。

外から魔物が入って住み着くことはあっても、ダンジョンで生まれた魔物が外に這《は》い出《だ》すことは通常ない。

また、その生息域は明確に定められていて、一部の特殊な例を除いて迷宮内の階層を魔物《モンスター》が行き来することもない。

正しく機能した迷宮というのは、そう決まっているのだ。

そして、それにほころびが生じた時……溢《オーバーフロウ》れ出しや大暴走《スタンピード》が発生する。

「ユーク、どうする？」

「せっかく最下層にいるんだ。まずは最奥まで探索を続行しよう」

「〝生配信〟で知らせるのはどうかな？」

マリナの提案は確かに、効果的かもしれない。

だが、今回三人は『アーシーズ』が発表前の新作装備を着ている。

これを〝生配信〟で晒《さら》すのは、些かまずい。

「まずは状況の確認をしてからにしよう。みんな発表前の装備を着ているし、依頼主に無断で生配信は避けたいな。やるとしても最終手段だ」

「そっか。確かに、まだちょっとヘンってだけだもんね」

「ああ。帰還後に冒険者ギルドに報告を上げて、調査チームを組んでもらおう。『アーシーズ』だって、調査目的にギルドが配信を見るくらいは許可してくれるだろうし」

そのためにも、『本迷宮《メインダンジョン》の扉前まで行く』という依頼を急いでこなさねばなるまい。

それが、最深部を確認することにも繋《つな》がるはずだ。

「よし、行こうか」

「待って、ユーク」

レインが小走りにやってきて手を伸ばし、俺の頬に触れる。

ずきりとした痛みが、俺に傷を思い出させた。

「傷、治そう。それと、少し休憩。こういう時こそ、焦っちゃ、だめ……でしょ？」

柔らかな風のようなものが頬に触れると、すっかり痛みはなくなっていた。

そういえば、回復魔法を誰かにかけてもらうのなんて、いつぶりだろうか。

「ユークの心配は、わかる。けど、ボクたちも、一人前の冒険者だから」

「ああ、そう、だな。すまん」

緊急事態に、少しばかり気が急《せ》いていたようだ。

こういう時こそ冷静にならないといけないのに。

「一人で、抱えない。よくない」

レインが諭すように、俺の目を見る。

それに気圧《けお》されて、思わずうなずく。こういう時のレインには、本当にかなわないな。

「よろしい。……各自、損耗チェック。ボクは魔力が少し減っただけ、大丈夫」

「わたくしも問題なしです」

「あたしも回復してもらったから大丈夫！」

「俺も問題ない。〈魔力継続回復《リフレッシュ・マナ》〉で対応可能だ。レインにも付与しておくよ」

「ん、ありがと。ユーク」

微笑《ほほえ》むレインに、少しドキリとしながらも、俺は気合を入れ直す。

まだ客観的データは『影の人《シャドウストーカー》』が十数年ぶりに姿を現したという事実と、そいつがおそらく正常でないという推測だけだ。

焦って事を進めれば、何かを見落としたまま仲間を危機にさらす可能性だってある。

まずは、いつも通りに仕事をこなす。

「よし、落ち着いた。行動開始だ」

一通りの考えをまとめて、三人を見る。

「シルク、引き続き警戒を頼む。あれ一体だけだといいが、複数いるかもしれない」

「はい、わかりました」

「レイン、魔力が狂ってるなら〈魔力感知《センスマジック》〉で発見できるかもしれない。〈魔力継続回復《リフレッシュ・マナ》〉をかけっぱなしにしておくから、魔法を頼む」

「ん。まかせて」

「マリナ。すぐに動けるように準備をしておいてくれ。二人が警戒に気を遣う分、初動が遅れる可能性がある」

「おっけー！」

俺は俺で、魔法の鞄《マジックバッグ》からいくつか魔法の巻物《スクロール》を取り出して、ベルトのホルダーに挿す。

警戒をシルクとレインに任せる以上、遭遇時に必要な火力を補填する必要がある。

攻撃魔法も使えないことはないが、あまり得意ではないし……魔法の巻物《スクロール》なら、発動しながらフォロー用の魔法を使うことも可能だ。

「目標は変更なし。最奥の扉に到達することだ。さぁ、行こうか」

周囲を全員で警戒しながら、慎重に『アイオーン遺跡迷宮』の最下層を進んでいく。

幸い、あれ以降は『影の人《シャドウストーカー》』と遭遇することはなく、俺達は最深部のすぐ手前までスムーズに進むことができた。

「この先が、最深部だ」

装飾など何もない、まるで壁のような錆《さ》びた扉に手をついて三人を振り返る。

「ボス部屋ってことですか？」

「そうなる。俺が過去に踏み込んだ時は、何も起きなかった。扉も閉められるし、『アウ＝ドレッド廃棄都市迷宮』に入る前の野営地にしていたくらいだ」

だが、今回はどうなるかわからない。

様子がおかしい以上、ここも何かしら問題が発生しているかもしれない。

「〈魔力感知《センスマジック》〉には、何も反応、ない」

「精霊力の乱れも感じませんね」

……であれば、問題ないとするべきか。

「一応、ボス部屋に踏み込むつもりで強化《バフ》を付与しておくよ。奥にある『アウ＝ドレッド廃棄都市

「奥は見ないの？　『アウ＝ドレッド廃棄都市迷宮』への入り口に触れれば依頼は終了だ。その後、すぐさま引き返す」

「覗《のぞ》くくらいならいいかもしれないけど、入るのは止《よ》しておこう」

「了解！」

各々、準備を整えて俺にうなずく。

そして、付与魔法を一通りかけ終わったところで、俺が扉に手をかけた。

通常の扉と違ってここは引き戸のようになっていて、ドアノブのような突起物に手を触れると、扉は自動的に壁の中にスライドしていく。

「……」

その隙間から中を覗き込んで、俺はほっと胸をなでおろした。

「敵影なし。進もう」

後ろの三人にうなずいて、『アイオーン遺跡迷宮』の最奥であり、『アウ＝ドレッド廃棄都市迷宮』の入り口広場へと足を進める。

「あれが、アウ＝ドレッドの入り口？　なんだかすごいね！」

マリナが指さす先には、やや装飾過剰とも取れる巨大なアーチ状の扉が存在していた。

以前見た時も思ったが、古代の技術というのはスケールが違う。

「本来は『アウ＝ドレッド廃棄都市迷宮』側が人の住処《すみか》で、この『アイオーン遺跡迷宮』は商店を集めた建物だったんじゃないかって言われている」

「じゃあ、『アウ＝ドレッド廃棄都市迷宮』の奥には何があるの？」

「それを解明するのが俺達冒険者の課題さ」

マリナの質問に答えつつ、軽く苦笑する。

この『アウ＝ドレッド廃棄都市迷宮』もまだ最奥が未踏破なダンジョンの一つだ。

もしかすると、ここの最深部にも『深淵の扉《アビスゲート》』が設置されているかもしれない。

あれは、古代の民が別の世界に渡るための魔法道具《アーティファクト》だとする研究が今有力視されているくらいだしな。

「さぁ、それじゃあ扉に触れて依頼完了だ」

◇

「……以上です」

「記録《ログ》の提出ありがとうございます。ご依頼主には、こちらから話を通しますので。ご報告ありがとうございました」

日が落ちる前に無事『アイオーン遺跡迷宮』から帰還した俺達は、休息もそこそこにクアロトの冒険者ギルドへと向かった。

緊急性の有無など俺たちでは判断がつかないし、自分達でどうにかできる案件とも思えない。

そう考えて、取り急ぎの達成報告と記録《ログ》の提出を行った。

これが、一般的な冒険者としての最適解だろう。

「みんな、お疲れ様」

依頼カウンターで一通りの手続きを済ませた俺が声をかけると、テーブルで待っていた三人が少し疲れた様子で笑った。

帰りがかなり強行軍になってしまったので、疲労も強いだろう。

少しばかり申し訳ない。

「ユークが、一番、疲れてる、でしょ。お疲れ様」

レインが椅子を引いて、俺に微笑む。

「なに、このくらい何てことないさ」

帰りは『サンダーパイク』にいた時のような、フルコントロールで進行を行った。

全員に〈身体強化《フィジカルエンチャント》〉をはじめとした付与魔法を常時維持し、魔力回復や疲労軽減の魔法薬《ポーション》なども惜しみなく使って、最短距離で町まで戻ってきた。

結果としてその必要はなかったかもしれないが、ああいった異常事態の危機というのは気付いた時には逃げ場がなくなってる場合もある。

使える物を使って、リスクを回避するのもまたサポーターの仕事だ。

「ギルドは何と？」

「特には。ここからはギルドの仕事だ。聞き取りがあるかもしれないから、予定通り明日と明後日《あさって》は休養日にしてクアロトに留まろう。観光もしたいしな」

「賛成！　四人でデートしよう！」

明るい様子でとんでもないことを提案するな。

だいたい四人でって、それはデートになるのだろうか。

「この街は馴染《なじ》みがないので先生に案内していただけると助かります」

「ボクも。ユークに、ついていく」

なんともまぁ、それぞれ心を揺らす提案だ。

これまで女性にいい思い出がない俺にしたら、少しばかり魅力的すぎる。

正直、まんざらでもない気分になってしまうところが情けない。

「わかった。どうせ呼び出しがあれば四人で行くことになるだろうし、明日は固まって観光としゃれこもう」

「やったね！　あたし、ごはんの美味《おい》しいお店希望！」

「わたくしは名所の植物園に立ち寄ってみたいです」

「ボクは、魔法道具《アーティファクト》バザールに、行きたい……！」

……全部いっぺんに済ませるのは難しいな。

よし、プランを練ろう。

俺だって、そこまでクアロトに詳しいわけでもなし、後でギルドにもおススメを尋ねてみるか。

向こうにしても聞き取りが必要だった時の為に、俺達の動向を把握しておきたいだろうし。

「よし、それじゃ打ち上げといこう。少し行ったところに、上手い鶏料理《とりりょうり》を出す店があるんだ」

「さすが、ユーク！　抜け目ない！」

「フッ……まかせろ。冒険後のサポートも俺の仕事だからな」

芝居がかった俺の言葉に笑う三人を連れて、俺は日の落ちたクアロトの街へと足を向けた。

閑話　依頼失敗とサイモンの拙い企み《たくら》

『モールンゲン地下水路』の一角、安全な野営ができる場所で僕たちは、行動前の休憩と食事をとっていた。

今回の依頼は地下水路に住み着いたボルグルの討伐。そう大した依頼ではないが、依頼ランクはBと高めとなっているのを僕が見つけてきた。

ボルグルなんかDランクでもおかしくない相手なのにBランクとは、奇特な依頼者もいたもんだ。

どうせ、魔物《モンスター》の知識がなくて、成功率を目当てに高ランクに設定したのだろう。

「おい、もっとまともな食い物はねぇのかよ?」

「文句を言うなよ、バリー」

乾パンと干し肉、少しのワイン。

ダンジョンで口にするにはごく一般的な糧食ではあるが、Aランクである僕らが口にするには確かに安っぽい。

雑用係《ユーク》がいれば、あの奇怪な鍋でスープの一つも出しただろうが、今それを言ったところで苛《いら》つくだけだ。

「みんな準備はいいか?　魔法薬《ポーション》は準備できてるか?　魔力はどうだ?」

「あん?　オレは薬なんぞ持ってきてないぞ。カミラがいるんだ、無駄になるだろう」

「私をあてにしないでください。魔力回復薬《マナポーション》だって、高いんですよ」

「前はがばがば飲んでただろうが……」

バリーの苦言に「それは……」と言い返しかけてカミラが押し黙る。

消耗品の準備は雑用係《ユーク》の仕事だったのだから、その部分が少しばかりおざなりになるのも仕方がないことだろう。

僕たちの仕事は雑事ではなく、前に出て戦うことなのだから。

「……まあいいじゃないか。今回はボルグル相手だしね」

「たかがボルグルごとき、オレ一人でも十分なくらいだぜ！」

バリーの言う通り、たかがボルグルだ。取り立てて危険でもないし、気楽にいけばいい。

「ジェミー。配信用録画の準備を急いでくれよ」

「大した魔法も使えない上に貧弱なんだ。こういうところできっちり働けよ」

「ジェミーも回復魔法が使えればよいのですが。できないものは仕方ないですね」

「……わかってるわよ」

慣れない様子で配信用魔法道具《アーティファクト》の準備を始めるジェミー。

はあ。これも本来は雑用係《ユーク》の役割だったのだが。

ジェミーは、どうもこの魔法道具《アーティファクト》の扱いが下手で編集も下手だ。

あんなクオリティではスポンサーが納得しないだろうに。

「準備できたよ」

ふわりと配信用魔法道具《アーティファクト》が飛び上がる。

「よし、それじゃあ行くぞ！」

「おー！」

◇

「……今回も失敗ですね。これ以上冒険者信用度減算《スコア》が続くようであれば、冒険者ランクが降格する可能性がありますよ」

「なんだって⁉」

「サイモン・バークリー様。これは提案なのですが、受諾する依頼のランクを下げられてはいかがでしょう？　現状、A、Bランク依頼での失敗が続いております。一度、Cランク依頼を受けてみては？」

事務的なギルド職員の態度に、苛つきが止まらない。

言うに事欠いて、僕にそんな木っ端のやるような仕事をしろなんて、頭がおかしいんじゃないか？

だいたい、今回の依頼だってボルグルの巣の調査討伐だと聞いていたのに、悪名付き《ネームド》がいるなんて、契約違反だ。

「僕はAランク冒険者だぞ⁉」

「現状、Aランクに相応《ふさわ》しい成果がないと申し上げています」

「そんなことはわかっている！　だが、それは僕たち『サンダーパイク』のせいじゃないだろう⁉

新メンバーの紹介もここのところないし、今回のは想定外だった！」

「こちらで苦情をおっしゃっても困ります。それも含めての依頼失敗ですから」

「もういい！」

カウンターに拳を叩《たた》きつけて、僕はその場を立ち去る。

どいつもこいつも僕を邪魔しやがって！


『耐久性！　装着性！　防護性！　……そして、美しさ！　憧れの彼に君をアピールしよう！』

『これからの女性冒険者に贈るニュースタイル！　オシャレで安全な冒険に出かけよう！』

『全ての冒険シーンをサポートする……――〝アーシーズ〟』


ふと見上げると、どこかで見た少女たちが老舗武具工房の宣伝《CM》で顔を輝かせていた。

流れる配信の所々に、ユークの影がちらついている。

先頭に立って赤髪の女剣士をかばうユーク。

幼い容姿の僧侶に回復魔法をもらうユーク。

ダークエルフの狩人《かりゅうど》を笑顔で励ますユーク。


（ユーク、ユーク、ユーク……！　なんで僕たちを裏切ったあいつがこうも成功している⁉）

『……〝クローバー〟出演のCM、これなかなかいいですねぇ！　女の子たちが本当に可愛《かわい》い！　装備の魅力を十二分に引き出しています！』

『これ、実際にダンジョンアタックした配信を編集して作ったそうですよ』

『では、実際の戦闘映像ってことですよね？　ユークさんが実戦で小剣《ショートソード》を使っている映像は貴重なのでは？』

『ですね。赤魔道士は自己強化もお手の物ですから、彼くらいになると並の前衛以上に強いと思いますよ』

『それに弱体魔法もあります。強化《バフ》と弱体《デバフ》で相対的に大きな戦力アップになりますからね！　最近ではメンバーに赤魔道士を求めるパーティも増えているとか』

『〝クローバー〟が冒険者業界に与えた影響の大きさが窺《うかが》えますね！　それでは次の配信に――』


パーソナリティの言葉に吐き気すら覚えながら、メンバーの待つテーブルへと向かう。

「……どうだった？」

「このままだと降格の可能性があるらしい」

僕の言葉に、全員が苦々しい顔をした。

「何だって！　どういうことだよッ⁉」

「がなるなバリー。さすがに四人で高ランク依頼は難しいってことだ」

「では、新しいメンバーを早急にお探しなさい。それがリーダーの役目でありましょう？」

カミラの言葉にカチンと来る。

僕の苦労も知らないで！

すぐに魔力切れを起こしては足を引っ張るくせに好き勝手に言ってくれる。

「よぉ、やっぱりよ……ユークの奴《やつ》を連れ戻すのがいいんじゃねぇか？」

「そうですね。今や彼は名の通った配信者ですし。もう一度『サンダーパイク』に戻るよう提案すべきでしょう」

さっきの配信を見たのだろう、バリーとカミラがユーク《アイツ》の名を口に出す。

「そう思うなら君たちが説得すればいい。あんな恩知らずにまた声をかけるなんて、僕はごめんだね」

「でもよ、サイモン。あいつはお前の幼馴染《おさななじみ》で舎弟みたいなもんだって言ってたろ？　オレたちが声をかけるよりも、話がしやすいんじゃないか？」

確かに、あの時は感情的になってしまった部分がある。

まさか、ユークが僕に反抗的な口答えをするなんて思ってもみなかったし。

「わかった。だが、ユークを説得する材料がいる。……口裏合わせが必要だ」

「あん？　口裏合わせだ？」

バリーの疑問に、僕はため息を吐きだす。

「あいつの興味を引くためには『無色の闇』に挑むふりだけでもしないとね。それがあればすぐにでも誘いに飛びつくさ」

「『無色の闇』？　なんだってそんな所に行きたいんだよ？」

「あいつの夢なんだよ。世界の果てが見てみたい～なんて、バカで幼稚だろ？　金にならないダンジョンなんてさ」

ユークのモノマネに三人が笑う。沈んだ空気が晴れるのを感じた。

「だから、説得の前に僕たちで『無色の闇』に挑む生配信をしよう。なに、ふりだけでいい。他のパーティと合同依頼か何かにして……後は適当にやればいいさ。そうすれば、あいつは頭を下げて帰ってくる。あんな駆け出しのCランクパーティじゃ、挑めすらしないんだからね」

「そりゃいい。あいつ、オレたちに泣きついてくるぞ」

「愉快なことになりそうですね」

僕の冴《さ》えた提案に、仲間たちが大声で笑った。

やっぱり、仲間っていうのはこうじゃないとね。

第四章　夢のマイホームと国選依頼《ミッション》

「うぅーん……なんだか、ここの料理も久しぶりって気がする！」

馴染《なじ》みの食堂で肉を頬張りながら、マリナが溌剌《はつらつ》とした笑顔を見せる。

「まあ、一ヵ月ぶりだしな」

クアロトでの依頼を終えて、俺達《おれたち》はようやくフィニスへと帰還していた。

二度にわたる俺達の聞き取りと配信映像の確認作業を経て、結局、クアロトの冒険者ギルドは『アイオーン遺跡迷宮』の一時閉鎖を決めたようだ。

これまでとは違い、『影の人《シャドウストーカー》』が出現することがわかった以上、低ランク冒険者が探索するには危険な場所になってしまったことと、継続的調査の必要があることから適切な判断だろうと思う。

「さて、今日はどうする？　移動の疲れもあると思うし二、三日は休養日にしようと思うんだが」

「ええと……それでしたら、これから不動産屋さんに行こうと思うのですが、いかがでしょうか？　クアロト出発前に条件を伝えておきましたので、すでに候補が決まっているはずです。後は内見だけかと」

「そりゃいい。是非ご一緒させてもらおう」

パーティ拠点を構えるためにずっと貯金をしていた三人の目標がついに達成される。

途中参加とはいえ、仲間の夢がかなうのは気分がいいものだ。

三人がどんな家を選んだのか、俺も見せてもらおう。

「じゃ、行こう行こう！」

すっかり料理を平らげたマリナが口の端にソースをつけたまま立ち上がる。

それを濡《ぬ》らしたハンカチでぬぐい取って、俺も席を立つ。

どうにもこのおっちょこちょいは、妹でも見ているような気分にさせてくれる。ついつい、こうして甘やかしたくなってしまうのだ。

一人前の大人として、いっぱしの冒険者として、こんな風に接するのはよくないと思いつつも……。

「ありがと。ユーク」

これだもんな。

「頼んでる不動産屋さんは、東通りの『マンデー不動産』です」

「ああ、そこなら安心だな。冒険者ギルドと提携してるし」

「……そんなことまで知ってるんですか？」

「サポーターの知識は広い方がいいだろ？」

町の中のトラブルだって依頼として受けるのが冒険者なのだから、町にある大店《おおだな》の評判を知っておくのもサポーターとして大事なことだ。

『マンデー不動産』は比較的老舗の不動産屋でかなり手広くこの街の物件を取り扱っている。冒険者ギルドとも提携して、〝居つき〟の冒険者に拠点や家屋、アパートを提供することもあるので、信用のおける業者と言えるだろう。

四人で連れだって、大通りを歩く。

『アーシーズ』の宣伝配信《CM》の事もあって、三人は少しばかり目立つ。時には立ち止まって振り返る奴《やつ》がいるくらいだ。

それでもって、その内の何人かは俺を恨めしげな目で見る。

ま、三人が有名になればこういう事もあるだろうとは覚悟していたし、もう諦めているから気にはしないが。

「お、来ましたね、『クローバー』の皆さん。お待ちしておりましたよ」

マンデー不動産に到着すると、通りを掃き清めていた初老の男性がこちらに気付いて営業スマイルをした。

俺も一度、依頼《しごと》で顔を合わせたことがある。

マンデー不動産の商会長……その名も、マンデーだ。

「お噂《うわさ》はかねがね。いい仕事をなさっているようで結構、結構。さて、ご要望に沿う物件をいくつかピックアップしてございますよ。すぐに内見されますか？」

「はい。お願いします」

シルクにうなずいて、マンデーが店舗に一声かける。

どうやら商会長自ら物件案内をしてくれるようだ。

「ご希望に沿うのは三件ございます。まずはこちら……」

しばらく歩いて小さな辻《つじ》を曲がったところにある平屋を指さして、マンデーが説明を続ける。

「築浅の木造平屋です。十分な部屋数とお望みの機能を全て備えております。キッチンだけは少し手を入れなければならないかもしれませんが、大通りへのアクセスもよく、玄関前と裏手には庭があります」

ざっと中を見て回る。

確かに広い。地下に収納スペースもあり、内装もかなりきれいだ。

だが……。

「ここは止《よ》しておいた方がいい」

「そうなんですか？」

シルクが不思議そうな顔で俺を振り返る。

「ああ。平屋は空き巣や襲撃者に弱いし、覗《のぞ》きにも対処しにくい。女所帯はそういったものに狙われやすいし、君たちに向かないと思う。下手をすると宿屋よりも気が休まらないかもしれないぞ」

俺の言葉に、マンデーが小さく頭を下げる。

「これは失念しておりました。では、次に参りましょうか」

「そ、そうですね。では、次をよろしくお願いします、マンデーさん」

次にマンデーが案内したのは西地区の一角にある、石造り二階建ての四角い建物だった。

周囲には似たような建物が建ち並んでおり、統一性の取れた街並みになっている。

「こちらはアパートメントを家族用住居に改修したものとなります。一階部分が共用スペース、二階部分が各個人のお部屋となっております」

「これは、なかなかいいな」

「あたしもさっきよりこっちが好み！」

広めの地下倉庫もあるし、屋上にも上ることができる。

もともとアパートメントとして機能していた為《ため》か、広さも十分だし作りもしっかりしていてなかなかいい物件だ。

「あと一軒、ご紹介いたしますね」

そう案内されたのは、北地区にある大通りに近い場所。

周囲に飲食店や宿が多い場所で、俺にとってはそれなりに馴染みのある場所でもある。

「どう、したの？」

浮かない気持ちがうっかり顔に出ていたらしい、レインが俺の服の裾をつまむ。

相変わらず、どうしてこういう時に目ざとく見つけてしまうんだ、君は。

「この辺、『サンダーパイク』の拠点があるんだよ。鉢合わせたら気まずいなって思ってさ」

苦笑しつつ答えると、シルクがぴたりと足を止めた。

「そうなんですか？　では、マンデーさん……この物件の内見は結構です」

「左様でございますか。それで、お気に召す物件はありましたか？」

すぐさま道を引き返しつつ、マンデーが尋ねる。

「あたし、さっきのところがいいな」

「ボクも」

「わたくしも、あそこがいいと思います」

確かにあそこなら三人でも手狭にはならないし、西地区なので治安もよさそうだ。

しかし……。

「いいのか？　こっちの物件は見なくて」

「あんな人たちとご近所さんになるのは嫌ですし、先生だって顔を合わせたら気まずいと言ったじゃないですか」

「そりゃそうだが」

俺の言葉にマリナが手を叩《たた》く。

「じゃ、あのおうちに決定！　さー引っ越しだー！」

◇

……どうしてこうなったんだ？

いいのか？　いや、ダメだろう。どう考えてもまずい気がする。

いくらパーティでも四人で同居なんて……。

だが……だが、だ。

あんまり固辞したら、逆に俺が何かそういう、いいうことを考えてるみたいに思われるんじゃないだろうか？

だからと言って、この状況は……どうなんだ。うーむ。

「く……どうすれば……ッ！」


――数時間前。

マンデー不動産へと戻った俺達は、滞りなく売買契約を済ませて、無事にパーティ拠点を手に入れた。

マリナは大層喜んで、さっそく部屋をどうしたいかなどをウキウキと語ってくれ、それを微笑《ほほえ》ましく思いながら聞いていたのだが、シルクの一言で俺は凍り付く羽目になった。

「それで、先生はどの部屋になさいますか？」

「……？」

首をかしげていると、シルクも首をかしげてみせる。

可愛《かわい》らしい仕草だが、どういう意味だろうか。

「部屋？」

「はい。一番奥が良《い》いとか、手前が良いとか。ご要望があればと思いまして」

「待て、シルク。何の話だ？」

「先生のお部屋の話ですが？」

話がかみ合っていない気がする。

「念のために確認するが、俺も一緒に住むって話じゃないよな？」

「パーティ拠点ですから、先生も住みますよ？」

「一緒に？」

「一緒に」

……というやり取りがあり、どうやらそのつもりで拠点探しをしていたようだ。

しかも、三人とも最初からそのつもりだったらしく、俺は今こうして加速する思考に悶《もだ》える羽目になっている。

無邪気ともいえる危機感の無さと想定外の信頼の分厚さに、俺は自分の家具が並べられた部屋を眺めながらため息をついた。

「はあ……」

「見て。まだ、悩んでる」

開きっぱなしにした扉から頭だけひょこっと出して、レインが俺の部屋を覗き込む。

それにつられてか、マリナとシルクも同じく頭だけを覗かせて俺を見た。

「ホントだ」

「意外と引きずりますね」

滅茶苦茶《めちゃくちゃ》な言われようだが、原因は君たちなんだぞ。まったく。

「いまさらでしょ、ユーク。野営だったら普通に隣で雑魚寝してるじゃない」

「それとこれとは、違うんじゃないだろうか」

「一緒だよ。あたしたちはユークのこと、信用してるし……それに毎日ユークのご飯が食べられるなんて、最高だよ！」

「マリナ、家事は持ち回りですよ」

シルクに釘《くぎ》を刺されて、「えへへ」と苦笑するマリナ。

「まあ、いまさらと言えばいまさらか……」

「ん。あきらめる、べき。ふふふ」

ご機嫌な様子で部屋に入ってきたレインが笑う。

「それに、ユークが居てくれたら、安心。女所帯は、危ないって、言ってたでしょ？」

「ぐ……」

確かに、言ったが。

ああ、もう……。仕方がない、俺も腹をくくろう。

なんだかんだと言いつつも、引っ越しまで済ませてしまったわけだし。

「……各自、自分の部屋の鍵はきちんとかけるように。俺も男だという事は頭の片隅に入れて、しっかり危機管理をするんだぞ」

「はーい！」

「わかりました」

「りょ」

わかってるのか、わかっていないのか。

「さて、それじゃあ……気を取り直して、引っ越しの仕上げをしてしまおうか。俺の手がいるところは呼んでくれ」

◇

「お疲れさまー！」

「お疲れさまです」

「お疲れ」

「おめでとう、みんな」

果実酒の入ったジョッキを打ち合わせて、一気に流し込む。

程よい酸味と焼けるようなアルコールが喉を潤して、俺は大きく息を吐きだした。

「ユークだけまだちょっと他人行儀！　やり直しを要求する！」

「そう言うなよ、マリナ。他人行儀のついでに、みんなに引っ越し祝いがあるんだ」

魔法の鞄《マジックバッグ》に手を突っ込んで、目当てのアイテムを引っ張り出す。

些《いささ》か大きいが、重さはそれほどでもない。

「これを、ここにっと……」

壁にそれをセットして、テーブルの三人を振り返る。

「わ、『タブレット』だ……！」

「こんなに大きいもの……高かったんじゃないですか？」

「すっごい！　大きい！」

「これからは拠点で記録《ログ》や攻略配信を見て方針を決めることもあると思ってな、奮発させてもらった」

さっそく、起動してみる。

『――……王立配信局です。昨今頻発している魔物《モンスター》生息域の拡大について、王立学術院は次のように声明を発表しています……――』

「おお、映った！　画面大きいね！　すごく見やすい！」

「今まで小型のものを三人で見てましたもんね。これは、いいですね」

「気に入ってもらえて何より」

そう振り返って笑ってみせると、三人が空になった俺のジョッキに同時に酒を注ぎ入れていた。

「ありがとう、ユーク！」

「先生、ありがとうございます」

「ありがと。も一回、乾杯……しよ？」

「お、おう。そうだな。そうしよう」

席に戻って、ジョッキを手にすると、全員がジョッキを上げる。

「では、改めて……リーダーに乾杯の音頭をとってもらいましょうか」

「む。こういうのは不得意なんだが」

「ユークに不得意なことがあるなんて不思議！　なんでもいいよ！」

「じゃあ……新しい生活と、これからの俺達に。乾杯」

「「「「かんぱーい」」」」

ジョッキを打ち合わせる俺達をよそに、『タブレット』が次の情報を映し出す。

『──……本日、王国は複数のパーティの申請により、封鎖中だった〝無色の闇〟ダンジョンへの調査進入を許可しました。これは、Aランクパーティ〝サンダーパイク〟が中心となり呼びかけを行い、複数のスポンサーによって実現したもので、『深淵の扉《アビスゲート》』を目指す大型の調査依頼となる予定です。また――……』

流れる配信に全く気が付かず、すすめられるままに酒に飲み込まれた俺は、結局……翌日になってからその事を知るのだった。

◇

ひと悶着《もんちゃく》あった引っ越しから二日後。

少しばかり落ち着いた俺は、露店市《バザール》が開かれている通りを歩いていた。

フィニスは周囲にいくつもの迷宮《ダンジョン》がある迷宮都市だ。

それ故、その出土品を売りさばこうという冒険者や武装商人たちによる露店市《バザール》が毎日のように冒険者ギルドのそばにある通りに立つ。

上手《うま》くすれば掘り出し物が見つかることもあり、俺のような錬金術師にとっては見ているだけでも心躍る場所である。

……今日は俺以上に、心を躍らせている連れが居るわけだが。

「魔法道具《アーティファクト》、いっぱい……」

「まあ、そう焦るな。ぼったくられるぞ」

少し興奮した様子で俺の手を引くレイン。

「それで？　何を探しに来たんだ？」

「ううん、別に？　ユークに、ついていきたかった、だけ」

レインがふと表情を緩くして、柔らかく笑う。

どうやら、例の配信のことを俺が気にしていると、気を遣ってくれたらしい。


――二日前。

『サンダーパイク』が中心となって『無色の闇』ひいては『深淵の扉《アビスゲート》』の大型調査依頼を国から受注するということが大々的に発表された。

俺の幼い頃からの夢、世界の端……『深淵の扉《アビスゲート》』。

昨今は危険度から封鎖され、ダンジョンアタックそのものが不可能になっていた。

これを覆すには、最低でもAランクパーティの強い要請が必要と言われていたが、今回、複数のAランクパーティによる合同調査依頼という形で国が封鎖を解いたらしい。

これに参加できないことを、俺が悔しく思っている……と、思われているのかもしれない。

「例のことなら気にすることはないさ」

手を繋《つな》ぎ直して、混みあうバザールをゆっくりと歩く。

苦情が出たら「はぐれないようにだ」と言い訳をしようと思ったが、レインはきゅっと俺の手を握り返してくれた。

「心配ない。別に到達を競い合ってるわけじゃないしな」

「ん。ボクが、不安だっただけ」

二人になると素直なレインが、小さく俺を見上げる。

そうか。レインはあの日、俺とサイモンのやり取りを魔法で聞いていたんだもんな。

俺が、『サンダーパイク』に戻るかもしれないと思ったわけか。

……どうにも、俺という男は信用が足りないらしい。

「俺はさ、みんなを信じてる。それに、俺の夢の形は少し変わったんだ」

「変わった？」

「ああ。約束したろ？　四人で、『深淵の扉《アビスゲート》』まで行くってさ。ついでに、〝生配信〟するんじゃなかったっけ？」

少しおどけてみせると、レインが吹き出すようにして微笑んだ。

「マリナの案を、採用だね？」

「素直で明るく、みんなを引っ張る力があるいいヤツだ。時々、マリナの方がリーダーに向いてるんじゃないかと思うよ」

「ダメだよ。マリナじゃ、勢いだけに、なっちゃう」

「違いない」

二人で笑い合う。

「じゃあ、今日はゆっくりと掘り出し物探しといきますか。レインの目利きに期待だ」

「〈魔力感知《センスマジック》〉で、反応するのを、探す……！」

「お、魔法使いらしい目利きの仕方だな」

露店市《バザール》を回りながら、いくつかの発掘品とガラクタを購入する。

修復の必要な物も多いが、レインは面白いものを見つける才能があるようだ。

そんなちょっとデートみたいな時間を楽しむ俺達の元に、真っ白な小鳥が降りてくる。

それは俺の目の前で小さく鳴いて……みるみるうちに手紙に変じ、ひらりと空を舞った。

【手紙鳥《メールバード》】か。……ギルドからだ」

「なんて？」

「……俺に個人依頼が来ているらしい」

こんな事、初めての事だ。そのぶん、どうにもキナ臭いが。

「ギルド、行ってみよ」

「ああ。せっかく楽しんでいたのに、すまないな」

俺の言葉に、レインが首を振って答える。

「埋め合わせに、期待。です」

◇

「手紙を見てきたんですけど」

受付のママルさんにそう告げると、「ああ！　あれね」と軽く手を打って一枚の羊皮紙が俺に手渡された。

「ユークさんに一時加入《スポット》の要請が来てるのよ。できるだけ急ぎで返事が欲しいって言われてるから、一応ね」

指名依頼：ユーク・フェルディオ
依頼内容：パーティへの一時加入《スポット》参加
拘束期間：国選依頼《ミッション》、『無色の闇』調査依頼終了まで
特記事項：国選メンバー登録期限の為、迅速な返答を望む
　　　　　依頼完了後、正式加入《レギュラー》登用あり

依頼者：『サンダーパイク』

「なるほど……。では『謹んでお断りします』と伝えておいてくれますか？　それと、しばらく俺個人への指名依頼をストップするようにお願いします」

「ですよねぇ」

苦笑したママルさんが、俺が返した依頼票に赤ペンで何やらメモを添える。

『一時加入《スポット》』とは、依頼遂行に際して専門職が必要な場合や、足りないパーティメンバーの仮の補充として使われる制度で、主にフリーの冒険者や、休業中パーティのメンバーなどが個人事業主としてアルバイト的に受ける補助依頼の一種だ。

どちらかというと、傭兵《ようへい》に近い。

現在活動中のパーティのメンバー……ましてや、リーダーを名指ししてそんな依頼をするのは、

ひどいマナー違反だ。

普通は失礼すぎてしないし、恥ずかしくてできない。

「いいの？」

「さっきも言ったろ？　俺達で行くんだ。こんな見え見えの浅い誘いに乗って俺一人が行ったって、もう俺の夢とは言えない。……ってことなので、ママルさん、処理をお願いしますね」

「もう終わったわよ。手紙鳥《メールバード》も飛ばしちゃったわ。返事も超特急って言われてたし」

サイモンの事だ……大方、『無色の闇』の調査をちらつかせた上で返事を急《せ》かし、また便利に俺を使うつもりだったのだろうが、さすがにこんな見え透いた手にかかるほどバカなつもりはない。

いい加減、サイモンは自分が策謀に向いていないと気が付いた方がいいと思う。お前ってやつは、思い込みが激しい上に頭が非常に悪いのだから。

『希望的観測が過ぎると足元をすくわれる』と何度注意したことか。

「――ユークはいるかッ⁉」

そんな事を考えていると、当の本人が駆け込んできた。

ああ、そうだった。行動力だけは、人並み外れていたよな。すっかり、忘れていたよ。

「これはどういうことだ！」

俺を見つけるなり、つい先ほど飛ばされたと思《おぼ》しき手紙鳥《メールバード》の残骸を手に詰め寄るサイモン。

くしゃくしゃになった紙の隙間には、先ほどママルさんが書いた赤いインクのメモ。

受け取ってそのまま駆け込んできたのか。本当に行動が早いな。

「どうもこうもない。そのままだよ」

「『無色の闇』だぞ？　お前の望み通りだ！　何故《なぜ》断る⁉」

何だってこいつは話を全く聞かないんだ。

さっきの依頼拒否一つにしたって、それだけで理解できると思うのだが。

だが、まあ……意外だったのは俺も同じか。

『無色の闇』を餌にちらつかせる程度には、俺の夢について覚えてたってことだからな。

「今は少し目標が違ってな。元所属パーティが王国一の最難関ダンジョンに挑むなんて、俺も鼻が高いよ。是非、頑張ってくれ」

「他人事《ひとごと》のように言うな！　もうお前がメンバーにいる体《てい》で話を進めてるんだぞ⁉」

「勝手なことを……。お前はどうしてそう短慮なんだ？　どこの誰にそう説明しているかは知らないが、俺は行かないぞ。少なくともお前たち『サンダーパイク』とはな」

顔を赤くして俺に詰め寄るサイモン。

焦っているのか怒っているのか。はたまたその両方か。いずれにせよ、そうしてすぐに冷静さを手放すのがお前の悪いところだ。

「いい加減にしろよ、ユーク！」

「いい加減にするのはお前だ、サイモン」

盛大にため息をついてやって、俺を睨《にら》むサイモンを正面から見る。

「何度も言うようだが、俺はもう別のパーティのリーダーなんだぞ？」

「たかだかCランクのパーティじゃないか。それに抜けやすいようにこうして手も回してやっただろう？」

すっかりゴミに変わった依頼票を差し出すサイモン。

まさかと思うが、その情けないマナー違反の塊は気遣いのつもりだったのか？

「サイモン、少し考えればわかるだろう？　俺は仕事を探すフリーの冒険者じゃない。わかっているのか？　活動中パーティの人間に一時加入《スポット》の指名依頼をするなんて無遠慮な引き抜きと同じ、ひどいマナー違反だぞ？　それに依頼である以上、俺には断る権利だってある。だいたい――……」

「うるさいッ！」

俺の懇切丁寧な説明を遮って、サイモンが叫ぶ。

「お前が勝手に抜けたんだろう！　僕たちに迷惑をかけて！　こうやってお前のために『無色の闇』の調査依頼まで取り付けてやったんだぞ？　普通、ここまで譲歩されたら戻ってくるべきだろう！」

再度の盛大なため息に、サイモンがさらに激昂《げきこう》する。

頭のネジが緩んでるのか、それとも最初からネジなど留まっていなかったのか……いずれにせよ、同郷の幼馴染《おさななじみ》は俺が思っているよりもずっと理解力に乏しいようだ。

「俺の離脱をわがままか何かみたいに言うのはやめろよ、サイモン」

「何だと……！」

「冒険準備も、依頼の下調べも、攻略に必要な知識の収集だってお前たちのために率先してやったじゃないか。戦闘以外に必要なこと全てを俺に丸投げして、随分と快適だっただろう？」

これまでの事が思い出されて、沸々と怒りが湧き上がってくる。

「毎日、毎日……『いずれわかってくれる』、『今度こそ仲間として認めてもらえるだろう』と、そう思って我慢してきたんだ。それを裏切ったのはお前たちだ。いまさら仲間面するな！」

俺の声に怯《ひる》んだ様子のサイモンが顔色を変えて、トーンを落とす。

「な、なぁ……ユーク。それなら戻ってこいよ。僕らは同じ夢を追う仲間だろ？　今度は上手くいくさ」

「馴《な》れ馴《な》れしいことを言うな。俺の仲間は『クローバー』だ。お前たち『サンダーパイク』じゃない」

吐き捨てるような俺の言葉に、サイモンがたたらを踏むように一歩、二歩と下がる。

「じゃあ、僕らはどうなる⁉　もう失敗できないんだぞ？　このままじゃランクも下がって……破滅じゃないか！」


「──お前らの事なんて知ったことか！」


感情的ではあるが、俺の本心からの叫びがギルドに響く。

公衆の面前でこういったやり取りをすることは、あまり褒められたことではない。

だが、好き勝手を口にするサイモンには我慢ならなかった。

「……」

周囲から漏れる押し殺したようなヒソヒソとした笑いが、ギルドの酒場に満ちる。

ショックを受けた様子で俺を見るサイモン。

しかし、こうでも言わなければ伝わらなかっただろう。

この幼馴染は、妙なところで前向きだ。ここで言葉を濁したり、迂遠《うえん》な言葉でも使おうものなら、自分の都合のいいように解釈しかねない。

そもそもお前……ここに至るまで、一度だって謝罪を口にしなかったじゃないか。

それだけでサイモンが俺の事をどう考えているか透けて見える。

「サイモン。俺はもう新しい居場所と真に信頼できる仲間を得たんだ。『サンダーパイク』に戻ることは、絶対にない」

「何だよ……何なんだよッ！　僕はお前が戻ってくると思ったから国選依頼《ミッション》をねじ込んでやったんだぞ！」

「そんな見通しの甘さであのダンジョンに挑むのはやめておけよ。俺からできる最後の忠告だ。行こう、レイン」

ずっと励ますように黙って俺の手を握ってくれていたレインの手を引いて、サイモンの隣を抜ける。

「お前がそういうつもりなら、もういい！　それなら僕にも考えがあるからな！」

背後から聞こえるサイモンの声に返事をせず、俺はレインと共にその場を後にした。

◇

「……なんだって？」

思わず聞き返す。

正面に座るベンウッドが苦い顔で、机の上の地図をペンで指した。

「まずい状況だと言った。こことここ、それにここ。……後は、お前が報告した『アイオーン遺跡迷宮』でも経時的な異変が観測されている」

『無色の闇』迷宮の調査が正式に始まり、その様子が日々の配信で伝えられ始めてから二週間。

俺は「個人的に話がある」との呼び出しを受けて、冒険者ギルドの応接室に招かれていた。

世間話でもないだろうとは思っていたものの、まさかこんな話をされるとは予想外だったが。

「……溢れ出し《オーバーフロウ》が起きている可能性が高い」

「くそ、何だっていやな予想はこうも精度がいいんだ！」

思わず、天を仰ぐ。

冒険者ギルドは、俺達が『オルダン湖畔森林』で魔獣《ザルナグ》を討伐して以降、各地で調査を進めていた、という話は時折耳にしていた。

だが、こんな形で結果が耳に入るとは。

それにしてもベンウッドめ……こんな情報を一冒険者の俺に聞かせてどうするつもりなんだ。

「どう思う？」

「俺に言わせる気か？」

質問に質問で返すと、ベンウッドがため息と一緒に結論を口から吐き出した。

「……『大暴走《スタンピード》』がくるかもしれない」

「だろうな」

同じ意見だ。ダンジョンから少しばかり溢れ出し《オーバーフロウ》があった、という話ならばダンジョンアタックをかけて魔物《モンスター》を間引きしようって話で済むかもしれない。

だが、周辺にあるいくつものダンジョンで異変が起きているとなると話が違う。

それは大規模な『大暴走《スタンピード》』の予兆であると考えるのがむしろ自然だ。

「王立学術院はなんて？」

「可能性は否定できない、だとよ。否定できないなら確定するための人員を派遣しろよって話だ。ったく」

「待てよ……？　もしかして、あの調査依頼って」

「ああ、それは儂《わし》も考えていたんだ。『無色の闇』の調査依頼が、ああも簡単に許可が下りたのは、おそらくその一環だろうな」

封鎖迷宮の開放には、それなりに手間と審査が必要となる。

Aランクパーティとはいえ、ここのところ失敗続きらしい『サンダーパイク』が一声あげたところで「はい、そうですか」と封鎖を解くなんて、おかしいと思ったんだ。

「それで？　個人的な話ってのはこれか？　こんなの、俺にはどうしようもないだろ」

「いや、別件だ。関係はあるが」

少し間をおいて、ベンウッドが俺を見る。

何かを探るような、言い出しにくいことをどう俺に納得させるか言葉を探している時の顔だ。

早く言えよ、考えたって結果は変わりやしないんだから。

「ユーク。お前に……いや『クローバー』に指名依頼を出したい。『無色の闇』の調査依頼だ」

「Cランクパーティに無理難題を投げるのはよせよ、ベンウッド」

冒険者の安全を統括するべきギルドの長が、なんてバカなことを言うんだ。

「だいたい、『サンダーパイク』の他にもAランクパーティが参加しているじゃないか」

「連中は信用に足らん。儂はお前の目で見た情報が欲しい。そもそも、あいつら……誰一人として、コレの開示請求をしてこなかったんだぞ」

ベンウッドが紙束をぞんざいにテーブルに投げ置く。

そんな扱いをしていいものではないはずの、貴重なものだ。

「お前、読んだか？」

「ああ。俺にとってはこれも宝の一つだ」


——『無色の闇』攻略記録《ログ》。


ウェルメリア王国最難関ダンジョン『無色の闇』を踏破した強者どもの記録。

唯一現存する『深淵の扉《アビスゲート》』を証明する公式記録。

これの閲覧そのものに冒険者信用度《スコア》の制限が掛かっており、Bランクになるまで触れることすらできなかったものだ。

「やっぱりな。だからお前に任せたいんだ、儂は。攻略しろって話じゃない。調査だ」

「進むには攻略する必要があるじゃないか。危険すぎる」

「だからこそお前に頼んでるんだ、ユーク。あの場所は対応に柔軟さがいる。お前のように何でもできる奴が必須なんだ。それに……お前ならコレが使えるからな」

ベンウッドがテーブルの上に魔法の巻物《スクロール》を一つ置く。

「これは……ッ」

「【退去の巻物《スクロールオブイグジット》】だ。お前にやる」

【退去の巻物《スクロールオブイグジット》】は迷宮の深い場所にある宝箱《チェスト》からしか産出しない貴重な宝物であり、同時に使い捨ての魔法道具《アーティファクト》でもある。

その名の通り魔法の巻物《スクロール》の一種で、魔法道具《アーティファクト》に精通した錬金術師にしか使用できない。

しかし、その効果は大雑把ながら強力。自分と周囲の仲間をまとめて迷宮の外へと即時脱出させる効果がある。

迷宮内で危険に陥った冒険者にとって、ある意味で最高の安全策と言えるものだ。

「ここまでして?」

「本当なら儂が見に行きたいんだがな、立場上椅子の上からは動けねぇ。今回の件、『無色の闇』でも何か異変が起きている可能性が高い。信用できる情報筋からの報告ってのが一番重要なんだ」

ベンウッドにここまで言わせてしまっては、ここで断ってしまうわけにもいかない。

「話はわかった。いったん持ち帰って仲間と相談する」

「おいおい、ギルドマスターの前で『剝がし持ち』とはふてぇ野郎だ」

「依頼票を持ってるわけじゃない」

そうおどけてみせると、ベンウッドがにやりと笑う。

何かと訝《いぶか》しんでいると、聞きなれた足音が近づいてきて、よどみなくドアをノックした。

「入ってくれ」

「失礼します。はい、ユークさん。これを」

入ってきたママルさんが、ベンウッドを介さずに直接俺の手に依頼票を手渡した。

ベンウッドといい、ママルさんといい、こう手回しが早いのは、時々怖くなるな。

俺がすぐさま断ったらとは考えないんだろうか……などと考えながら、渡された依頼票に目を通す。

依頼種別：国選依頼《ミッション》
指名依頼：パーティ『クローバー』
依頼内容：『無色の闇』調査・報告
達成期限：なし
特記事項：当該パーティを、依頼遂行中、暫定Aランクとする
　　　　　達成項目は担当ギルド長による評価とする
　　　　　報酬の設定は国選依頼《ミッション》規定報酬を支払うこととする
依頼者：ウェルメリア国王　ビンセント五世

「はぁ……国選依頼《ミッション》の剝がし持ちなんて、大物になった気分だよ。じゃあ、いったん戻って相談してみる」

「おう。無理を言ったが……頼む」

そう頭を下げるベンウッドに軽くうなずいて、俺はみんなが待つパーティ拠点へと足早に向かった。

◇

「……というわけで、『クローバー』に国選依頼《ミッション》の指名があった」

拠点に戻った俺は、全員をリビングに集めて事の次第を報告した。

「国選依頼《ミッション》、ですか」

テーブルに置かれた依頼票を見て、シルクが息をのむ。

そりゃ、そうだろう。普通、国選依頼《ミッション》と言えばAランクパーティをはじめとするトップランカーが受けるような依頼だ。

およそCランクパーティに回ってくるような仕事じゃない。

「攻略でなく調査って話だが……ダンジョンアタックには変わりない」

いったん言葉をきって、俺は切り出す。

これを口にするのは、俺にとっても少し後悔が残るが。

「それで、考えたんだが……断る方向で行こうと思う」

ここに戻るまでの道すがら、俺はこの件について考えていた。

国選依頼《ミッション》であるが故に、報酬は申し分ない。冒険者信用度《スコア》も大量につけてもらえるだろう。憧れだった『無色の闇』に挑むこともできる。

——だが、リスクが高すぎる。

今の俺たちで挑めるのかどうか、まるで判断できないし、想像もつかない。

そもそも、『無色の闇』は最初から狂っているとされるダンジョンだ。

記録《ログ》を読めばそんな事はすぐわかるし、今は先行しているパーティの攻略配信を見るだけでその裏付けが取れる。

特に目まぐるしく変わる迷宮環境の異常さは報告書の通りだ。

廃城のような場所を進んでいたかと思えば、突然森林地帯に出くわしたり、階段を一度降りて再度登ったらフロア自体が姿を変えている……なんて記録《ログ》は、正直なところ眉唾だと思っていた。

だが、Aランクパーティが敗走した配信を見れば、それがまごうかたなき事実であることは一目瞭然だ。

あの危険な場所に、この娘たちを連れていけない——そう俺は、結論付けた。

「え、断っちゃうの？　どうして？」

マリナが不思議そうな顔で俺を見る。

「準備不足と経験不足だよ。俺達が『無色の闇』に挑むには足りないものが多すぎる」

苦渋の決断と言える俺の言葉に、シルクが首を横に振った。

「先生、経験はともかく準備はできるはずです。装備は幸い最新のものですし、冒険に必要な物はフィニスであれば揃《そろ》うはずです」

シルクが、軽く笑って小さなため息をつく。

「わたくし達に過保護なのは、先生のよくないところですよ」

「……俺は、先生だからな」

そう返すと、シルクがしっかりと俺の目を見て、口を開く。

「では、ユークさん。この国選依頼《ミッション》……受けましょう」

テーブルにある依頼票をつまんで、シルクが微笑む。

なんだか怖い。もしかして、怒っているのだろうか。

「いいですか、ユークさん。これはわたくし達にとってもチャンスなのです。いつか、このダンジョンを踏破し、『深淵の扉《アビスゲート》』を目指すことになるのですから、いい下見をする機会を得たと考えるべきでしょう」

「そうだよ！　じゃないと、ユークが言う『経験』はいつまでも不足したまま埋まらないじゃない！」

シルクはともかく、まさかマリナにまで論破されるとは。

二人の言う事はもっともだし、理解もできる。しかし……。

「怖いんだね、ユーク」

成り行きを黙って聞いていたレインがポツリと漏らすように言葉を紡ぐ。

その言葉が、吸い込まれるように心に沁《し》み込んで、俺自身が気付かなかった感情を浮かび上がらせた。

「怖い……。そうか、俺、怖いのか……」

「ユーク？」

「先生？」

マリナとシルクが、俺を見る。

しまった……うっかりと口にしてしまっていたか。

「ボクらが、失われるのが、怖い？」

レインの諭すような声に、抗《あらが》えず俺は答える。

「ああ、怖い。どうしようもなく、それが嫌で……恐ろしい。こんなことは初めてだよ」

『サンダーパイク』にいた時は感じなかったものだ。

みんなが、俺の夢に飲まれるのが怖い。

無茶な挑戦をして、俺の元から去ってしまうのが怖い。

「うん。ボクらも、一緒だよ」

レインが、椅子を立って震える俺の頭を抱いた。

視界が遮られ、温《ぬく》もりと柔らかさが俺を満たす。

「ね、ユーク。やろう」

「だが――……」

「そんなに、ボクらは信用、ないかな？」

「そんなことはない。最高の仲間だと思っている」

「じゃあ、夢に、進まなくちゃ」

その瞬間、視界が明るくなった。

テーブルを挟んで向こう側には満足げに笑ってサムズアップするマリナと、緩く手を合わせてにこにこと笑うシルク――そして、柔らかな微笑みを浮かべるレインがすぐそばに居た。

「さ、ユーク。冒険の準備をしよう！　何がいるか、あたしに教えて！」

「これまでの配信から攻略プランも作りましょう。記録《ログ》の閲覧申請もしなくてはいけませんね」

「ほら、ね？　ボクたちに、まかせて」

三人が、俺を見る。

ああ、もう……まったく。

本当にかなわないな。思い知らされたよ。

「わかった。俺が間違ってた」

「そうだよ！　みんなで一番行きたい場所なんだから、チャンスがあったら我慢できるわけないよ。おどかして納得させようなんて大間違いだよ！」

「ぐっ……」

「だいたい、ユークだってちょっとは行きたいと思ってたから、持って帰ってきちゃったんでしょ？」

「マリナ。そこは、つついちゃ、だめ。あえて、黙ってた」

そこまで見透かされてたなんて、少し……いや、かなりショックだ。

「ほら、マリナ。先生を責めないの。いろいろ悩んだ末にわたくし達の安全を優先してくれたんですよ。これはわたくし達のわがままでもあるんですから、先生に心配をかけないようにしっかり準備しないと」

「うん。そうだね。だからユーク、気にしちゃダメだよ！」

そんな風に笑われると、悩みながら帰り道を歩いた俺がバカみたいじゃないか。

でも、この結論にしっくりときている部分もある。

やっぱり俺は、みんなで『無色の闇』に行きたいと願っているのだ。

「行こう……！　『無色の闇』に」

俺の言葉に、全員が力強くうなずいた。

◇

「……で、腹は決まったかよ」

「ああ。この国選依頼《ミッション》、受けさせてもらうよ」

あの後、冒険者ギルドに引き返した俺は依頼票をベンウッドに差し出した。

俺が戻ってくることがわかっていたかのように、依頼カウンターにふんぞり返っているのを見ると、ここでずっと待っていたらしい。

おかげで他の冒険者がびびって、渋滞を起こしている。

「お前の夢を利用するようですまんな」

「まったくだ。でも、感謝してる。それで、他のパーティの記録《ログ》を見せてもらってもいいか？」

これも準備していたらしい、紙束が三つカウンターの前に投げ出される。

「『スコルディア』のはともかく他の連中のは役に立たんよ、これでは。特に『サンダーパイク』のはひどい。地下三階までしか進められていない上に、書式も報告内容もだ。配信だって見られたもんじゃない」

『サンダーパイク』の攻略配信に関しては俺も目にしている。

魔物《モンスター》との戦闘になったかと思ったら、しばらくして生配信が途切れたりして、資料としては全く役に立たない。

おそらく、都合の悪い部分を物理的にカットしているのだろうが、あれでは都合の悪いことを隠してるのが丸わかりだ。

「俺はやめとけって忠告したんだがな」

「後がないのさ、あいつらは。今は国選依頼《ミッション》中だから規則上Aランクに留まっちゃいるが、ここで成果が出せなきゃ冒険者信用度《スコア》はがた落ちだ」

「がた落ち？　国選依頼《ミッション》にしたってそう下がりはしないだろ？」

「今回の国選依頼《ミッション》を受けるにあたって詐欺じみたことをやらかしてる。例えば『クローバー』のユークが『サンダーパイク』のサポートにあたる、とか喧伝《けんでん》してみたりな。それで不注意なスポンサーが何人か金を出しちまった。……このままだと、ヤベぇぞ、あいつら」

「俺の知ったことじゃない」

バカな幼馴染の浅慮にため息を吐き出して、俺は別の話題を切り出す。

「そうだ、ベンウッド。一時加入《スポット》を募りたい。誰かいい斥候《スカウト》を紹介してくれないか」

攻略計画《アタックプラン》を練るにあたり、一番の問題となったのが『クローバー』というパーティにおける人数と職能《ジョブ》だ。

普通、パーティというのはおよそ五人から六人で構成される。それより少なかったり多かったりすることもあるが、安全性と報酬のバランスがとれるのはその人数だ。

これまで四人でやってこられたのは、俺も含めて第二の職能《セカンダリジョブ》持ちが三人いたからで、受けていた依頼のランクも低かったからという理由がある。

特に『クローバー』には斥候《スカウト》系の職能《ジョブ》を持つメンバーがいない。

多少無理をすれば俺が魔法道具《アーティファクト》で解決できる場面はあるが、相手は『無色の闇』だ。やはり専門のメンバーが欲しい。

この件に関しては、すでに三人に了解をとった。

「それについてはママルから話があるってよ」

そう笑ったベンウッドが俺の背後を指さす。

「こんにちは、ユークさん」

振り返ると、背後には一人の女冒険者を連れたママルさんが笑顔で立っていた。

「『一時加入《スポット》募集申請書』をお預かりしますね」

「あ、はい」

ベンウッドに渡そうと持っていた『一時加入《スポット》募集申請書』を手渡すと、その代わりとばかりに女冒険者を前に押し出すママルさん。

「あの……？」

「こちらが一時加入《スポット》希望者のネネです。今から面接をなさいますか？」

猫人族《フェルシー》の少女に見えるその人は、何とも言えない顔で眉尻をへにゃりと下げている。

見た目は俺より少し下……マリナと同じくらい。

髪の毛と同じこげ茶色のピンと立った耳がなかなか愛らしい容貌で……服装からして、斥候職だろう。

「ママルさん？」

「ネネ、ご挨拶なさい」

「よ、よろしくお願いします」

どうにも元気がないというか、怯《おび》えてるというか。

「彼女は？」

「知人の子なんですけれど、ちょっと故郷でオイタが過ぎまして……。数年前から預かって性根を叩きなおしていたんです」

そりゃかわいそうに。ママルさんに性根とやらを叩かれたら、きっと直る前に千切れてなくなるかしてしまうだろう。

「いま、失礼なことを考えませんでしたか？」

「まさか。それで……ネネさんは、希望ということでいいんですか？」

「ぜ、全身全霊でがんばるっす」

なんだか事情がありそうだが……ママルさんの紹介であるなら、きっと腕は確かなのだろう。

「じゃ、こっちに。他のメンバーと顔合わせをして、それから一時加入《スポット》の事について詰めましょう」

「行ってきなさい、ネネ。ユークさんに失礼のないようになさいね」

「はっ……はいっす！」

緊張した様子のネネを連れて、マリナ達が待つテーブルに向かう。

そこでは、必死に記録《ログ》を読み込む三人の姿があった。

「みんな、一時加入《スポット》の希望者を連れてきた。ネネさんだ」

「よろしくお願いします」

ペコリと頭を下げるネネ。

ママルさんがそばに居ないせいか、少し緊張が解けたのかもしれない。

あの人がそばに居ると、ベンウッドすら落ち着かなげにするからな。

「やった！　女の子だ！」

「よろしくお願いしますね」

「ねこみみ……！」

三者三様の反応だが、面接はいいのか。

まあ、俺がすればいいか……。

「ネネさん、座ってくれ。それで軽い自己紹介を。君のジョブと冒険者信用度《スコア》も教えてもらえるかな」

「私はネネ・シルフィンドール……見ての通り猫人族《フェルシー》で職能《ジョブ》は元『盗賊《シーフ》』の『忍者』っす」

「元？」

「【天啓の覚書】を使ったっす」

なるほど。実際、『戦士』から『騎士』に職能を変化させた奴も知っているし、そういう事もあるか。

「冒険者信用度《スコア》はCランクっす」

「ええと……俺達は近日中に『無色の闇』に調査で入る予定なんだけど、それも納得してるってことでいいのか？」

「……はいっす。それで地獄の日々から解放してもらえると聞いたっす」

その件について、詳しく聞くべきだろうか。

いや、今はよしておこう。

「絶対にお役に立つので雇ってほしいっす！」

切羽詰まった様子のネネの気迫に押されつつ、俺達は斥候役の一時加入《スポット》冒険者を『クローバー』に迎えることになった。

◇

依頼を受けてから一週間。

連携確認のダンジョンアタックや様々な準備を俺達は進めていた。

一時加入《スポット》のネネだが、彼女は予想以上に優れた斥候《スカウト》役で攻撃手《アタッカー》だった。

Cランクと自己申告があったが、おそらくママルさんによる意図的な冒険者信用度《スコア》の調整があったのだと思う。

……彼女の実力は、Aランク相当だ。

『クローバー』に足りない要素を両方補ってくれるネネは、今回の国選依頼《ミッション》に欠かせないメンバーと言えるだろう。

大きな変化があったのは、マリナだ。

以前に『アイオーン遺跡迷宮』で拾った【天啓の覚書】を修復し、マリナに渡したところ、彼女の望み通りに『第二の職能《セカンダリジョブ》』が発現したのだ。

マリナの隠された才能は——『侍』。

東方発祥の近接戦闘を得意とする極めて強力な職能《ジョブ》である。

本人は「魔法が使いたかったなぁ……」なんてしょぼくれていたが、希少な職能《ジョブ》の才能が二つもあるなんて、マリナという女の子はなかなかにスペシャルらしい。

シルクも、俺のアドバイスを受けながらいくつかの準備を進めている。

まず、魔法の鞄《マジックバッグ》を購入し、ダンジョン内へ持ち込む矢弾の量を増加させた。

矢についても一般的に『属性矢』と呼ばれる消費型魔法道具《アーティファクト》を数種類準備しているし、精霊使いとして二種類の精霊と契約を果たした。

精霊使いというのは、環境にいる精霊に呼び掛けて魔法的な現象を起こすものだが、契約精霊がいれば環境に関係なく力を使うことができる。

シルクは木の精霊《ドライアド》と水の精霊《ウンディーネ》を選んだようだった。

レインはバタバタと動く周囲に比較したらかなり落ち着いていたが、どこからか杖《つえ》を一本持ち出してきた。

真っ赤な宝珠の嵌《は》まった、金の装飾の杖。見るものが見れば、これが何かわかる。

――【紅玉の宝杖】。

攻撃的な五大魔法《ソーサリー》の威力を大幅に引き上げる、魔法武器《アーティファクト・ウェポン》だ。

本人曰く「借りてきた」とのことだが、こんな貴重品を貸してくれる知り合いがいるとは……レインの人脈というのはよくわからない。


それぞれに準備は進んでいる。俺にしても、かなり大掛かりな準備をした。

容量に余りがあった魔法の鞄《マジックバッグ》も、かなり詰まってきているくらいに。

「明後日《あさって》の突入……準備はいいか？」

夕食をテーブルに並べながら、四人に問う。

それぞれ返事をしながらそれに肯定するところを見ると、問題はなさそうだ。

「一時加入《スポット》なのにパーティハウスまで貸してもらって申し訳ないっす」

「お気になさらず。こうして集まって準備と情報共有をするんですから、こっちの方がいいんですよ」

「部屋も余ってるしね！」

この事態を予測していたわけではないが、余り部屋に作った客間がさっそく役に立った。

ネネがママルさんのところに帰りたくないというので使ってもらったわけだが、意外と馴染んでいるようでいいことだ。

「よし、それじゃあ確認だ。予定通り、明後日の朝から『無色の闇』に入る。現在、先行しているＡランクパーティが到達しているのは地下八階層だ」

「もう結構経《た》つのにあんまり進んでないねー」

マリナの言葉に苦笑する。挑んでいるパーティの質が悪い、というのはすでに配信で知れ渡っている。

唯一まともだったパーティである『スコルディア』が残り二つのパーティ――『サンダーパイク』と『グランツブロウ』――に愛想を尽かして国選依頼《ミッション》を下りたため、その状況はさらに悪くなった。

そりゃ、自分達の進行をあてにして、後ろをついて回られたら馬鹿らしくもなるだろう。

特に『グランツブロウ』は、実力あるならず者といった様子のあまりマナーがよくない連中が集まったパーティだ。

フロアボスの攻略を先行パーティである『スコルディア』に押し付けて、撃破を待ってから無傷でフロアを抜けるような真似《まね》をするので、こちらも配信の評判は良くない。

ベンウッドが「信用できない」とため息をつくのもわかる気がする。

「俺たちの目的は異常がないかを調査するだけで、攻略そのものが目的じゃない。基本的に全て〝生配信〟しながら進んで、それをギルドマスターや王立学術院の学者さん方がチェックする形だ」

とはいえ、記録《ログ》や配信を見る限り、最初から異常だとしか思えない場所で、どんな異常を見つけろというのかわかりはしないが。

『無色の闇』はそれほどまでに特異な迷宮《ダンジョン》なのだ。

【退出の巻物《スクロールオブイグジット》】もあるが、どんな危険があるかわからない。対策だってそうとれやしないダンジョンだ。細心の注意を払って行こう」

「できる準備は全部しました。後は、いつも通りにやるだけです」

「がんばろうね！　あたしたちならきっといけるよ！」

シルクとマリナがやる気十分にうなずく。

もう少し怯むかと思ったが、案外……俺の杞憂《きゆう》だったのかもしれない。

「私も頑張らせてもらうっす。なんていうか、軽い気持ちじゃないっす！」

「ああ、ネネにも期待してるよ。ある意味、君に一番負担が掛かっちゃうと思うけど」

「まかせてくださいっす」

ニカッと笑うネネ。

「レインも、大丈夫かな？」

「ボクは、いつも通り。準備も、もう、終わった」

「そうか。頼りにしてる」

「ん。それより、ユークは、明日一日ちゃんと、休むこと」

鼻先に指を突きつけられて、思わずたじろぐ。

明日は軽く消耗品のチェックや魔法薬《ポーション》の合成をしようと思っていたのだが。

「働きすぎ。明日は、絶対に、休むこと」

「そうは言ってもだな……」

俺が言い訳を口にしようとしたその時、つけていた『タブレット』から緊急速報の音が鳴った。


『──速報です』

『冒険者ギルドおよび王立学術院は〝無色の闇〟調査中の二つのパーティに関し、調査能力に乏しいとして是正勧告を行いました。これに対し、〝グランツブロウ〟は依頼からの撤退を宣言し、今後は〝サンダーパイク〟単独での調査となる予定です』
『今回の件について、冒険者ギルドおよび王立学術院は適切な対応を協議し、実行予定であると返答しています』
『なお、〝サンダーパイク〟のサイモン・バークリー氏には、この国選依頼《ミッション》を主宰するにあたり集められたスポンサー協賛金の使途に関して、不透明だと指摘する声もあり、現在調査が行われております』

「……時間の問題だと思っていたが、早かったな」

「『グランツブロウ』は最初から話題性狙いだったので仕方ないっすね」

「それもそうか。素行が良くないって噂だし、ダンジョン内で鉢合わせることがなくてよかったと思うべきかな」

「そうですね。配信を見ていても、どうかと思う人たちでしたし……」

Aランクパーティの撤退はやや痛いが、トラブルになりそうな連中でもある。

正直、魔物《モンスター》よりも人間の方が恐ろしいという部分もなくはないので、片方片付いただけでも良しとしよう。

「よし、それじゃあ食事再開といこう」

「誤魔化されない、よ」

レインが俺の鼻をつまむ。

「明日は、絶対に……休んでもらい、ます」

「そこを何とか。やっておきたいことがあるんだよ」

「だめ、です」

翌日……結局、俺は目いっぱい休む羽目になった。

◇

「お、来たな」

冒険者ギルド直下、地下大空洞。『無色の闇』の入り口。

その前で待ち構えていたベンウッドが、俺達を見てにやりと笑った。

「いい面構えだ。……が、無理はしないようにな」

「わかってるさ。ここを初攻略した先輩としてのありがたい助言は？」

「迷宮行動《ダンジョンワーク》のセオリーを守れ」

「わかった」

当たり前のことではある。だが、一番重要なことだ。

かつてベンウッドが俺に伝え、俺がマリナ達に伝えたことでもある。

注意深く慎重であること。

事前にプランをいくつか用意すること。

休息は一階層ごと行うこと。

損耗確認は密にすること。

——命を最優先すること。


……よし、ちゃんと覚えてる。

「みんな、いいか？」

フル装備で揃う仲間を振り返ると、全員が気力に満ちた顔で応えた。

「おっけー！」

「問題なしです」

「いける……！」

「準備完了っす」

それにうなずいて、ベンウッドに向き直る。

「よし……。ベンウッド、行ってくるよ」

「ああ。なに、今日は初日だ。軽く見物のつもりで行ってこい。無茶をする必要はないし、土産も気にするな」

「そうさせてもらう。なにせ、この依頼は無期限だしな」

俺の軽口にベンウッドがにやりと口角を上げる。

この国選依頼《ミッション》の期限が定められていないのは、俺達に対する一種のサービスだ。今回、俺に首を縦に振らせるための報酬の一つであったと考えてもいい。

この国選依頼《ミッション》が有効である限り、『無色の闇』は封鎖されることはなく、俺達はいつでもこの迷宮に潜ることができる。

ここへの挑戦権自体が、俺のような冒険者にとっては得難い機会なのだ。

ベンウッドの隣を抜けて、『無色の闇』へとつま先を向ける。

大空洞の中、威風堂々かつ異様にそびえるそれは、斜めに突き刺さった巨大な円筒状の何かに見え、上部はもやのようなものでかき消えている。

王立学術院の権威曰《いわ》く、これは地中に埋まった『塔』であるらしい。

実際、上り階段らしきものがあった形跡があり、見上げれば上階のようなものも確認できるが、現状そこに上る手段は見つかっていない。

迷宮《ダンジョン》では〝階段を使う〟ことがルールなのだ。

無理に上ろうとすれば、『アイオーン遺跡迷宮』の吹き抜けのような現象で無駄な犠牲者が出るだけだろう、と記録《ログ》の上では結論されていた。

「ネネ、先頭を頼むよ」

「はいっす」

斜めになった入り口の前で、予定の隊列を確認する。

先頭はネネ、その後ろにマリナ、シルク、レインと続いて、殿《しんがり》は俺だ。

マリナを前面に配置することで遭遇戦の安全性が増すし、俺は奇襲や挟撃を受けた際に足止めが可能ということで、この隊列となった。

ちらりと視界の端に俺たちを見送るベンウッドを確認しつつ、『無色の闇』の中に足を踏み入れていく。

「『ゴプロ君』起動……〝生配信〟開始」

ゆっくりと飛び上がった『ゴプロ君』に向けて、用意していた前口上を口にする。

「こんにちは、『クローバー』です。今日は王立学術院と冒険者ギルドの依頼を受けて、『無色の闇』の調査に来ています。初挑戦、初日……頑張っていきます」

「敵影なし……先行警戒に入るっす」

口上が終わったのを見計らったネネが、俺が調整した魔法道具《アーティファクト》、【隠形の外套《ヒドゥンマント》】を羽織って壁の際に沿ってするすると駆けていく。

初めてのダンジョンなのに、怯んだ様子もない。優れた斥候《スカウト》だ。

「どうですか、先生。『無色の闇』は」

「思ったよりも、感動とか少ないもんだな……。もう少し、何かあると思ったんだが」

「まだ入り口だもんね」

何とも言えない顔をする俺に、マリナが笑う。

とはいえ、〝足を踏み入れたこと〟自体にもっと大きな感動があるかと思っていたのだ。

少しばかりの高揚があることを自覚はするが、はしゃぎ出したいほどではない。

俺も大人になったということだろうか？

子どもの頃、ベンウッドと共にここに潜った叔父の話を聞いていた時は、かなり心躍ったものだが。

「わたくしはかなりドキドキしていますけどね」

「そうなのか？」

普段冷静なシルクが、少し緊張した様子でいるのは気にはなっていた。

「はい。恥ずかしい話ですが、わたくしが冒険者を志したのは人間社会で生きる術《すべ》を得る為でした。有体《ありてい》に言うと、お金の為なんです」

「それは、別に恥ずかしいことではないと思うけど？」

「でも、それは決して夢ではありませんでした。あの日……先生の話を聞いて、わたくしはとても衝撃を受けたのです。夢の為の冒険なんて、考えもしなかった自分が……少し情けなかった」

少し目を伏せて、シルクが小さく笑う。

「だから、今こうして先生と夢の舞台に来れたことが嬉《うれ》しいのです。まだ『深淵の扉《アビスゲート》』に至れずとも、この先に、それがあると思うと……心が躍ります。子どもっぽいでしょうか？」

少し恥ずかしげにして笑うシルクに、俺は首を横に振る。

「いいや。なんだか、俺も思い出してきたよ。この先に、あるんだよな……」

普通の石造りの壁が続く『無色の闇』の入り口の先。

この奥深くに世界の端――『深淵の扉《アビスゲート》』があるのだ。

「ありがとう、シルク。どうも俺は緊張しすぎていたみたいだ」

「どういたしまして。先生でも緊張するんですね？」

クスクスと笑うシルクは肩の力が抜けたようだ。

俺にしても、体のこわばりが抜けているのを感じる。

「慎重に楽しもう。俺たちなら、きっと行けるはずだ」

「はい！」

そうこうするうちに、ネネが駆け戻ってきた。

「ルートの確認、オーケーっす。いや、ここヤバいっすね」

「ヤバい？」

「っす。罠《わな》はなかったんすけど、通路抜けた瞬間フロアが変わったみたいな……。実際体験するとかなりくるっす」

先行パーティの配信を見てある程度特徴は摑《つか》んでいたが、ネネの様子からすると思った以上に実際の異常性は高いようだ。

「それじゃあ、進もう。ネネ、頼むよ」

「お任せっす！」

ネネの先導で、『無色の闇』に足を踏み入れていく。

石畳の通路を歩き、苔《こけ》むした小部屋を抜けて、半分開いたドアを開けると……そこには、密林のような森が広がっていた。

しかし、よく観察してみると、床は石畳で木々の隙間から壁も見える。

まるで、いろいろと混ざってしまったかのような光景だった。

強い違和感が、注意を散らす。

「こりゃあ……なかなか、怖いな」

俺の口からは『無色の闇』への称賛じみた感想が思わず漏れていた。

「できるだけ、先行警戒をかけるっす」

「ああ、助かるよ」

ネネに先行警戒をしてもらいながら、その後を黙々とついていく。

屋内森林を抜け、木造住宅の中のような廊下を歩き、水たまりがそこら中にある地下水路のような暗い小部屋を通過する。

所々にすでに始末された魔物の残骸があり、それを回収しつつ進んでいく。見たことがあるのも、見たことがないのもいた。

これはネネ用の『ゴプロ君』があった方がよかったかもしれない。

次回のダンジョンアタックまでに準備する算段をたてておこう。

「ここで、ストップっす」

いつの間にか土の壁となった通路の一角で、ネネが俺達を止める。

曲がり角に手鏡を出して、先の様子を窺《うかが》っているようだ。

「やっぱり、部屋の居つきみたいっすね。ここは避けられないので、戦うしかなさそうっす」

促されて鏡を見ると、曲がり角の向こう側……少し開けて部屋のようになった場所に、見たことのない魔物《モンスター》が居座っていた。

記録《ログ》や配信の記憶を探って、必死に頭を回転させるがやはり思い当たらない。

「何だと思う？」

「合成獣《キマイラ》か悪魔《デーモン》の類いじゃないっすかね」

確かに、その線で考えるのが妥当か。

撞木鮫《シュモクザメ》の頭部に、大きく毛深い胴体。直立していて、手にはでかい斧《おの》を持っている。

長毛種のミノタウロスの頭を撞木鮫に挿《す》げ替《か》えたような、奇妙な生き物だ。

「魔物《モンスター》ランクがわからないな……。倒すしかないが」

ミノタウロスと仮定すれば、魔物《モンスター》の討伐ランクはB。

そう考えればザルナグと同じくらいだが、初挑戦のダンジョンでのパーティ初戦闘が未確認の初見生物など、我ながらついていない。

いや、ついているというべきか。これは、何かしらの資料になるかもしれない。

全員に強化魔法を付与しながら、どう戦うか考える。

「……ん？」

通路を見ながら、違和感を探る。

あの魔物《モンスター》がいる場所に対して、俺たちの現在いる通路はかなり狭い。

この『無色の闇』独特のちぐはぐ感が、いい方向に働いている気がする。

「通路で仕留めよう。魔法と弓で攻撃する」

「部屋まで行かないとマリナさんが剣を振れないっすよ？」

「いや、いけるよな？　マリナ」

俺の問いに、マリナがうなずく。

こういう、狭い場所での戦闘も想定して、マリナには別の武器も持たせている。

「どちらかというと、あのでかい斧をのびのびと振るわれた方が危ない。この通路ならそうは使えないだろう？」

「なるほどっす。では、私も忍術でサポートするっす」

『忍者』は『侍』同様に東方発祥の職能で、その特徴を一言で表わすと『スーパージョブ』だ。高い斥候《スカウト》能力に加え盗賊《シーフ》と同様の技術力を持ち、刀や小太刀、他にも手裏剣と呼ばれる投げナイフを使って戦闘をこなし、忍術という錬金術に少し似た特異な系統の魔法を使いこなす。

……この職能が発現する人間は極めてまれだ。

ネネは『盗賊《シーフ》』から『忍者』に変化したと言っているが……おそらく、ママルさんによって、無理やり掘り起こされたか植え付けられた才能だと思う。

なにせネネの冒険者としての師は、伝説の『忍者』〝灰色の隠者《グレイハーミッツ》〟なのだから。

「あの魔法を使う。レイン、コンパクトな攻撃魔法を頼む。シルクはいつも通り弓で攻撃。可能なら頭を狙ってくれ。マリナ、新武器の出番だぞ」

「まかせて！」

魔法の鞄《マジックバッグ》からゴツい弩弓《クロスボウ》を取り出してマリナに渡す。

露店市《バザール》で見つけたダンジョン出土品の魔法の大型弩弓で、俺が修復したものだ。

かなり重くて取り回しに苦労するため、奇襲でしか使えない戦法だが……これがあればマリナも遠距離戦に参加できる。

全員でうなずき合い、俺は魔法の詠唱を開始する。

「──La putra odoro de rozoj, hurlantaj nigraj hundoj, la maro glutanta la subirantan sunon, miksaĵo de nigra kaj blanka, hele kolora malpura akvo!（薔薇《ばら》の腐臭、遠吠《とおぼ》えする黒い犬、夕陽《ゆうひ》を飲み込む海、黒と白の混合物、鮮やかな色の汚水）」

今回は充分に余裕がある。しっかりと丁寧に魔法式を組み上げていく。

そして、曲がり角から飛び出すようにしつつ、小部屋にいる魔物に向けて〈歪光彩の矢《プリズミック・ミサイル》〉を放つ。

こちらの姿を発見して魔物が通路に駆け寄ってくるが、穢《けが》れた光彩《こうさい》を放つ矢が、逃げ場を失った奇妙な魔物に吸い込まれ……次の瞬間、化物が膝をついた。

今回のはしっかりと魔力を編み込んである。それにザルナグに使用した時は、未完成だった。今も完成とは言えないが、精度は上がっているはず。

抵抗《レジスト》されなければ、これで勝負を決められるくらいには効果があるはずだ。

「ブバッ……ヴァッ」

七孔《しちこう》から紫の煙と泡を吹きだしながら倒れた魔物が、痙攣《けいれん》するように体を震わせる。

そこにレインの〈炎の槍《フレイムジャベリン》〉とマリナが放った大型弩弓の太矢《クォレル》、そしてシルクの放った三本の矢が追撃を加えた。

「……ヴァ……！」

大きく体を震わせた魔物はそのまま動かなくなり、俺には弱体魔法の切れた感触が伝わってきた。

「よし、討伐完了」

自分とレインに〈魔力継続回復《リフレッシュ・マナ》〉の魔法を付与しつつ、得体のしれない魔物に近づく。見れば見るほど奇妙な生き物だ。

「念のため、資料用の袋に回収しておこう」

配信向けにそう呟《つぶや》いて、予備の魔法の鞄《マジックバッグ》に魔物の死体を収納する。

「私の出番がなかったすね……。なんすか、あの魔法は？」

「そう言えばネネには見せてなかったか。あれは〈歪光彩の矢《プリズミック・ミサイル》〉って魔法でな……俺が作ったんだ」

「は？」

ネネの瞳が縦にスーッと細くなる。

こんな所まで猫っぽいんだな……！

「ほら、俺は錬金術もやるだろう？」

「そうすね」

「だから、それの応用で混ぜてみたら、できちゃったんだよ」

「は？」

ネネの口から本日二回目の「は？」が出てしまった。

「ネネ。ユークの、やることを、いちいち、気にしてたら……病む。フィーリングで、いこ？」

「そう、すね。結果だけ見れば、出所なんて気にしても仕方ないっすね」

「うん。どうせ、わけわかんない、から」

おかしい、レインには一回きちんと説明したはずなのに。

説明の仕方が悪かったんだろうか。

「この部屋でいったん待っててくださいっす。先行警戒にいってくるっす」

「大丈夫か？」

「私は消耗してないんで問題ないっす！　皆さんは休んでてくださいっす」

そう手を振って通路に消えるネネを見送る。

優れた斥候《スカウト》が一人いるだけで全然疲労感が違うな、やっぱり。

『サンダーパイク』にいた時は、俺が斥候の真似事をしてたものだが。

「みなさん、来てくださいっす！」

先行警戒に出たネネがすぐに戻ってきた。

「ネネ、どうした？」

「宝箱《チェスト》があるっす。それに、資料で見た安全地帯《セーフティエリア》っぽいのも見つけたっす」

最初の階層で宝箱《チェスト》とはなかなかついてる。

憧れの『無色の闇』での初成果だ。少し楽しみになってきた。

「よし、そこまで進んで、いったん休憩を挟もう」

◇

「〝配信〟カット。気を抜いてもらって構わないよ」

俺の言葉に、全員が息を吐きだす。

攻略中ずっと〝生配信〟というのもなかなか気が休まらないので、休憩中は配信を切ることをあらかじめベンウッドには伝えてある。

特に先行警戒で動き回るネネや前衛のマリナはこのタイミングで身体《からだ》の清拭をしたりもするので、配信が行われない休憩時間は必須だ。

彼女らの肌を衆目に晒《さら》すわけにはいかない。

「あー、緊張で気疲れしちゃうよ！　この水って飲めるかな？」

「飲めるとは思うが、念の為に飲用のは魔法で出した水にしよう」

20フィート四方程度の小部屋には、水がわき出す小さな泉があり、迷宮内にしては清潔で神聖な空気に満ちていた。

迷宮内でたまに見つかる安全地帯《セーフティエリア》は、ダンジョンアタックをかける冒険者にとっては、重要な意味を持つ探索拠点だ。

通常の迷宮では地図などにしっかりと記載されていて、それを起点に探索を行うものだが、『無色の闇』はその形を日々変化させる。

階段エリア以外でこうした安全地帯《セーフティエリア》を見つけられたのは、かなり幸運なことだ。

「ここまでは順調だな。損耗はどうかな？」

「あたしは【ぶち貫く殺し屋《スティンガー・ジョー》】の矢を一本消費！」

重弩弓《ヘビークロスボウ》の弦を力強く巻き上げながら、マリナが申告する。

これ、俺が〈身体強化《フィジカルエンチャント》〉しても巻き上がらないんだよな……。

「矢は回収しましたし、損耗なしです」

「魔力、もう、回復してる」

「問題なしっす」

各申告を吟味して進行度を考える。

基本的に損耗が四割に達したらダンジョン探索は切り上げ時だ。

特に武具や矢弾、消耗品は魔力と違ってリカバリーがしにくい。

一応、その対策もしてはいるのだが、全てが上手くいくとは限らないのがダンジョンアタックの常だ。警戒と慎重さは常に保っておきたい。

「宝箱《チェスト》はどうするっすか？」

「これ、〝生配信〟するべきかどうか迷ってるんだよな」

部屋の端に佇《たたず》む宝箱《チェスト》を見つつ、俺は首をひねる。

公式の調査配信の中で宝箱《チェスト》の開封場面が見られたのは、地下五階層のフロアボスを討伐した『スコルディア』の配信だけ。

確か、中には宝石や古代金貨の類いが詰まっていただけで、大きな興味を引かなかったが……もし、配信内で貴重なアイテムを獲得してしまったらトラブルになるかもしれない。

ただでさえ俺達はCランクパーティという身の上でありながら、特別な依頼を受けて『無色の闇《こ こ》』に潜っているのだ。

これが高難易度ダンジョンで産出される宝物——例えば非常に強力な魔法道具《アーティファクト》など——を入手したとなれば、他の冒険者やパーティの反感を招く危険性がある。

しかし、逆にそういった報酬があると明示されれば『無色の闇』の攻略に腰を上げるパーティが出てくるかもしれない。

『無色の闇』は難易度のわりに実入りが少ない……という話がまことしやかに囁《ささや》かれている。

そもそも、封鎖されてからもう二十年以上たっているのだから、実際のところを知っている人間はそう多くないというのに、だ。

俺の叔父やベンウッド、それにママルさんなど当時の踏破メンバーに聞けば教えてくれるかもしれないが、俺にしたってそれを尋ねたことはない。

今や配信では人気の開封の儀ではあるが、手に入れた宝物を尋ねるのは冒険者としてのマナーに反する。

自ら手にした財と栄光を自慢するならともかく、沈黙する者の懐を探るのは褒められたことではない。

「そうなんすか？」

「よし、決めた。開封の儀《はいしん》はやめておこう」

「ああ。今後どうするかは戻った時にベンウッドに相談しよう。今は余計な波風を立てたくない」

「了解っす。じゃあ、開けるっすよ」

すでに罠の有無などを確認していたらしいネネが、宝箱《チェスト》に手をかける。

鍵も先に開けておいたのだろう、抵抗もなくぱかりと開いた宝箱《チェスト》には、いろいろなものが雑多に入っていた。

彩り鮮やかな数種類の宝石、古代金貨、薄汚れた手袋、銀色の指輪、そして、『黒い小箱』。

「いろいろあるな。とりあえず宝石と金貨は収納してっと……残りは何か調べてみよう」

残った物品を手に取って、精神を集中させる。

「ええと、手袋はただのガラクタ。魔法道具《アーティファクト》の残骸ですらないただのゴミ。指輪は精神力を安定させる力があるものだ。なかなかの貴重品だぞ。この箱は……ちょっと変だな」

迷宮産出品の鑑定は錬金術師としてそれなりに手慣れたものだが、この手のひらに載る黒い小箱が何なのか、理解しかねた。

魔法道具《アーティファクト》であることは確かだが、用途がわからない。

そもそも箱かどうかすらわからない。やけに滑らかな面取り加工がなされたこれには、開けるようなところが見当たらない。少し大きめの六面ダイスだと言われればそうかもしれないと思う。

……真っ黒で数字がわからないけど。

「不思議な物体だな……」

なんというか、自分が何かわかっていない、答えを待っているかのような……そんなモノだ。

魔法道具《アーティファクト》でありながら、なんの機能もない。

よし、【黒い箱《ブラックボックス》】とそのまま名付けよう。

「危険なものですか?」

「いや、危険ではないよ。ただ、これは子どもみたいなものだな、多分」

「え、魔法道具《アーティファクト》の子どもなの？　魔法道具《アーティファクト》の？　欲しい！」

「む、ボクも、欲しい」

何にでも興味を示す仔犬《パピー》と魔法道具《アーティファクト》フリークが黒い箱をじっと見る。

「とりあえず、こいつは珍しいんでベンウッドに報告してからだ。異変の手掛かりになるかもしれないし。レイン、おいで」

「なに?」

「これを」

手を取って、その指に【正気の指輪《サニティリング》】を嵌める。

分け前的な問題から言えば、帰って精算してから分配するべきだろうが……攻略に使える拾得品はどんどん使っていった方がいい。

精神の乱れが直接効力に影響する魔法を多く使用するレインが、これを使うべきだろう。

「――……っ」

レインが固まってしまったが大丈夫だろうか。

呪いの類いはかかっていないはずだが。

「箱は、マリナに、ゆずる……」

「ホント？　やったね！」

一体どこでどう折り合いがついたのかさっぱり理解できないが、円満に解決できたならそれでいいか。

◇

しばしの休息を終えた俺達は、再び『無色の闇』へと足を踏み出す。

相変わらずチグハグと目まぐるしく変わる風景にも少しずつ慣れて、進行の速度は少しずつ上がった。

途中、魔物《モンスター》との戦闘もあったが、特に大きな危機に陥ることもなく奥へと進んでいく。

安全地帯《セーフティエリア》でいったん休憩をとれたのが大きかったのかもしれない。

過剰な緊張は恐れを加速して足を鈍らせるからな。

「……問題なしっす。進みましょう」

先行警戒から戻ったネネが、曲がり角の向こうから俺たちを呼ぶ。

その顔には小さな傷がついており、じわりと血が滲《にじ》んでいた。

「待て、ネネ。ケガをしてるじゃないか」

「かすり傷っすよ」

「魔力ならある。余計な気を回さなくていい。ほら、こっちに」

手招きして呼んで、いまだ血のにじむ頬の傷を回復魔法でふさいでいく。

痛くないのだろうか？　見た目よりも深く切れているじゃないか。

「ちょっとしたケガでもすぐに報告してくれ。それに、いくら冒険者だって、女の子の顔に傷が残ったらどうするんだ」

「あはは、いまさらっすよ」

苦笑するネネの顔をよくよく覗き込むと、ところどころにうっすらと傷跡が残っているのが見えた。

化粧で隠してはいるが、これは擦過傷か……いや、裂傷だな。

細い鞭《むち》か何かで誰かがネネの顔を打ったのだ。裂けて切れるまで。

「あ、ママルさんじゃないっすよ。これは古傷っす」

「痛みはないのか？　大丈夫か？」

「大丈夫っす。それに、自業自得っすから」

少し無理したネネの苦笑。

あまり深く踏み込まない方がいい気がする。

「そうか。でも、ケガの申告はすぐにすること。何が命取りになるかわからないからな」

「ラジャっす。さぁ、こっちっす」

俺の不躾《ぶしつけ》な行動を気にした風でもなく、ネネが先導を再開する。

その後に続きながら、自分が少しばかり苛《いら》ついていることを自覚した。

一体、どんな理由があればようら若い少女の顔に跡が残るような仕打ちができるんだ、と。

「ユーク、集中、だよ」

前を歩くレインが振り返って俺を見る。相変わらず、レインは鋭い。

まさかと思うが、魔法で俺の心を読んでるんじゃないだろうな。

「顔に、出てる。今度、お酒でも飲みながら、聞けばいい」

「ああ、そうだな」

「にゃはは、大した話でもないっす。高い酒があれば洗いざらい吐くっすよ」

やり取りを聞いていたらしいネネが、冗談めかして笑う。

「そうか。なら、帰ったら持ってる中で一番いい酒を開けよう」

「柑橘《かんきつ》系以外でお願いするっす」

さて、ベンウッドの事務所からこっそり拝借してきた林檎酒《シードル》は、ネネの口にあうだろうか？

そんなことを考えながら、俺は迷宮の道行きに集中した。

◇

「よし、なかなかのペースだな」

順調に迷宮内を進んだ俺達は、思ったよりも早い時間で地下二階層への階段へと到達していた。

あれ以降、強力な魔物と遭遇することもなく……また調査結果となるような、それらしい異常も見つけられなかった。

「しっかし、この魔法道具《アーティファクト》はすごいっすね」

コンパスのようなものをまじまじと見てネネが呟く。

「【風の呼び水】は初見の迷宮探索ではよく使うアイテムだけどな？」

「いやいや、こんなの見たことなかったっす。こんな便利なものがあるなんて……」

【風の呼び水】はコンパスを模した魔法道具《アーティファクト》で、正確には風の流れを感知する道具だ。

迷宮の地下から入り口に向けて流れる微細な空気の流れを感知して、階段と出入り口の方向を指す。

これがあれば初見の迷宮でも階段の位置を把握しやすいし、迷った時も脱出が期待できる。内部を頻繁に変化させるらしい『無色の闇』でも有効なようで安心した。

「さて、休憩がてらここまでの事を少し整理しようか」

「どこもかしこも異常すぎて、何が異常なのかわかりませんね」

シルクがため息をつきつつ、作成した地図を見る。

そう言いたくなるのはもっともなのだが、まずはこの『無色の闇』の正常《スタンダード》を把握しないと、異常がわからない。

現状では、他のダンジョンに比べてとても異常ということしか判断がつかないのだ。

「あの鮫頭《さめあたま》と黒い箱じゃないかな」

「そうっすね。魔物《モンスター》は随分叩いたっすけど、あの鮫頭だけが特別だったっす」

壁に向いて座る俺の背後から、マリナとネネが意見を述べる。

二人は今、清拭の最中だ。

「確かにな。あと、ネネが狩ってる部分もあると思うが、魔物《モンスター》の数が少ないか？」

「最短距離を歩いてるからっすよ。あの魔法道具《アーティファクト》さまさまっす」

「なるほど、それもあるか」

確かに配信のパーティは誰も【風の呼び水】を使っていなかった。

迷宮内で魔法道具《アーティファクト》を調整する錬金術師がいないからだろう。

意見をメモに書きつけていく。

「やりにくくないっすか？　こっち向いてもらっていいんすよ？　真《ま》っ裸《ぱだか》ってわけでもないですし」

「馬鹿言うな。パーティでのエチケットはわきまえている」

「あたしなんてもう全部見られた後だし、気にしないよ！」

「ゴホンッ」

咳《せき》ばらいをしてマリナを黙らせる。

お前がそうだから、俺は気を付けてるんだよ！

「終わったら教えてくれ」

小さくため息を吐きつつ、思考を加速させていく。

やはり、キーとなるのはどの記録《ログ》にもあがっていなかった『鮫頭の魔物《モンスター》』と、未形成魔法道具《アーティファクト》と思われる【黒い箱《ブラックボックス》】だ。

階層にそぐわない魔物《モンスター》との遭遇は、溢れ出し《オーバーフロウ》の前兆を疑ってもいい案件であり、同様に宝箱《チェスト》の中身についても疑いの目を向けるべきかもしれない。

運がいい、などと割り切りはしたが第一階層の安全地帯《セーフティエリア》に宝箱《チェスト》が出現するなんて、異常といえば異常じゃないか？

中身についても、『無色の闇』ともなれば財宝の質もいいとは思うが、本当に適正だろうか？

普通、浅い層に出現する宝箱《チェスト》の内容はそれに即したものになる。

魔物の強さと同様に、得られる宝物は階層のリスクに比例するものになるというのが定説だ。

いきなり高品質な魔法道具《アーティファクト》と得体のしれない魔法道具《アーティファクト》とを産出したあの宝箱《チェスト》は、果たして適正なのか？


待てよ……？


レインの持つ魔法の鞄《マジックバッグ》。

よく考えれば、あれも異常じゃなかったか？

小迷宮《レッサーダンジョン》の二階層で見つかるには性能が良すぎる。

……という事は、やっぱり……！

「どーん」

「うぉっ」

背中に柔らかい感触と重み。

「ユーク。言葉にしてくれなきゃわからないよ！　怖い顔してないで、ちゃんと話してよ」

「あ、ああ……。少し待ってくれ。まだ考えがまとまらないんだ」

「そうなの？」

取り急ぎ、まずは背中から離れてくれ……余計に考えがまとまらなくなるから。

どうせハグをするならいつものように鎧《よろい》を着てくれ。

……なんだか落ち着かないじゃないか。

◇

改めて状況と情報を全員で整理した俺達は、相談の上……帰還することを選択した。

これはあらかじめいくつか立てておいた方針の内の一つでもあり、俺としては初挑戦《ファーストアタック》の成果としては充分であると思う。

第二階層の階段エリアまで大きな問題なく進むことができたし、戦闘でも苦戦することはなかった。損耗も軽微で、このまま奥に進んでもいけるだろう。

そういった成功体験を得た上で、まずはいったん戻る。

今回はまさに様子見だ。『無色の闇』をまず肌で感じるというのが課題だった。

それに、未確認の魔物《モンスター》との遭遇、【黒い箱《ブラックボックス》】の獲得も、報告に値する情報だ。

目的は異常の調査を行うことで、スピーディな攻略ではない。欲張って張り込んだところでリスクを抱え込むだけだ……という意見の一致を全員で見た。

「魔物《モンスター》の再出現はまだみたいだな」

帰路をたどりながら、いまだ残された魔物の血痕を確認する。

第二階層の階段に達するまでに休憩も入れて約五時間。魔物の再出現はどんなに早いダンジョンでもだいたい十二時間ほどだ。

『無色の闇』の再配置時間は配信では確認できなかった。

もしかするとダンジョンの構成を変える時にまとめて再配置されるのかもしれない。

「噂に聞いていた構成の変化もないみたいっす。このまま出口までいくっす」

道程をきちんと覚えているらしいネネが、俺達を先導してくれる。

小さいながら頼りになる背中だ。

チグハグな風景が続く『無色の闇』の中を歩きゆくと、見覚えのある石造りの風景が増えてきた。

「出口っす！」

「戻ってこれたか」

ネネの指さす先、少しばかりの通路を抜けた先……だだっ広い地下空洞へと俺達は戻ってきた。

まだ薄暗いが、やはりダンジョンの中とは違って圧迫感は薄い。

息を吐きだして周囲を見る。

「……！」

さすがにベンウッドはもう居なかったが、代わりとばかりに別の一団が、そこにいた。

「ユーク……！」

こちらを睨みつける『サンダーパイク』の面々と、その背後には見知らぬ者が二人。

サイモンたちも一時加入《スポット》を募ったようだ。

「見損なったぞ、ユーク。僕たちの依頼を横取りしようとするなんて」

「誤解を招く言い方をするな。俺達は正式な依頼を国から受けてやっている」

「なら、どうして僕の要請を断った！　ここに潜るなら受ければよかっただろう！」

どうやら頭の悪い幼馴染は、ほんの一ヵ月前の話すらすっぽりと抜け落ちてしまっているようだ。脳によく滑る油でも塗りたくっているのだろうか。

「お前の要請とやらは、一時加入《スポット》を装ったただの引き抜き工作だろう？　これは『クローバー』の受けた国選依頼《ミッション》だ。一緒にするな」

「だったら何故僕に知らせない⁉　協力するべきだろ！」

「そんな義理はない」

突き放すような俺の言葉が癇《かん》に障ったのか、バリーとカミラが前に出てくる。

「おい、ユーク……！　てめぇ、舐《な》めんのもたいがいにしろよッ」

「そうです。反省なさい。あなたには感謝の気持ちというものが足りません」

がなるバリーたちを諌《いさ》めるようにして抑えたサイモンが俺に向き直る。

「まあ、いい。これからは同じ仕事をする仲間だからね。これまでの事は水に流してやろうじゃないか」

どうやっても上から目線でしか話せないのか？　お前ってやつは。

湿気《しけ》た笑みを浮かべながら、右手を差し出すサイモン。

握手なんて絶対にごめんだぞ……と思ったが、サイモンの口から出た言葉は斜め上をいっていた。

「さ、配信データと拾得物を出してくれ」

当たり前のように言うサイモンに思わず固まる。

何を言っているのかなかなか理解できずに、それが言葉通りの意味であると思い当たるまで、ゆうに五秒はかかった。

「は？」

……それで、結局出た言葉がこれだ。

俺というやつは、少しばかり緊急時のボキャブラリーが足りないらしい。

しかし、それも今回は仕方ないだろう。サイモンの言っていることが全く理解できないのだから。

「これから『連合《アライアンス》』になるんだから、情報共有や拾得物の分配は当たり前だろ？　お互いに無駄なく調査を進めていこうじゃないか」

『連合《アライアンス》』はいくつかのパーティが集合して作る、パーティのパーティみたいなものだ。

主に超大型の迷宮などを攻略する際、疲労や損耗を分散したり、戦力を増強する目的で結成される。

……さて、そんなものになる提案をされた覚えも、入ると返事をした覚えもないんだが。

「お前らCランクパーティと合同にしてやるってことだよ」

「よかったですね。あなた達、よく働《く》くように」

バリーとカミラがサイモンの意図を汲んで、愉快げに笑う。

本当お前らって頭の悪いサイモンを支える、察しのいいクズだよな。

……おっと、心がすさんでいる。いけないいな。

「君たちよりもAランクの僕らが報告した方が効率がいいだろ？　さ、出してくれ」

「ふざけないでくださいッ！」

俺が口を開くよりも先に、シルクが声を上げた。

「仮にもAランクパーティがたかりのようなマネをして恥ずかしくないんですか⁉」

シルクの声にバリーとカミラが顔を見合わせて鼻で嗤《わら》う。

「おいおい、野蛮な〝黒エルフ〟が生意気言ってんじゃねぇぞ」

「汚らわしい黒き邪神の使徒よ。口を慎みなさい」

「──黙れッ！」

大空洞に俺の声が反響した。

心無い罵声に立ち尽くして涙をためるシルクを抱き寄せて、『サンダーパイク』を睨みつける。

「シルクは俺の大切な仲間《かぞく》だ……侮辱するな」

半笑いのサイモンが、半歩前に出る。

「おいおい、ユーク。たかが蛮族じゃないか。何をムキになってるんだ？」

「失《う》せろ、サイモン。『連合《アライアンス》』だと？　寝言は寝て言え。お前らの仲間になるなんて反吐《へど》が出る」

「な……っ」

目を白黒させるサイモンと、苛ついた様子のバリーとカミラ。

「お前たちに、一切協力はしない。……行こう、みんな」

肩を震わせるシルクを支えたまま、地上への階段へと向かう。

背後からは、マリナ達が殺気じみた気配を『サンダーパイク』に放ちながらも黙ってついてきているのがわかった。

飛び掛かりたいのは俺も一緒だ。

……だが、まだ〝配信中〟だったからな。よく耐えてくれた。

冒険者ギルドに続く長い長い階段を上りながら、俺は『ゴプロ君』に顔を向ける。

「最後にトラブルがありましたが、初回攻略はこれで終了です。〝配信〟終了」

シルクと仲間たちに顔を向けて、俺は無理やり笑顔を作る。

「さあ、帰ろう。我が家に」

こうして、俺達の『無色の闇』への初挑戦は終わった。

閑話　聴聞されるサイモンとずれゆく思考

「お前たち『サンダーパイク』に抗議が届いている」

冒険者ギルドの三階、聴取室に呼び出された僕に、しかめっ面をしたギルドマスターがそう告げる。

「抗議？　僕らに？」

「ああ」

短く答えたギルドマスターが机の上に四通の書簡を並べる。

「スポンサーが連名で寄越したもの、エルフ連絡協議会、ウェルメリア人権連盟、最後の一通は冒険者ギルド本部からだ。何が原因か、わかってるよな？」

わかっている。

あの嫌味なユークの奴《やつ》が、僕たちを嵌《は》めるために〝生配信〟をしたからだ。

「『クローバー』による『無色の闇』攻略配信は、かなりの視聴数があった。そこでああも差別的発言をしてはな。言い逃れできないぞ」

大きなため息をついて、ギルドマスターが僕に向き直る。

「何か、申し開きはあるか？」

「そう大きな問題じゃないだろう？」

さっと抗議文書に目を通したが、どれもこれもあのダークエルフに対する態度や言動について書かれている。

確かに少しばかり言葉が過ぎたかもしれないが、そもそも、たかがCランクの冒険者がAランクの僕たちに暴言を吐いたことの方が問題とされるべきだろう。

〝生配信〟をちゃんと見ていればわかるはずだ。

最初に失礼な口をきいたのはあのダークエルフの方で、無礼な相手に対して少々あたりが強かったからなんだというのか。

「問題ではないと思っているのか？」

「先に無礼を働いたのは向こうじゃないか。だいたい、アレが蛮族で裏切り者だというのは周知の事実だろ？」

次の瞬間、頬に衝撃が走って口の中に血の味が広がっていく。

ギルドマスターに頬を張られたのだと理解するのに、少しばかり時間を要した。

「何をするんだ！」

「お前は……ッ！　自分が何をしでかしたか全く理解しておらんようだな！」

「あの失礼な黒エルフを蛮族と呼んで何が悪──ぁばっ！」

今度は逆の頬を張られた。

この僕を二度もぶつなんて。たかが地方のギルドマスターがAランクであるこの僕を！

「ダークエルフという呼び方さえも今後なくしていこうってこの時代に、お前たちの発言は大きな問題になっている。ウェルメリア王国とエルフ族との関係悪化を招く危険があるんだぞ⁉」

机を叩《たた》きながら威圧するようなギルドマスターの怒声に、思わず肩を震わせる。

「たかだか冒険者同士の言い争いじゃないか！」

「Aランクになった時に伝えたはずだぞ……？　これからは発言と行動には責任が伴うと。ウェルメリア王国の認定したAランク冒険者が、揃《そろ》いも揃って生配信中に一種族を指して差別発言をしたんだ。お前たちは、国の品位を貶《おとし》めたのだぞ……！」

怒り心頭といったギルドマスターの太い腕が僕の胸ぐらをつかむ。

「お前たちには謝罪配信をしてもらう。当然、冒険者資格の剥奪も覚悟してもらうぞ。裁定次第では国外追放もあると思え」

「そんなバカな！」

「バカなのはお前たちだ！」

間違っている。

そんなことは絶対に間違っている！

あの愚かなユークと、その取り巻きである蛮族のせいで僕がどうしてそこまでの罰を受けなきゃいけない!?

どう考えてもおかしいだろう。

「……国選依頼《ミッション》はどうなる？　僕らがいないと困るんじゃないのか？」

睨《にら》むギルドマスターに、少しばかり笑ってやる。

そうとも……困るのはお前らの方だ。

『無色の闇』に挑む人間があのCランクパーティだけになるなど、問題になるはず。

これまで、Aランクパーティでなければ挑戦不可とされていた場所なのだ。

僕らが申請し、認可され、封鎖が解かれた。つまり、僕らのおかげで調査が再開されたってことだ。

調査にはAランクの冒険者信用度《スコア》を持つパーティが必要になるのだから、いま僕らを外すわけにはいくまい。

「まったく困らないな。『クローバー』は充分な成果をすでにあげている。お前たちボンクラと違ってな」

僕を椅子に乱暴に下ろしながら、ギルドマスターがため息を吐き出す。

「なん、だって……！」

「調査依頼を受けている間、『クローバー』は暫定Aランクパーティとして登録される。何の問題もない」

目の前が暗くなるような、それでいて胸の奥がムカムカとする感情が湧き上がる。

いつもいつも……何で、アイツばかりが上手《うま》くやる⁉

ユークは地味で役に立たない赤魔道士で金食い虫の錬金術師だぞ？

それに駆け出しの女が何人か集まったところで上手くいくはずなどない。

それなのに……！

今やあいつは、注目の配信者で有名パーティのリーダーだ。

若い女を侍《はべ》らせながら悠々自適に冒険をして、成功を手にしている。

昼はくだらない冒険を配信に流して賞賛を得て、夜になればとっかえひっかえあの女どもを抱く生活。

……どうして、僕とこうも違う？

栄光のAランク冒険者のはずだぞ、僕は！

「しっかり反省して、配信用の謝罪文でも考えるんだな」

そう告げて、ギルドマスターは僕を部屋の外へと押し出した。


「何で僕がそんなことをしなくちゃならない！」

冒険者ギルドからパーティハウスまでの道すがら、苛々《いらいら》としながら僕は歩く。

周囲からは冷ややかな視線を浴びせられ、まるで犯罪者か何かになったかのようだ。

悪いのはユークとあの黒エルフだ！　配信で僕らを嵌めた。最初から僕らを挑発する意図があった。

あの小賢《こざか》しいユークのやることだ。僕たちに会った時のことを示し合わせていたのだろう。僕たちが、『連合《アライアンス》』を提案する親切すら、ユークは読んでいたんだ。

冒険者になってから、最近までずっと一緒だったのだ。

僕たちがああして提案することも予測していたに違いない。

そして、わざと問題になるようにあの黒エルフに発言を仕掛けさせた。

頭にきたバリーとカミラがどんな反応をするか、ユークには見えていたのだろう。

だから、ダンジョンを出ても配信用魔法道具《アーティファクト》を切らなかった。

普通、配信は出口で終了するものだ。

やはり最初から、僕たちを嵌めるつもりだったんだな……！

ユークの奴、絶対に許さないぞ。


考え事をしながら人目を避けて歩くうち、僕はいつの間にか細い路地へと足を踏み入れていた。

そして、正面にはフードを目深にかぶった人影。あまりの怪しさに訝《いぶか》しむが、意外にもそいつはフレンドリーな様子で僕に話しかけてきた。

「あんたが、サイモンさん？」

口元を歪《ゆが》め、僕に問いかける声は中年の男の声。

「誰だ？」

「オレか？　オレはあんたのファンさ。なあ、ユーク・フェルディオと『クローバー』に仕返しをしてやりたいって思わないか？」

男が少しずつこちらに歩いてくる。

「オレがスポンサーになってやるよ。あんたは、トップに返り咲いて、オレは欲しいものを手に入れる、良《い》い提案があるんだ……どうだ？」

差し出されたその手を、僕は握る。

「詳しく聞かせてくれ。そうとも、僕がこんなところで終わるはずなんてない」

第五章　青白き不死者王と迷宮の異変

『無色の闇』の初回攻略《ファーストアタック》から、三日が経《た》った。

この間、ギルドへの報告や再突入に向けてのミーティング、その準備リスト作成などを行い、今日は休息日となっている。

冒険者ギルドと王立学術院は俺達の持ち帰った成果をかなり評価してくれた。

『無色の闇』という不確定な迷宮においても、あの魔物《モンスター》や【黒い箱《ブラックボックス》】が入っていた宝箱《チェスト》には、やはり異常性があるということがわかった。

ベンウッドやママルさん曰《いわ》く……何度ダンジョンアタックを仕掛けても本来であれば最初に宝箱《チェスト》が確認できるのは地下五階層のフロアボスを倒したときで、ダンジョン内で見つかるのもそれ以降がスタンダードであるらしい。

つまり、『無色の闇』にも何かしらの異常が起きている可能性が高いということが、俺達の調査でわかった。

だが、それよりも、だ。

世間で話題になっているのはダンジョンアタックそのものよりも、その後だ。

王国中が注目する俺達の『無色の闇』の初回攻略《ファーストアタック》。

マリナ達の人気もあってそもそもの注目度も高かったが、Cランクパーティ『クローバー』が高難易度ダンジョンに挑むという意外性などもあり、〝生配信〟にはかなりの視聴者がついていた。

そこに、『サンダーパイク』とのトラブルだ。

大空洞の中でも〝配信〟を止めないというのは、メンバーやベンウッドとも相談してあらかじめ決めてあった。

何故《なぜ》なら、溢れ出し《オーバーフロウ》の影響が出るとすれば、あそこが一番わかりやすいからだ。

しかし、それに映ったのはAランクパーティ『サンダーパイク』の情けない実態だった。

結果として、王国全土に向けて堂々と強請り《ゆすり》行為と差別発言をした『サンダーパイク』への風当たりは相当なものとなり、かなり大問題となっているらしい。

俺にしたって、『元メンバー』ってことでいくつかの新聞では悪し様に取り扱われるし、とても迷惑している。

ベンウッドは相当に激怒していて、サイモンたちを冒険者から除名してやると息巻いていたが、そう簡単にはいかないだろう。

Aランクの冒険者というのは、些《いささ》か特別だ。

その認可は、半ば形骸化しているとはいえ、王命によってなされる。

俺の時も軽い様子で告げられはしたが、あらかじめ王の目が通った書類に承諾の直筆サインが入っているはずだ。

Aランクの冒険者というのは、公式に認可された王の臣下でもあり、王国の保有財産でもある。いざとなれば、素早く問題に対処するために、王の名代や国の代表として立ちまわることもある立場だ。

その分、色んな優遇を国から受けることができるし、冒険者としては破格の信用度がある。

つまるところ、いくらギルドマスターとはいえ、ベンウッドの一存でAランク冒険者であるサイモンたちを除名するのはかなり難しいだろう。

正規の手順を踏むならば、まずは冒険者信用度《スコア》の低下や今回の件を議題にあげてAランクからの降格を王に認めてもらい、その上で各種処分を決定……という形となるはずだ。

ここで、俺ができることは何もない。訴え自体はすでにベンウッドに提起しているし、把握もされている。

それをどう処理するかは、国と冒険者ギルドの話だ。

この前代未聞の状況をどう解決するつもりかは、解決した後に知ることになるだろう。

唯一救いだったのは、シルクがほとんど気にしていなそうだということだ。

むしろ、どちらかと言うとご機嫌な様子ですらあり、珍しく甘えるような仕草すら見せた。

なんというか、普段は生真面目なシルクが見せるそういった顔は、少しずるい。

ずぶずぶに甘やかしてあげたくなってしまう危うさがある。

「あ、ユーク。またあの配信だよ」

テーブルの上の【黒い箱《ブラックボックス》】をこねくり回していたマリナが、タブレットを指さす。

「またか。なんというか落ち着かない気分だよ」

「だねぇ」

『〝サンダーパイク〟の今回の発言は大きな波紋を広げ、いまだ残る人間至上主義的な社会問題として――……』

配信コメンテーターが、説明を続ける。

少しの違和感が、そこに存在した。当初はサイモンたちの言葉を断罪するかのようなものが多かったが、今はその焦点がずらされて、『社会に蔓延《はびこ》る他種族差別』というものにすり替わってきている。

『サンダーパイク』から視点を逸《そ》らしたいスポンサーが世論操作を行う策に打って出たのかもしれない。

本人たちの声明が出ていない以上、実際はどうかわからないが、あいつらにとっては都合のいい状況だろう。

まあ、あいつらのやらかしのことなど、いつまでも俺が考えていても仕方がない。

俺は今、自分の夢と仲間に忙しいのだ。あいつらに余計なエネルギーを割いている暇などない。

「あ、そういえば。ユーク、あたし……これの使い方、わかったかも！」

考え事を切り上げたのを見計らってか、テーブルの上の【黒い箱《ブラックボックス》】をツンツンとつついて、マリナが俺に向き直る。

その言葉は、俺にとってはかなり衝撃的で……悩みが頭の片隅から飛び出していった。

「本当か⁉」

「うん。なんとなくだけどね」

錬金術師ギルドの力も借りてかなり調べてみたのだが、結局使い道もわからず困っていた【黒い箱《ブラックボックス》】。

マリナは気に入ってずっと持ち歩いていたが、これが何なのかはさっぱりわからなかった。

「ユークに手伝ってもらわないと、無理だと思う」

「俺に？」

やはり錬金術師の手が要るタイプの魔法道具《アーティファクト》だったか。

ん？　待てよ？

正体がわかったなら報告書に記載する必要があるか？

「はい、これ」

何故か【黒い箱《ブラックボックス》】を俺に手渡すマリナ。

「ん？　これをどうすればいい？」

「えっと……あたしを、想《おも》って？」

「想う？」

疑問と同時にマリナの事をふと思い浮かべると、【黒い箱《ブラックボックス》】に微細な反応があった。

指先から、何かを吸われる感触。魔法道具《アーティファクト》を起動した時に魔力を持っていかれるものにも似ているが、どこか違う。

「なんだ、この感触は？」

「その子はもうあたしを知ってる。だから、ユークの知ってるあたしを教えてあげて」

促されるままにマリナのイメージを想起していく。

天真爛漫《てんしんらんまん》で、いつも花が咲いたように明るく、太陽のような娘。

それでいて、戦いでは率先して前に出て、傷つくこともいとわず戦う勇気ある娘。

ああ、そうだ……あの魔獣との戦い。

あれは見事だったように思う。振るわれた剣の太刀筋は鋭くて、美しくて、命を刈り取る瞬間だというのに、まるで静謐《せいひつ》で……葬送の最中にいるような厳かさがあった。

「……！」

軽かった【黒い箱《ブラックボックス》】がその重みを増していく。

ふと見ると、それは姿を徐々に変えて……一振りの剣となった。

「これは……！」

直剣に近いが緩やかな曲線を持った片刃の黒い剣。

侍の振るう『太刀』にも、マリナがこれまで使ってきたバスタードソードにも似ている。

「うん、やっぱりだったね！」

「どういう原理だ……？」

錬金術師の俺にしてもさっぱりわからない不明な現象だ。

確かに魔法道具《アーティファクト》を起動した手ごたえはあったが、こんな変化をする魔法道具《アーティファクト》は見たことがない。

「んふふ、秘密～」

「ヒ、ヒントを！」

頭を抱える俺の声に、マリナが悪戯《いたずら》っぽく笑う。

「この子には、パパが必要だった……ってこと！」

さっぱりわからない説明に、俺は頭を再度抱えるハメになった。

◇

「よし、それじゃあ二回目の調査攻略を開始する」

『ゴプロ君』の起動を確認してから、全員で隊列を確認し、階段を下りる。

今回も見送りにはベンウッドが同行してくれた。

この過保護さをこそばゆくは思うが、「お前もあの娘たちに過保護じゃないか」と言われてしまえば反論もできない。

「今回の目標は三階層階段エリアまでの到達と異常の調査。異常の発見時は適宜判断をして、必要なら撤退をかける」

行動目標を共有するために、再度声に出して伝える。

「——慎重に楽しもう」

ここのところの掛け声となった言葉を、口にすると全員がうなずいた。

この異常事態に迷宮攻略を娯楽のように言うのもなんだが、俺たちにとってはこれでいいと思う。

ここは俺達の夢の舞台、『無色の闇』だ。

ただ仕事で潜るというよりもずっと前向きになれる。それ故に、この言葉は全員の共通認識となっていた。

一時加入《スポット》のネネにしても、この国選依頼《ミッション》は特別な思い入れがあるものだ。

高級林檎酒《シードル》をすっかり空にして聞き出したネネの過去は、笑って聞けるような類いのものではなかった。

この依頼は彼女にとっても人生の転換期となるべきイベントであり、真剣さは俺達同様……あるいは、それ以上かもしれない。

そんなネネの猫耳には小型の『ゴプロ君』を内蔵したイヤリングがつけられている。

〝生配信〟で先行警戒中の様子にもフォーカスできるようにした特別なものだ。

『王立学術院』が今回の国選依頼《ミッション》に際して貸与してくれた、最新の魔法道具《アーティファクト》で、将来的な量産のための試運転ということらしい。

「気を付けて行ってきてくれ。前回の成果を超えようなんて思わなくていい。成果としては充分に出ている」

「ああ、わかっているさ。危ないと思ったらすぐに戻るさ」

腰のホルダーに【退去の巻物《スクロールオブイグジット》】を確認してベンウッドにうなずく。

貴重なものだが、出し惜しみするようなものでもない。錬金術師は消耗品を使ってこそだ。

……おかげで金食い虫などと言われるわけだが。

「よし、突入」

一週間前の突入と同じように、石造りの通路を進んで『無色の闇』に踏み入っていく。

「では、先行警戒に出るっす」

「ああ、おそらく内部は変動している。注意してくれ」

「まかせてくださいっす」

頼りになる猫人族《フェルシー》が【隠形の外套《ヒドゥンマント》】を羽織って、音もなく通路をかけていく。

今回はブーツにも細工をさせてもらった。音を吸い取る特別な油をしみこませた靴底を使用したあのブーツは相当激しく動きでもしない限りは音が出ない。

時々油を差してメンテナンスする必要があるが、ネネの安全を確保するには有効な魔法道具《アーティファクト》であるはずだ。

ちなみに悪用されると問題になるってことで、ネネには商品化を止められた。

さすが元盗賊《シーフ》の忠告は言葉の重みが違う。

「シルク、大丈夫か？」

「ええ。問題ありませんよ、ユークさん」

前回あんなトラブルがあった後だし、何かあるかと思ったが……シルクはどこ吹く風といった様子だ。

初回の緊張していた頃よりも、ずっとリラックスした顔をしている。

「それよりも、ボクは、ユークが心配」

「だよね。ユークは悪くないのに悪く言う人いるしさ！」

「ま、元パーティメンバーだったってのは事実だしな」

確かに、俺は『サンダーパイク』時代、少しばかり頑張りすぎたかもしれないとは思う。

結果的に、それがあいつらを甘やかすようなことになったと今は少し後悔している。

とはいえ、それがかつての俺の居場所になっていたという部分もあり、簡単に割り切れはしないのだが。

ベンウッドは謝罪配信をさせると言っていたが、今のところまだ配信されてはいない。

なにせ、仮にもフィニス所属のAランクが揃《そろ》いも揃ってバカな発言をしたのだ。どういう形にするか、上で方針が紛糾しているのかもしれない。下手をすればベンウッドが更迭されたっておかしくない状況ではある。

それはそれで、この『無色の闇』の監視人がいなくなるので困るだろうし、ベンウッドが去ればおそらくママルさんも一緒に去ることになる。

安全保障上は逆に問題となるだろう。

「皆さん、オッケーっす」

ネネの呼びかけが思考を中断させる。

いけないいな。今はダンジョンに集中しないと。

「あいつらの事は放っておけばいいさ。さぁ、行こう」

「もう。ボクらは、ユークが、心配なの」

「それなら心配ない。みんながいてくれれば、それでいい」

レインの言葉にそう返事をすると、三人娘が揃って照れくさげに笑う。

それを見ていると、なんだか俺まで照れてしまった。

どうにも最近の俺は、素直になりすぎて『先生』の威厳が薄れている気がする。

それはそれで、馴染《なじ》んできたってことでいいことなんだろうが……。

こそばゆい感じを誤魔化すように、ネネの呼ぶ方へ向かう。

相変わらず、処理できる魔物《モンスター》は処理してくれているので、魔石を拾いつつ奥へ奥へと進んでいく。

二回目でもこのモザイクのようにちぐはぐな景色には慣れないが、初回のような強い緊張というものはなく、かなりテンポよく足を進めることができた。

途中、大型の魔物《モンスター》が門番のように居ついていることもあったが、初回攻略の時のような異様なものではなく、記録《ログ》や配信で見たことがある魔物《モンスター》ばかり。現在のところ、魔物《モンスター》で異常は発見できない。

ちなみに今もあの鮫頭《さめあたま》の魔物の正体はよくわかっていないらしく、『王立学術院』からは「またいたら検体を頼む」などと気軽にコメントが来ている。

俺としては、ああいった不明なところの多い輩《やから》には出会いたくないんだが。

「階段、そこっす」

ちぐはぐな風景の通路を抜けた小部屋、そこに下り階段が口を開けていた。

「念《ねん》の為《ため》、階段エリアのチェックも行ったっす。足跡なんかもなかったので危険はないと思うっす」

「道中の罠《わな》の類いはどうだった？」

「ほとんどないっすね。あったとしても単純動作ばっかりで魔法の罠はなかったっす。進路上のは全部解除しちゃったんすけど、まずかったっすか？」

「いや、それならいいんだ。ありがとう」

記録《ログ》を漁《あさ》った時はかなり熾烈《しれつ》な罠があったと聞いていたのだが、これも異変の一部だろうか？

スタンダードでないことは、基本的に異常であると考えるべきだろう。

迷宮が罠にリソースを割けず、魔物を階層に留めおけないような『何か』が起こっている可能性がある。

「よし、階段エリアで損耗チェックと休憩にしよう。今日は、二階層から先も行くからな。……その前に、飯にしよう。〝配信〟カット」

配信を止めて、軽く食事の準備を始めていく。

今回は食料品もそこそこの量を持ち込んで、食事にもバリエーションが出せるようにした。

マリナなど「冒険の目的の一つだよね」とすっかり気に入っている様子で、俺としてもなかなか気が抜けない。

「あ、そうだ。ユーク！　『ゴプロ君』動かしてよ！」

「ん？　なんでだ？」

「ユークのダンジョンご飯を配信して、バカにした人たちに自慢するの！　あたし達のユークはこんなにもすごいんだぞって！」

屈託なく笑うマリナに、思わず吹き出してしまう。

『すごい』の線引きがマリナらしくて、なかなか可愛《かわい》らしい。

だが、まあ……アイデアとしてはなかなか面白いかもしれない。

「よし、じゃあ先に清拭してくれ。『無色の闇』で初めてのダンジョン飯だし……せっかくだ、ちょっと豪華にいこう」

「やったね！　ネネ、拭きあいっこしよう！　早く終わらせなくっちゃ！」

「っす」

嬉々《きき》として鎧《よろい》やマントを脱ぎ始める二人に慌てて背を向けて、俺は配信に映えるダンジョン飯の献立を考え始めた。

◇

食事と休息を終えた俺達は、ゆっくりと階段を下りていく。

先行警戒に出たネネによると、地下二階層は一階層と違った『ヤバさ』があるらしい。

階段を下りきったところで、その意味が理解できた。

「こりゃ、すごいな……！」

思わず、異様さに声が出てしまう。

「ここ、ダンジョンの中なのですよね……？」

「迷宮なのに空があるよ！」

戸惑った様子のシルクに、はしゃぐマリナ。

対照的ではあるが、どちらの気持ちもわからないではない。

見上げれば青空が広がり……緑の草をゆらす緩やかな風が吹き抜ける平原が、目の前に広がっていた。

「落ち着こう。記録《ログ》に『外環境型階層』として記述があったはずだ」

「でも、ユーク。ここ、まだ、二階、だよ？」

レインの言う通りだ。

記録になかったわけではない……が、出現するには階層が浅すぎる。先行したパーティの配信でもこんなことはなかった。

資料の上でこの階層が確認されたのは深層……少なくとも地下二十階層から先のはずなのだ。

ベンウッドはこれを「迷宮が取り繕わなくなった」と表現していた。

迷宮《ダンジョン》というのは最奥に近づけば近づくほど、その性質を強く露《あらわ》にするものなのだ。

迷宮によっては最奥に至って初めて『何であったのか』がわかるケースもあるくらいに。

「みんな、警戒を密に。絶対に気を抜かないようにしてくれ」

これが異常であるのは明白だが、確認しておかなければならないことがある。

単に浅い層に『外環境型階層』が出現するという異常なのか、それとも深層がせり上がってきているのか確認せねばならない。

この状況自体は〝生配信〟で関係者に伝わっているはずだ。

ならば、現場として判断基準となる何かを見つけなければならない。

このまま、戻って「異常でした」と報告したところで、どう異常なのかわからず二度手間になるだけだ。

「【風の呼び水】は作動してる？」

「風が強すぎて機能してないっす」

やっぱりか。

これだけ頻繁にそよ風が吹けば微細な空気の流れなんてアテにできない。

さて、このだだっ広い平原をどう攻略するべきか。

まずは、『端』の確認だな。ベンウッドによると、一見広大な森や荒地に見えても明確な『端』があると言っていた。

で、あれば……まずはその把握からだろう。

「ネネ、先行警戒を頼む」

「どの方向をっすか」

「まずはこのまままっすぐ。千歩いったら戻ってくれ」

「了解っす」

これまでと違った先行警戒になるであろうこの状況でも、ネネは揺るがずかけていく。

俺もいつまでも動揺しているわけにはいかない。

「ああ、くそ。これなら【望遠鏡】を持ってくればよかったな」

「魔法で、見ようか？」

なるほど、魔術師のレインならば〈望遠の瞳《テレスコープ・アイ》〉が使えるか。

「ああ、頼むよ。まずは向かって右方向を頼む」

「うん。肩車、して」

「ん？　ああ、そうか」

背丈の小さいレインが遠くまで見渡そうと思えば、少し高さもいるだろう。

しゃがみこんで、レインが肩に跨《また》がったのを確認してから立ち上がる。

（……平常心だ、ユーク。柔らかさとか温《ぬく》もりとかの情報はいま拾うんじゃないぞ）

そう言い聞かせながら、ゆっくりと右に体を向ける。

「……魔物《モンスター》の姿は、ない。反対も、おねがい」

言われるがまま、くるりと反対を向く。

しばらく見ていたレインが、少し重心を傾けるのがわかった。

「……？　向こうに、家が、ある」

「家？」

「うん。青い屋根の、小さなお家《うち》。かなり、遠い。……う、目が、しぱしぱする」

「もう大丈夫だ、ありがとう」

魔力を目に集める魔法だ、負担も大きいだろう。

肩から降りたレインに〈魔力継続回復《リフレッシュ・マナ》〉を付与して、しばし考える。

迷宮内に建物の残骸というか、残滓《ざんし》があることはそれほど珍しいことではない。

ここ『無色の闇』の第一階層にだって、朽ちた客室のような場所があったり、壁に窓が張り付いているなんてことはよくあった。

しかし、家がまるごととなれば……何かあると考えるべきかもしれないな。

「戻ったっす。千歩以内には特に何もなかったっす」

「おかえり、ネネ。こちらもレインに望遠の魔法を使ってもらったんだが、左側に建造物を発見した。今から向かおうと思う」

「わかったっす。先行警戒は必要っすか？」

「……あっ」

しまった。これは失敗だ。

〈望遠の瞳《テレスコープ・アイ》〉があるなら、それを使ってもらってからネネを送り出せばよかった。状況の変化に落ち着きを失っていたか。

「いや、敵影はなかった。全員で固まっていこう」

俺の提案に全員がうなずき、行動を開始する。

踏み心地のいい草の絨毯《じゅうたん》が続く第二階層を注意深く歩いていく。

普通の迷宮と違い、ここが一つの大きな部屋だと思えばあまり楽観視はできない。

広いという事は機動力のある魔物……例えば、狼《おおかみ》であるとか、走竜《ラプター》であるとかに包囲される危険性がある。

それともう一点、この階層の空には『太陽』があった。

ただの〈光《ライト》〉代わりの魔法道具《アーティファクト》であればいいが、文字通りあれが太陽であるならば、夜もあるということになる。

普通、迷宮に昼夜など関係ないはずだが、もしこの階層に昼夜の概念があれば？

それ自体が罠や仕掛《ギミック》けになっている可能性は捨てきれない。

「見えてきたっす」

先頭を行くネネが、立ち止まり指さす。

建物は、一般的な大きさの家に見え……驚いたことに新築のようにすら見えた。

「さて、鬼が出るか蛇が出るか……」

逆に異様なその光景に緊張しつつ、俺達は歩を進める。

「魔力は、ないみたい」

〈魔力感知《センスマジック》〉で家を確認したレインからの報告を受けつつ、どうするか思案する。

記録《ログ》にはこんなものがあるという記載はなかった。

千変万化の『無色の闇』では何があってもおかしくはないが、さすがに迷宮内に普通の家が建っているというのは、おかしいと感じる。

「中、確認するっすか？」

「さて、どうするか」

確認はすべきだと思う。

もしかすると、このエリアにおける『安全地帯《セーフティエリア》』として、これが在るのかもしれない、という希望的観測がないでもない。

だが、だ。俺の勘が、そう判断すべきではないと囁《ささや》いている。

目の前にあるのは、都市の郊外によくあるような一軒家だ。

手入れされた小さな畑、小さな井戸、扉にはドライフラワーが飾られ、玄関前はきれいに掃き清められている。

この危険な迷宮の中で、あまりに普通すぎた。

異常というのは濃淡《コントラスト》だ。異常すぎるこの場所で普通であるという事は、逆に異常ではないだろうか。

「……あら、まあ。お客様かしら」

どうすべきか迷ってまごついていると、あろうことか家の扉から老婆が姿を現した。

優しげな目元をした、白髪の老婆だ。緊張感の欠片《かけら》もない顔で、俺達ににこりと笑う。

「お客様なんて久しぶりだわ。お茶はいかがかしら？　お腹《なか》が減っていたら、カボチャのパイもありますよ」

……迷宮に人が住んでいるわけなどない！

だが、この人物からは殺気も邪気も感じない。一体、どうなっている？

俺は迷宮で何に出会ったんだ？

「ねえ、おばあちゃんは誰？　どうしてこんな所に住んでるの？」

物怖《ものお》じしないマリナが、老婆に尋ねる。

「どうして……といわれると、長い長い話になるわね。立ち話もなんですし、中へどうぞ」

確かに、老婆相手に長時間立ち話というのは些か配慮が足りないかもしれない。

だが、違和感が拭えないのに、誘いに乗るわけにもいかないだろう。

幻覚の罠にかかっている可能性もある。

注意深く、警戒し、観察し、状況を確認しなくてはならない。

疑わしいと思ったら、勘を信じるのが正解だというのは、これまでの冒険者生活で身に染みている。

「申し訳ないが、俺達は冒険者でここはダンジョンだ。あなたの申し出を受けるわけにはいかない」

「あら、そう？　もうすぐ日が落ちてしまうわよ？」

亜麻色の髪の中年女性が、空を見上げる。

確かに、青かった空は茜色《あかねいろ》に染まり、夜の訪れを匂わせていた。

だが、この小屋敷に入るべきではないというのは変わらない。

「――ユーク！　ダメ！」

レインの声でハッとする。

いつの間にか、俺は小屋敷の前に立っており、もう少しで足を踏み入れるところだった。

「これは……幻覚かッ!?」

周囲を見回すと薄暗くなり始めており、広がっていた草原は枯れたように萎《しな》びていた。

そして、中年女性だった家の主《あるじ》は今や妖艶な美女となって、屋敷の入り口に立って俺を誘うようにして見ている。

「すまん、レイン。俺はどうなった⁉」

「無意識に、干渉された。ボクは、指輪が、あったから」

【正気の指輪《サニティリング》】を見せて、レインがうなずく。

「たぶん、警戒、しすぎたんだと思う」

焦点を絞りすぎて、逆にそこに付け入られたか。

俺としたことが……ッ！

「みんなは？」

「大丈夫！　ユークが一番危なかったよ！」

「それよりも、様子が変っす！」

周囲の景色が、変化していく。

緑の草原はすっかり枯れ落ちてひび割れた荒地に変化しているし、目の前にあった小さな家は今や巨大な宮殿のようだ。

さっきのは、俺が進んだんじゃない……この建物が、こちらに広がったのだ。

「ユークさん、精霊が変です！　バランスが乱れて……！　狂っていきます！」

「く……どうなっている？」

焦り乱れる心を何とか落ち着けて、行動指針を練る。

俺が迷っては行動に遅れが出てしまう。

「ほぅら、夜が来る」

今や年若く美しい少女になった老婆のそのセリフに、心がざわりとした。

まさかと思いながらも、現状に一致する伝説を思い出す。

振り返ると、少女が愉快そうに口角を上げていた。

「レディ・ペルセポネ……！　生と死を反転せしめる女神！」

「我が名を知るか。ユークとやら」

この状況にピンときた。

ピンときたが……ピンとこない。

何故なら、〝青白き不死者王〟レディ・ペルセポネはおとぎ話とでもいうべき伝説の物語に描かれる人物で、その住居たる骨の宮殿とそれが在る『灰色の野』は生と死の狭間にあるとされる場所に存在しているはずだ。

彼女が本当にレディ・ペルセポネであるならば、俺達は死者の国にいるということになる。

「ど、どうしますか⁉」

「階段に戻る！」

元きた方向を指さし、俺は全員に指示を飛ばす。

まだ日は落ちたばかり……夜に完全に変わりきる前に、たどり着く必要がある。

「撤退すか⁉」

「それもあるが、伝説の通りなら……！」

伝説が正しければ『灰色の野』は二面性の混ざり合った世界。

反転していいるはずだ。


昼と夜。

生と死。

老と若。


で、あれば……階段も反転する。第一階層への上り階段は、第三階層への下り階段に。

つまり、この階層の正しい攻略法は、『夜が来るまで階段の前で待つ』だったということだ。

「急げ！　〝夜の魔物〟が現れる！」

全員に〈身体強化《フィジカルエンチャント》〉の魔法を付与しながら声を張り上げる。

「つまらんのう……」

身をひるがえして走り出そうとする俺の前に、〝青白き不死者王〟がふわりと姿を現す。

儚《はかな》げで美しく、それでいて濃い死の気配を放つ少女。

「偉大なる不死者王《ノーライフキング》。いずれ、またお会いしましょう。いつか、俺の命運が尽きた時に」

伝説に描かれた主人公はこの言葉を告げて『死』から遠ざかった。

同じように見逃してくれるといいが……。

深く頭《こうべ》を垂れる俺の頬に、凍り付くような冷たさの指先が触れる。

「その言葉、忘れぬぞ」

指が離れると同時に、俺は『死』に背を向けて一目散に走った。

◇

「はあ、はぁ……ッ」

予想通り下りへと転じていた階段を転がるように駆け下りて、後方を振り返る。

追ってきていた〝夜の魔物〟たちの姿は、見えなくなっていた。

「全員、無事か？」

「あたしはなんとか」

「私も大丈夫っす」

「疲れた、けど、大丈夫」

死の国の夜というものが、ここまで心と体を蝕《むしば》むとは思わなかった。

一歩ごとに生気が削られていく実感があり、もはや強化魔法で無理やりに体を動かしているような状況で、なんとか階段に滑り込んだ印象だ。

「すまない……もう〈魔力継続回復《リフレッシュ・マナ》〉を使うだけの魔力もない……」

「わたくし達よりも、ユークさんですよ……！」

シルクが俺を見て、苦い顔をする。

確かにかなり疲労があるが、そんな深刻そうな顔をされるほどだろうか。

「ユークさん、それ、なんすか……」

「？」

首をかしげると、ネネが冒険道具の手鏡を差し出してくる。

受け取って覗《のぞ》き込《こ》むと、俺の左頬から首筋にかけて得体のしれない紋様のような何かが刻まれ、うっすらと血が滴っていた。

「なんだ、これ……？」

確認するように手で触れて、思い出した。

〝青白き不死者王〟レディ・ペルセポネに触れられた場所だ。呪いか何かの類いだろうか。

「うん。これ……なにかの呪いだと思う。ごめん、ボクの力じゃ……解除できそうに、ない」

俺の頬にふれて、レインが目を伏せる。

「とりあえず、これは後回しだ。帰ったら神殿に行ってみるよ。それより……休憩にしよう。かなり疲れた。配信は……ああ、そうだった」

手に握ったままの『ゴプロ君』を見る。

撤退中、魔力の雷を放つ〝夜の魔物〟に襲われて、『ゴプロ君』を含むいくつかの繊細な魔法道具《アーティファクト》が破損してしまった。

マリナの魔法剣などは大丈夫だろうけど、稼働中だった『ゴプロ君』はもろに影響を受けたようだ。

「ネネのはどうだ？」

「こっちの配信魔法道具《アーティファクト》も破損したみたいっす」

「メンテナンス道具は持ってきている。とりあえずは、態勢を整えようか」

全員に付与を施し〝夜の魔物〟を足止めしながら全力で走った。かなり疲労しているのが自覚できる。

「あの第二階層、一体何だったんでしょう？」

「推測でよければ披露させてもらうが？」

「お願いします」

シルク含め、全員が興味津々といった様子で俺を見る。

「おそらくモチーフは『レマズルカ叙事詩』の一節に出てくる『灰色の野』だと思う」

『灰色の野』はその物語の中盤に登場する、生と死の狭間《はざま》にあるとされる場所だ。

平穏なる生の昼と荒涼たる死の夜が繰り返される〝青白き不死者王〟レディ・ペルセポネが支配するこの世ならざる領域である。

「どうしてそんな場所が……？」

「それが、『無色の闇』の特性なんだろうな」

そう、『無色の闇』が取り繕えなくなった迷宮としての本質。

世界の端たる『深淵の扉《アビスゲート》』を有するこの迷宮のあるべき姿。

「やっぱり『深淵の扉《アビスゲート》』ってのは別世界への出入り口なんだと思う」

「それが、『無色の闇』と、どう関係、するの？」

「おそらくだけど、隣接する世界の再現をしてるんじゃないかな」

レインが俺の言葉を継ぐように、呟《つぶや》く。

「『無色の闇』自体が、異世界……？」

「……を、模した迷宮ってことだよ」

迷宮というのは発生した場所に即した形態をとるもので、元鉱山の迷宮ならば内部は入り組んだ坑道に、廃城の迷宮ならば多数の部屋や謁見の間を備えた迷宮となる。

つまり、元あった存在がその迷宮の特性《カラー》として色濃く出現するのだ。

そして、この『無色の闇』はその名の通り、まるでその特性《カラー》が見えない。

混ざり合って塗りつぶされて、まさに闇鍋のように何が出てくるかわからない場所だ。

だが、こう考えれば辻褄《つじつま》は合う。

いくつもの世界の端が重なり合った場所が『深淵の扉《アビスゲート》』であり、その重なり合う世界の一端が俺たちの世界なんではないだろうか。

であれば、この迷宮そのものが『深淵の扉《アビスゲート》』の特性《カラー》を有しているとして、その根幹に近い深層に至れば別世界の——そう、『灰色の野』の限定的再現くらいやってのけるかもしれない。

「……ってことだ。半分以上は、俺の叔父さんの推測も入ってるけどな」

「でも、ここってまだ二階層だったよね」

マリナの言葉に不意を突かれて、ギクリとした。

状況が歪《いびつ》すぎてすっかり頭から抜けていたが、そうだった。

「……まずいな」

「なにがっすか？」

「俺たちが居るのは、いま何階層なんだ？」

そもそも、二十年前に攻略を成した先遣隊が残した地下三十階層という記録は、正しいのか？

それしかデータがないだけで、迷宮の構成と同じく深度すら変動しているのではないか？

「ボクたち……階層スキップ、してる？」

「可能性はある。俺達にとっての地下三階層は、記録上の地下三階層ではないかもしれない」

すでに記録《ログ》と配信からかけ離れた状態にある。

不安定な状態になっている、不確定な迷宮……階段そのものが階層スキップのトリガーになっていてもおかしくはない。

「あ、そうか！」

マリナがポンと手を打つ。

「きっと色んな階層にスキップしてるんじゃないかな？」

「ん？」

「だって、迷宮が姿を変えてるところって誰も見たことがないんでしょ？」

「……ッ！」

思わず、レインと顔を見合わせてうなずき合う。

短絡的とも思えるが、柔軟な発想だ。入るたびに内部を変化させるという事にとらわれすぎていた。

階段をトリガーにして、何通りもの別階層にスキップさせられていると考えれば行きと帰りでまるで構造が違うという状況にも納得できる。

その上で、迷宮として『五階層にフロアボスがいる』、『宝箱《チェスト》は五階層以降』などのルールを守っていたのだろう。

そして、今はそれが乱れるほどの異常事態が起きているという事だ。


……どうする？　【退出の巻物《スクロールオブイグジット》】を使うか？


次が三階層の難易度なら、まだ対応できるだけの余力はある。

だが、この先が深層に繋《つな》がっていたら？

階段の先を見つめて、喉を鳴らす。

恐怖と興味がせめぎ合って考えがまとまらない。

死の女神に触れられた頬が、妙に寒くて倦怠《けんたい》感がとても強い……眩暈《めまい》もある。

「ユークさん、根を詰めすぎです。まずは休みましょう。顔色が良くないですよ」

「みんなもそうだろ。『灰色の野』の夜を生きたまま走り抜けたんだ」

俺はこの呪いのせいもあるだろうが、みんなの顔にも疲労は濃い。目立った傷などはないとはいえ、半壊に等しい状況といえる。

ただ消耗したのではない……死者の世界に生気そのものを削り取られたのだ。

おそらく、魔法的な手段でこれを回復するのは難しいだろう。

たっぷりと休息をとって、体そのものをメンテナンスする必要がある。

「うん。時間的にも体力的にも、ここで長休憩《ロングステイ》するべき」

「回復してから考えよう。どんな判断でも、ユークについていくよ！」

「っす。だから今は休みましょう」

床に敷く毛皮と毛布を持ったマリナとネネがせっせと寝床のセットをしてくれる。

二人も辛《つら》いだろうに正直ありがたい。座り込んでしまってから、もう立てない感じだ。

「すまない、みんな」

「お気になさらず。ゆっくりと休んでくださいね」

シルクの滑らかで冷えた手が額に触れる。

その心地よい感触に負けて、俺はするすると眠りの闇に落ちていった。

◇

「おい、起きろ」

耳障りな声と鈍い痛みで、俺は深い眠りの底から無理やりに浮上させられる。

まだ頭痛と倦怠感はあるが、目に映った状況は俺を眠りから覚まさせるのに十分だった。

「サイモン……どうしてここにいるッ！」

「追いかけてきたからに決まってるだろ？」

「何のつもりだ……！」

「おっと、落ち着けよ？　主導権はこちらにあるんだ」

サイモンがニヤニヤとしながら顎をしゃくって俺の後方を示す。

「……ッ！」

そこには拘束されたマリナ達の姿があった。

気を失っているのか、縛られたまま動く様子はない。

そのそばには見張っているらしいバリーとカミラが勝ち誇ったような顔で俺を見ていた。

ジェミーはいつもと違って静かな様子で、別のところに立っている。

「何をした……！」

「少しばかり眠ってもらっただけだ」

抵抗する力もほとんど残っていなかっただろうマリナ達を、一方的に奇襲したってのか、こいつらは……！

「さて、ちびっこいのの首に巻いてあるものが見えるかな？」

「……？」

意識のないレインの頭を摑《つか》み上げ、俺の方に向けるバリー。

その細い首には真っ黒なチョーカーが巻かれていた。

残念ながら、あれには見覚えがある。

「【隷従の首輪】……？　なんでそんなものを！」

「僕たちの親切なスポンサーが貸してくれたんだよ。お前の事を随分恨んでるようだったぞ？」

魔法道具《アーティファクト》の中には所持すら違法とされる物がいくつかある。

そのうちの一つがあれだ。本人の意思を無視した行動をさせる魔法道具《アーティファクト》。

「僕が命令すればあの女がどうなるか、わかるよな？」

「あんなものを使ってどうするつもりだ。明るみに出れば犯罪者だぞ？」

「どっちにしろ、このままじゃ僕らは破滅さ。些細《ささい》な行き違いで、犯罪者の刻印を入れられて国外追放されるなんて、バカげてると思わないか？」

言葉のわりにご機嫌そうなサイモン。

「そこで、お互いに損しないいい提案なんだけどさ……僕たち、仲直りしようじゃないか」

「は？」

「だってユークは僕たち『サンダーパイク』の仲間なんだから、お前が作った『クローバー』だって広い意味じゃ僕たちの仲間だろう？」

それは人類みな兄弟……みたいな、やたらと広い意味に聞こえるぞ。

あと、俺を勝手にお前たちの仲間に戻さないでほしい。

「ここに、公式の証書がある。これにサインしてくれるかい？」

目の前に差し出されたそれには、信じられないような項目がかかれていた。


〝国選依頼《ミッション》開始時点で『クローバー』は『サンダーパイク』に連合《アライアンス》の要請をしていた〟

〝エルフに対する差別発言は『クローバー』内で日常的に行われており、『サンダーパイク』にもそれに倣うようユーク・フェルディオより指示があった〟

〝これまでのあらゆる損害は『クローバー』および、ユーク・フェルディオによる狂言および扇動によるものであり、『サンダーパイク』に責任はない〟

〝ユーク・フェルディオはこれまでの事を真摯に反省し、『サンダーパイク』に謝罪する〟

〝『サンダーパイク』は『クローバー』を吸収合併し、その上で更生を促すものとする〟

「何だ、これ……!?」

どれもこれも、到底受け入れられるものではない。

問題があれば他人のせいにする癖は今までもあったが、ここまでとなるともはや病的だ。

「これから事実になることさ。その上で、みんなで謝罪配信をしよう」

もはや、こいつが何を言っているのかわからないし、何が狙いかすらもわからない。

いよいよ切羽詰まって頭の隅から隅までおかしくなってしまったのだろうか。

いずれにせよ、『これ以上失うものが無い』と考えてる人間がやらかすことは、過激で容赦がない。

【隷従の首輪】の呪いじみた効力は強力だ。

それこそ、自決だって命令できるくらいに。

……俺にそれをつけなかったのは、どういうわけかわからないが。

いや、そうか。公式の証書と言っていたな……おそらく、あの用紙は大きな商取引などに使用する魔法の契約書だ。

操作などの魔法道具《アーティファクト》を使ってサインさせれば効力が失《う》せる。

脅迫であれ何であれ、俺自身の意志でサインをさせねば意味が無いということだろう。

あの首輪同様、少しばかり悪知恵の働く奴《やつ》の指示に違いない。

「さあ、早くしてくれよ？　ユーク。なんなら、お前の愛《いと》しい小娘に『バリーの上で腰を振れ』って命令でもしてみようか？」

「く……ッ」

少しばかり世間知らずなバカだと思っていたら、こうも本物の下衆《げす》になり下がるとは。

「これにサインしたら仲間を解放しろ」

「おいおい、僕に命令するんじゃないよッ」

サイモンの鉄靴《ソルレット》のつま先が、鳩尾《みぞおち》に刺さる。

「ぐ……ッ」

「わきまえろって、いつも言ってただろ？　ユーク。お前さ、何を勘違いしてるんだ？」

倒れ込んだ俺の頭を踏みにじりながら、サイモンが大きなため息をつく。

「お前が勝手に抜けたせいで迷惑がかかってるってのに、毎日毎日、楽しそうにしやがって！　ゴミが！　クソが！　カスが！」

何度も踏みつけられて、口に血の味が広がる。

「だから、お前から返してもらうんだよ。利子をつけて、全部ね。いいじゃないか。ここまでやってこれたのは僕らのおかげだろ？　それなのに、独り占めはよくないな」

「おいおい、サイモン。殺すなよ？」

「手加減はしてるさ。でも、思い知らせてやらないと……そうだ！　そこの蛮族をさ、見せしめにしたらどうだろう？」

まるで名案とばかりに、笑うサイモン。

「ユーク。今からあの小娘に命令して黒エルフの蛮族を殺させるよ。それで、僕の本気がわかってもらえるだろうしね」

「待てよ、サイモン。殺しちまうなら一晩俺に楽しませろよ。エルフってのは具合がいいって話だしな」

　バリーの手がシルクに伸びる。

「待てッ！　……わかった。サインする」

「手早くした方がいい。僕だって本当は友達にひどいことをしたくないんだ」

　ここまでしておいてどの口が言う……！

　サイモンの差し出す契約書を受け取って、俺は奥歯をかみしめた。

　これにサインしたところで、状況が良くなるとは限らないのはわかっている。

　だが、今、この状況を収めるにはそれしかない。

　魔法の契約書は常に本人名義だ。死人のサインは通用しないはずだ。

　何ともならなくなれば、迷宮を脱出したら折を見て、俺が首でも落とせばいいだろう。

　レディ・ペルセポネに再会するのは意外と早そうだな。

「……！」

　ペンを紙につけたその瞬間、迷宮が大きく揺れた。

「なんだ……？」

　揺れが収まると同時に、強烈な違和感が周囲を包んだ。

　今までに感じたことがない不安感……安定感が失われたというべきなにか。

　その答えは、すぐさま現れた。

「お、おい、なんかやべぇぞ！」

バリーの焦った声が引き金になったわけではないだろうが、次の瞬間……階段エリアが割れるような音と共にボロボロと崩落し始めた。

こんな事態は初めてで、俺もどう対処したらいいかすらわからない。

「ぐ、うわぁぁ！」

「おお……あああああ」

立ち位置が悪かったのか、サイモンとバリーが次々と崩落に巻き込まれて落下する。

幸いマリナ達の転がされている場所は、まだ床が残っていた。

「ぐ……！」

いまだ鉛のように重い体に鞭打《むちう》って、四人のところに向かう。

ここまでの状況なのに、意識が戻らない。おそらく、魔法の眠りだろう。

とにかく、みんなを守らないと……！

こんな状態で崩落に巻き込まれたらケガでは済まない。

そう考えて、腰に手をやるが……武装解除のつもりか、各種巻物を挟んでおくベルトは外されていた。

こういう時だけ察しのいい馬鹿どもめ！

魔法は……少しなら使えそうだが、この事態に対処できそうな魔法が思いつかないし、〈防壁《プロテクション》〉と〈小祝福《リトルブレス》〉で乗り切るにも全員に付与するだけの時間と魔力がない！

どうすればいい……ッ⁉

俺の焦燥をよそに足元が徐々に崩れ始める。

気を失ったままのマリナ達を抱き寄せようとする俺を中心に〈落下制御《フォーリングコントロール》〉の魔法の力が発動した。

ふと見ると、俺のすぐ隣ではジェミーがそれを制御している。

一体どういう風の吹き回しだろうか。

「ジェミー……？」

「……」

バツの悪そうな顔をしたジェミーの魔法で、床にゆっくりと降り立つ。

そこでは瓦礫《がれき》の中でうめくサイモンとバリーにカミラが回復魔法をかけていた。

「どうなっているんだ？　ユーク、何をしてる！　早く僕らを助けろ！」

混乱したようにサイモンがわめく。

その不注意な叫び声が、迷宮ではさらなる危険を招くことになるなんて、想像できなかったのだろうか。

「……！」

多数の足音と特徴的な息遣いが通路の奥から聞こえてくる。

目を凝らすと、武装したオルクスの集団が暗闇の向こう側にうっすらと見えていた。

中には、重武装した姿のオルクスもおり、それが『無色の闇』に相応《ふさわ》しい強敵であることを示している。

「お、おい、どうするよ……！」

退路となるのぼり階段はもうない。

さりとて、周囲からはオルクスの軍団が迫っている。絶体絶命とはまさにこのことだ。

「ちょ、ちょうどいい！　ユーク、その黒エルフをくれてやれ！　オルクスどもはエルフに御執心だからな。コイツを囮《おとり》にして僕らは逃げるぞ！」

「サイモンッ！　お前は……ッ！」

「必要な犠牲さ！　蛮族の命なんて些細なものだよ！」

そんな事をさせるものかよ！

いまだ意識の戻らない四人を背に庇《かば》って、サイモンを睨《にら》む。

「俺の装備を寄越せ！　ここを突破する！」

「そんなことできるわけないだろう！」

「なら、ここで全滅するのか？」

焦った様子でサイモンが視線を泳がせる。

リーダーだろう、お前……！

このタイミングで責任を擦《なす》り付《つ》ける相手を探すんじゃないよ。

「サイモン、ユークなら錬金術師しか使えない魔法の巻物《マジックスクロール》を使えるわ。アタシ、ベルトに挿してるのを見たし！」

ジェミーの言葉に、サイモンが俺を見る。

「なに、本当か⁉」

サイモンにうなずいてみせると、その顔が喜色に溢《あふ》れた。

「……わかったよ。ほら、ユーク」

投げ渡された魔法の鞄《マジックバッグ》とベルトを掴んで、ジェミーを見る。

なんだかおかしい。どう考えても、妙だ。

俺の視線に気が付いたらしいジェミーが目を逸らす。

「ユーク、あんたさ……。や、なんでもない。きゃはは、アタシらしくないし、やめるわ」

様子のおかしいジェミーに、悠長な問いかけをしている暇などなかった。

ついに、オルクスたちが俺達のいる通路になだれ込んできたのだ。

「〝起動《チェック》〟」

咄嗟《とっさ》に魔法の巻物《スクロール》の一つを抜き取って、起動する。

包囲を受けた際に、時間稼ぎをするための魔法が込められた【聖域の巻物《スクロールオブサンクチュアリ》】だ。

広がった光が、オルクスたちを押し留《とど》める……が、あの数だ。そう長くはもつまい。

「ここ、どこ……？」

「囲まれてるよ！」

マリナ達が一斉に目を覚ます。

ジェミーが魔法を解いた？

戦力としてあてにしているのか？

正直助かりはするが、さっきから一体どうしたというのか。

「ユーク早くしろ！　僕たちを助けるんだろう⁉」

「相変わらず使えねぇ愚図だな！　早く何とかしろ！」

前線を抑えるサイモンとバリーの悪態が響く。

「早くなんとかしろ！　なんならその魔法使いの女に命令して突っ込ませてもいいんだぞ？」

「……ッ」

ここで、俺は決断した。

きっと、俺とこいつらは徹底的にどうしようもなく乖離《かいり》してしまっていた。もう、修復不可能なほどに。

ベルトに差しっぱなしの魔法の巻物《スクロール》を抜き去って広げ、別れの言葉となるキーワードを口に出す。

「〝退去《イグジット》……起動《チェック》〟！」

巻物から溢れる魔力が、周囲に燐光《りんこう》を帯びた風を巻き起こす。

その光は俺達を優しく包み込み、やがて俺たち自身を燐光に変じさせ始めた。

「よくやった！　ユーク！」

何が起こったかわからないらしいサイモンが、希望的観測からの歓喜を口にする。

この魔法の巻物《スクロール》は、『仲間を迷宮から退去させる』効果がある巻物だ。

その指向性は、使用者の俺に準ずる。

「お、おい……！　どうなってんだ⁉　おい、ユーク！　僕はど……あがッ、まてッ！　たすけ

「――……ッ」

驚いた顔のサイモンが俺を振り向いた姿勢のまま、オルクスに喰《く》いつかれる。

その光景を目に焼き付けたまま、俺は……俺達は、大空洞へといつの間にか転移していた。

閑話　ジェミーの諦観と浅ましい希望

消えゆくユーク達を見て、アタシはほっとする。

「ぐあっ……あが……が、いやだ、だずけで……いやだ――嫌、だ……あ、ぁ！」

目の前では、サイモンが生きながらにしてオルクスたちに食いちぎられている。

バリーは……ああ、手首から先だけは確認できた。食べ残しかな。

カミラはすでに連れ去られてしまった。やっぱり迷宮のオルクスも女を攫《さら》うみたいだ。

アタシは奇襲用にと渡された認識阻害の違法魔法道具《アーティファクト》を使いながら座り込んでじっとしているけど、どこまでこれが有効かもわからないし、もしかすると次の瞬間には殺されてるかもしれない。

それでも、まあ……アタシの役目と贖罪《しょくざい》はこれで果たされた。

サイモンのふざけた茶番から始まったこの危険から、ユークとあの子たちは上手《うま》く脱出できたようだ。

ユークの荷物の中には、アタシが記録した『サンダーパイク』の配信映像がたっぷりと入った記録用魔石を突っ込んである。

いろいろと気のまわるユークの事だ、きっとすぐに見つけてくれるだろう。

そして、それはきっとアタシ達がしでかしたことの全てをつまびらかにするはず。

ああ、心残りと言ったら、もう弟に会えないことかな。

それと、ユークには最後まで謝れなかった。

踏ん切りがつかなかっただけで、機会はいくらでもあった。でも、ぐだぐだと『サンダーパイク』に残ったおかげで、今回はユークと『クローバー』を助けることができたから、結果オーライか。

この奇襲にアタシがいたからあの子たちはケガもしなかったたし、バカなサイモンを騙《だま》すこともできたんだ。

アタシが「この先の戦力にするんだったら眠らせればいいじゃん」なんて提案しなかったら、今頃きっとひどいことになってた。

感謝してよね、ユーク。

……なんてね。本当は感謝しなくちゃいけないのは、アタシ。きちんと謝りたかった。

いなくなってはじめてわかった。

今までアタシら後衛を必死で守ってたってことも、迷宮の進行の事も、弟の薬の事も。

本当にびっくりした。アタシがぼやいたのを聞いてユークが弟にって用意してくれてた咳止《せきど》め薬、あんなに高かったなんて。

いつも何気なく渡してくるもんだから、もっと安いもんだと思ってたよ。

アタシったら、一回もお金払わないで「またよろしく。急いでよね」なんてほんと自分が嫌《や》になる。

自分の家族の事なのに、それをユークに丸投げするなんて……ほんと、最悪な奴《やつ》。

最悪って言えば、パーティの居心地もだ。

ユークがいなくなって、あいつら今度はアタシにあたるようになった。その時になって、ようやくユークの気持ちが理解できた気がする。

あんなのを五年間も耐えさせたなんて、しかもその片棒を担いでたなんてマジで人生の汚点だ。

多分、このまま終わるだろうけど。この人生。笑うしかない。


ああ、失敗したなー。本当に失敗した。すぐに謝ればよかった。

ユークってなんだかんだで甘いから、きっと精一杯謝ったら許してくれたかも。

それで、もしかしたらアタシだって『クローバー』に誘ってくれたかもしれない。


……さすがに都合良すぎか。


でも、羨ましかった。

ユークも『クローバー』の娘たちも。

あんなに楽しそうで、あんなに頼り合ってて、まるで家族みたいだった。

もし、あの中にいれば……アタシもきっと無理に笑ってることなんてなかったと思う。

素直になれる場所で、素直になれる仲間と、楽しくできた未来だって、あったのかもしれない。

なんでこうなっちゃったんだろ？

いまとなっては、なんでユークにあんな風に接していたのか思い出せない。

強いていえば、そうしなければ自分もああなると思っていたかも。

……言い訳だ。やったことに変わりはないし。

そんな風に思考するアタシの視線の先では、いよいよサイモンが終わった。

さっきまで活《い》きがいい状態で貪られていたが、もう声も発さなくなったそれは、人の形すらしていなかった。

「フゴッ、フゴ」

オルクスたちが周囲を見回している。

アタシか、消えたユーク達を探しているのかもしれない。

鼻のいいオルクスにどれほど認識阻害が通用するのかわかったものじゃないけど、どうせあがいたところでどうしようもない。

見つかれば終わりだ。

「……」

「フゴゴ」

黙ってじっとしている。

意外と動悸《どうき》もなく落ち着いていられるのは、すっかりと仕事を終えた達成感からかもしれない。

ここで終わっても、役目は終えているという実感が諦観じみた落ち着きをアタシにもたらしている。

しばらくすると、オルクスたちはその場を去った。

残されたのは、生きてるアタシと、可食部が残されたままのサイモン、そして手首のみとなったバリー。

愚かな『サンダーパイク』にお似合いの終わり方だと思う。

アタシは最後にちょっといいことしたから生き残ったのかも。

上り階段はもう無いし、このままじゃ野垂れ死にだけど……とにかく、下りの階段エリアを目指そう。

幸い魔法の鞄《マジックバッグ》には多少の食料もあるし、ここを進むための魔法道具《アーティファクト》もある。違法なのも含めてたくさん。

それに、迂闊《うかつ》なサイモンたちと団体行動でない分、いくらかは小回りが利くはず。

上手く階段エリアまで行けば、そこで救援を待つことだってできる。

袋にしまいっぱなしの配信用魔法道具《アーティファクト》もまだ使えるはずだし、行けるところまで行ってみよう。

「……あ、これも持っていかなきゃ」

サイモンの死体の腰にぶら下がっている、血まみれの魔法の鞄《マジックバッグ》も拾い上げておく。

これにはユーク達から回収したものを『戦利品』と称して収納していたはずだ。

我ながら浅ましいとは思うけど、謝るきっかけにでもなればいいと思う。

まだ、終わっていないのなら……弟に、会いたい。

そして、今度こそ素直になって、やり直したい。生き残ったアタシには、まだその希望が残されてる。

そう思い直して、アタシはその場をそっと離れた。

第六章　再会と再会

「――……う」

窓から射す日光の眩《まぶ》しさに、俺は目を開く。

ここのところで見慣れた天井に、ようやく収まりが良くなってきたベッド。

拠点の自分の部屋だ。

「ユークさん、おはようございます」

俺の気配に気付いて、看病してくれていたらしいシルクが俺を覗《のぞ》き込《こ》む。

その優しげな瞳に、思わずほっとした。

「おはよう、シルク」

「顔色はよくなりましたね」

「俺は……どうした？」

「大空洞に跳んだあと、魔力枯渇で気絶したんですよ。無茶をしすぎです。一時はかなり危なかったんですからね」

【聖域の巻物《スクロールオブサンクチュアリ》】と【退去の巻物《スクロールオブイグジット》】、どちらも、一般人には使えない特別な魔法道具《アーティファクト》だ。

それをあんな疲労した状態で立て続けに使ったのだから、倒れもするか。

それでも、こうしてシルクや他のみんなが無事でいてくれたのだから、判断は間違っていなかったと安堵《あんど》する。

「何日たった？」

「丸三日です。配信と道中の記録《ログ》はわたくしがまとめて提出しておきました。でも、階段エリアに入ってからの事は……。気が付いたらオルクスに囲まれていて、次の瞬間には大空洞でしたから」

四人は魔法の力で眠るか気絶させられていた。

状況はわからないだろう。

「何か覚えていることは？」

「ユークさんが眠って、少ししてから……ネネさんが、人の気配に気が付きました。誰かが、階段の上にいる、と警告を発して……そこから覚えていません」

〈抜き足差し足《スニーキング・ムーブ》〉や〈姿隠し《インビジブル》〉の魔法を使ったか、あるいはそれに近い効果の魔法道具《アーティファクト》を使ったのだろう。

件《くだん》のスポンサーから提供された違法な魔法道具《アーティファクト》が【隷従の首輪】だけとは限らないし、サイモンたちが悠々と俺達《おれたち》に追いついてこれたところを見ると、そういったものを潤沢に使っていた可能性は高い。

「おはよー。看病替わりに来たよ！　ユークはどう？」

ベッドに横になったまま、考えているとノックもなしにマリナが部屋に入ってきた。

もう少しお淑《しと》やかにしてくれないだろうか。

「あ、起きてる！」

「マリナも無事か？」

「うん。みんな無事だよ！　レインとネネを呼んでくるね」

入ってきた扉をあけっぱなしたまま、マリナの足音が遠ざかっていく。

あの様子だと、本当に大丈夫そうだ。『灰色の野』の影響はそんなでもなさそうだな。俺以外は。

「ベンウッドに報告に行かないとな……。俺達を襲ったのは、『サンダーパイク』の連中だ」

「……そうでしょう、ね。そうだと思いました。脱出直前に、顔を見ましたから」

「でも、多分もう死んだ。あの状況で生き残れるとは思えない」

脱出間際のサイモンの声が、頭から離れない。

あれでも、幼馴染《おさななじみ》でかつては仲間だったのだ。それを、見殺しにした。

助けるという選択肢を最初から投げ捨てて、俺と仲間たちだけで逃げ帰ってきたのだ。

判断は間違っていなかった。恨みもあったし、助ける必要のない下衆《げす》だった。

それでも、少しばかりの後悔が断末魔の残響と一緒に頭にこびりついている。

「ユークさん。あの魔法使いの方はどんな方だったのでしょうか？」

「魔法使い？」

「はい。あの方だけは、少し他の方と違ったように思います」

確かに、ジェミーは少し妙だった。

妙すぎて、何がどうなっているのかいまだにわからない。

落ち着いて話ができる状況ではなかったし、今となっては確認のしようもない。

「最後に、助けてくださったんです。目を覚ました時に。【拘束縄】の魔法道具《アーティファクト》を解いて、何かの魔法でわたくし達からオルクスの目を逸《そ》らしてくださいました」

ジェミー……いまさら、なんのつもりだったんだろう。

少し冷静になって考えてみると、俺はジェミーに対する感情と評価を改める必要があるのかもしれない。

少なくとも、彼女は俺達クローバーを二回、ないしは三回窮地から救ってくれたことになる。

睡眠魔法を解いた後の、オルクスからの目隠し。

そして、こちらは推測だが……眠りの魔法による交戦の回避。

〈落下制御《フォーリングコントロール》〉。

俺の知る『サンダーパイク』の面々であれば、奇襲はもっと攻撃的に行うはずだ。

眠りの魔法で無力化して拘束、なんて派手好きのサイモンや好戦的なバリーが提案するとは思えない。

もしかすると、ジェミーは俺達を助けてくれようとしていたのかもしれない。

少なくとも、二回は確実に救われている。

「……」

そう思い当たった直後、寒気と吐き気が湧き上がって、汗が止まらなくなった。

自分の失態と失敗と思い違いに、反吐《へど》が出そうだ。

「ユークさん？」

「しくじった……しくじった！　俺は……ッ！」

「落ち着いてください。どうされたんですか」

あの時、俺がそれに気が付いていれば。

もっと状況を冷静に分析していれば。

少しばかりでもジェミーを『仲間』だと意識していれば……！

「俺が、殺した……」

『クローバー』の窮地を救ったジェミーを、過去の確執と思い込みから見殺しにしたのだ。

あの危険な状況の迷宮に置き去りにして。

「……！　ユーク、どうしたの？」

部屋を訪れたレインが駆け寄り、俺の手を握る。

「俺、俺は……」

「大丈夫、だよ、落ち着いて。ほら、深呼吸。みんな、いる」

視線を上げると、マリナも、ネネも、シルクも俺を心配そうに見ていた。

ああ、ダメだ。こんなことで取り乱すなんて。

リーダーとしてまるで格好がつかない。

「すまない。ちょっと、しでかした失敗に負けた」

「ジェミーさんの、こと？」

「どうして、それを？」

俺の問いに、レインが何かを魔法の鞄《マジックバッグ》から引っ張り出した。

「これ、ユークのベルトホルダーに、ねじ込まれてた」

「ベルトホルダーに？」

「うん。だいぶ汚れてたから、お手入れしてたら見つけた」

渡されたのは、配信記録用の魔石と折りたたまれた手紙。

手紙には、ジェミーの特徴的な癖字で『ユークへ。ジェミーより』と書かれていた。

「配信も、まだ中身は、確認して、ない。これはユークにあてたものだから」

「……ここで、今、開けるよ。悪いけど、みんなもいてくれないか？」

俺の弱音に、全員が小さくうなずいた。


『ごめんね、ユーク』から始まった手紙は、ジェミーが書いた内容とは信じがたい謝罪と感謝の言葉に満ちていたが、その独特な癖字は彼女が書いたことを示していた。

俺がいなくなってからの事、弟の病気の事、サイモンを止められなかった事などが、何度かに分けて書いたかのように滅裂に書かれていて、それが逆にジェミーらしさを見せている。

「……まるで、遺書のようですね」

シルクがポツリと漏らす。

同じ感想だ。どれもが思い出語りのように過去形で書かれていて、自分が死んだ後に読まれることを意識したものに思える。

手紙にはいくつかの資料も添えられていた。中身は『サンダーパイク』がしていた違法な仕事や取引の内容と、その相手だ。

リストの中には、かつてマリナ達に付きまとっていた男——ベシオ・サラス——の名前もあった。

「……後悔してたんすね」

ネネが、目を伏せてこぼす。

「私も犯罪者刻印を入れられた人間だからわかるっす。気が付いたら、逃げられない場所にいて、誰かを傷つけて、謝ることもできなくなる。この人の気持ち、少しわかっちゃうっす」

「くそ……ッ」

ジェミーは、とっくに心を改めていたのだ。

危険を冒してサイモンたちに随行し、最終的に俺たちを助けてくれた。

それに疑問を覚えつつも冷静な判断を欠いて、俺は見殺しにしたわけだ。

「ユーク、自分を、責めないで。あの状況じゃ、仕方なかった」

「わかっちゃいるが、自分に納得がいかないんだ。ほんの少し冷静に考えれば、俺はジェミーを救えた。いや、サイモンたちだって、この証拠があれば……ちゃんと罪を償わせることだってできたかもしれない！」

俺達は冒険者だ。

いつ、どこで、どんな悲惨な死が待っているかわかりはしない。

オルクスに喰《く》い殺される冒険者だって、それなりにいる。

だが、あの瞬間、俺が短気で狭量な怒りに呑まれなければ……という後悔が、やはり胸の内に湧き上がる。

「落ち着いて、ユーク。記録用の魔石も、確認してみよう」

手紙と一緒に入っていたからには、あれもジェミーが託したものだろう。中身を確認しなくてはなるまい。

「あ、ああ……。取り乱してすまない」

「大丈夫、だよ。立てる？」

レインにうなずいて、俺はベッドから立ち上がる。少しふらついた俺の肩をマリナが支えてくれた。

ふらついた足取りでリビングに下りると、シルクが俺の前にお茶をそっと差し出す。

「ありがとう」

「丸三日、何も口にしていなかったんです。まずは、温かいものをどうぞ」

お茶にはたっぷりとレモンジャムが入っていて、それをかき混ぜながら腹に収める。

じわりと広がるお茶の温《ぬく》もりが、先ほどからひきつったままの胃を少しばかりなだめてくれた。

「よし、映してくれ」

「再生するっすよ」

ネネがタブレットに魔石を挿して再生する。

ざらついた画面に、徐々にはっきりとした映像が表示され、聞き覚えのある声が聞こえてきた。

『おい、ほんとにやんのかよ』

『もちろん。ユークの奴《やつ》に思い知らせてやる』

『女どもは？』

『生きていればサラス氏が欲しいと言っていたな。特にあの小さい魔術師に御執心だ。首輪はあいつにしよう。それにあれはユークの女だ。言う事を聞かせるにはちょうどいい』

『あんなちんちくりんのどこがいいんだかな』

画面が変わって、別の映像に切り替わる。


『サイモンさん、これをどうぞ。【隠匿の腕輪】……人数分用意するのは骨が折れましたよ』

『その代わり、あの女どもをくれてやるさ』

『ええ。よろしく頼みますよ。他にもダンジョンで有効な魔法道具《アーティファクト》をいくつかご用意しました。あの男の土下座配信を楽しみにしていますからね』


ベシオ・サラスの顔が映し出されている。

あの野郎……懲りてなかったのか。

再び画面が切り替わる。今度は『無色の闇』の中のようだ。

何やら小声で話し合っている。


『……いた。まだ二階層への階段にいるなんてね』

『どうする、奇襲でぶっ潰すか？』

『そうだね、思い知らせてやるのもいいかもしれない。ユークを起こした時に、女どもがボロボロの方がドラマティックだろ？』

『バカね。この先の戦力にするんだったら眠らせればいいじゃん。下手に抵抗でもされたら、あんたら殺しちゃうじゃない』

配信に映るのは疲労困憊《ひろうこんぱい》でうなだれるマリナ達と気絶した俺。

おそらく、奇襲直前の映像だ。ネネが気付き、こちらに顔が向いたところでジェミーが魔法を使った。俺がいた頃は攻撃一辺倒で、頼んでもなかなか使ってくれなかった眠りの魔法が、マリナ達に降り注ぐ。

そこで映像が途切れた。おそらく、荷物に忍ばせるために記録用の魔石を解除したのだろう。

「ここでも、助けられてたんですね。ジェミーさんに」

「……ああ」

大きく息を吐きだす。

かなりきついが、後悔ばかりしてもいられない。

これらをベンウッド経由で共有してもらい、ベシオ・サラスをはじめとした性質《たち》の悪いスポンサーや裏の商人たちを捕縛してもらわなくては。

それが、これを託してくれたジェミーの遺志を汲《く》むことになるはずだ。

「ベンウッドに会いに行く」

「あー……たぶん、そろそろくるはずっす」

「ん？」

ネネの言葉に首をかしげた瞬間、ドアがノックされた。

ネネが扉を開くと、ベンウッドがのそりと姿を現した。

「おう、起きたな？　ユーク」

「ベンウッド、どうして？」

「ネネからネズミで報《しら》せがあったんでな」

そういえば、ネネがネズミに小さな荷物をあずけているのを時々見たが、それか。

忍者のスキルか、猫人族の力かは知らないが。

「一応、お嬢ちゃんたちから話を聞いたけど、いまいちよくわかんなくてな。配信が切れた後、何がどうなった？」

「階段エリアで『サンダーパイク』に奇襲されたんだ」

「なんだと……⁉　そもそもあいつら、どうやって『無色の闇』に入ったんだ？」

「違法魔法道具《アーティファクト》の【隠匿の腕輪】を使ったらしい」

ジェミーの手紙を見せ、配信についても確認してもらう。

「レインを人質に脅迫して、俺にこいつを書かせようとしたんだ」

最後の証拠となるサイモンが俺に書かせようとしていた契約書を見せる。

あの崩落の瞬間、とっさにポケットに仕舞い込んだままにしていたものだ。

それを見るベンウッドの顔がゆでだこのように怒りで赤くなっていく。

「それで……あいつらはどうした？」

「多分、死んだよ。階段エリアが崩落して、下層にいたオルクスの群れに遭遇したんだ。俺達は【退去の巻物《スクロールオブイグジット》】で戻ることができたが……」

「階段エリアが崩落⁉　そんな事ってあるのかよ。ああ、しかし、そうか……それで、か」

「何かあるのか？」

「一つ緊急で確認したいことがあってな。昨日からなんだが、お前たちしかいなかったはずの『無色の闇』から救難配信があがってるって報せがあったんだ」

「……！」

小型のタブレットをテーブルに出して、ベンウッドが一つの配信を映す。

画質は悪く、ほとんど見えないし、音声もざらついている。だが、そこから漏れる声は、聞き覚えのあるものだった。

『ザー……──だレか、聞……てる？『無──の、闇』は、かなりやば……状態よ、階層の崩落が始まって──ザザッ』

「……ジェミーだ……！」

「『サンダーパイク』登録の魔法使い、ジェミー・オーセンで間違いないな？救助を出すかどうか、いま揉《も》めてるところだが」

「出してくれ。いや、俺が行く」

ベンウッドに向き直って、そう告げる。

「おいおい、病み上がりだろうが。無茶するな」

「行かせてくれ。俺が置き去りにした……仲間だ」

ジェミーが生きていて、未《ま》だ無事なのは奇跡と言える状況だ。

きっと、神かそれに類するものが俺に与えてくれた機会だと考えるべきだろう。

……それが、死の女神の誘いかもしれないとは疑うが。

「ベンウッド、頼みがある」

「ダメだ。それにうなずけばお前は飛び出していくだろ？　冷静になれ」

「俺は冷静さ。いつまで冷静でいられるかわかったもんじゃないがな」

ざらついた救難配信が心をざわつかせる。

いま、『無色の闇』は階段エリアすら安全とは言えない状況だ。いつジェミーの救難配信が途切れたっておかしくはない。

冒険者として借りは返さねばならないし、仲間としてこれに応える必要がある。

「【退去の巻物《スクロールオブイグジット》】をもう一つ探してくれ。金は出す」

「……ああ、くそ。頑固者め。わかったよ。だが、救援を出すかどうかの判断は儂《わし》がする。これはギルドマスターとしての職務だ」

席を立ったベンウッドが俺を指さし、「一日待て」と強く言い残してパーティ拠点から出ていった。

あの様子なら、もう一押しで許可を出してくれるだろう。

あの迷宮で多くの仲間を失ったベンウッドならわかってくれるはずだ。

「あたしたちはいいけど、ユークは大丈夫なの？」

「ようやく馴染んだみたいで体の調子は悪くない。それと、救出には俺一人で行く」

「ええ⁉　ダメだよ、そんなの！」

マリナが眉を吊《つ》り上《あ》げる。

「『無色の闇』は危ないし、ジェミーさんはあたしたちを助けてくれたんだから。あたしはついてくからね！」

「わたくしもです。ユークさんは一人にすると無茶をするでしょう？」

「私も行くっすよ。あの人は、同類みたいなもんっすから」

次々と詰め寄られ、思わずたじろぐ。

「ボクも、いく」

詰め寄ることはないが、断固とした意志を灯《とも》した瞳でレインが俺を見る。

「ああ、それ……な」

「これをつけられた以上、一番危険なのは、ボク、だった。だから、行かなくっちゃ」

レインの首につけられたままの【隷従の首輪】。

資料を見るに、命令者はサイモンとベシオ・サラスの二人。

命令には視認が必要なので、レインは姿を見られないよう家から一歩も出ていないらしい。

「レイン、ちょっとこっちに」

「ん？　うん」

近寄ってきたレインの細い首に指先を向けて、小さく魔法を詠唱する。

丁寧に、注意深く、魔法式を構築してそれを放つ。その瞬間、不死者王につけられた刻印がチクリと痛んだ。

「――〈魔力破壊《ディスペル・マジック》〉」

パチンッと小さく爆《は》ぜる音がして【隷従の首輪】がするりとレインの首から抜け落ちた。

「……はずれた？」

「ああ。いつまでもつけているようなものじゃないからな」

「こんな、魔法……知らない」

レインが床に落ちてすっかり魔法道具《アーティファクト》としての機能を失った【隷従の首輪】を見つめる。

アレが外れたことは喜んでくれていると思うが、彼女にとって、こうも簡単に魔法道具《アーティファクト》を破壊する魔法は、あまり好ましいものではないかもしれない。

「周りには黙っておいてくれ。これ、多分『暗黒魔法』なんだと思う」

身に覚えのない魔法やスキルが、ねじ込まれている。

それらが外から流れ込んだことによって、俺は少しばかり人の道を外れたようだ。

「もしかして、その刻印……！」

「ああ。俺はどうやら〝青白き不死者王《ノーライフキング》〟の使徒になっているようだ。神殿には黙っていてくれよ」

呪いと祝福は表裏一体だ。

どちらにせよ、それは人ならざる者が現世の人に何かしらの贈り物《ギフト》をもたらす時に使う言葉であり、都合の良し悪《よあ》しで違う言葉を使っているに過ぎない。

「大丈夫なんですか、それ？」

「今のところは問題ない。いくつか魔法と、特技が増えただけだしな。あまり性質のいいものじゃないが、そう忌避するべきでもないと感じる。死の女神なりに俺を気に入ってくれたんだろうさ」

シルクにそう答えて、俺の中に芽生えた魔法のいくつかを確認する。

どれもこれも、俺向きだ。派手さはなく、ただ応用が利く。彼女《ペルセポネ》は、俺らしい英雄譚《たん》を死後の世界に持ち帰らせたいようだ。


……やれやれ。

英雄の真似事《まねごと》を口にしてみせはしたが、俺が英雄になんてなれるはずがない。

だが、冥途の土産の一つも準備しなくては、使徒としては失格かもしれないな。

ならば、その最初の一幕はもう決まっている。

「ジェミーを助けに行く」

「わかりました。攻略プランを作成しますね。あの魔法の巻物《スクロール》がある前提でいいですか？」

「……本当についてくるのか？」

俺の再度の確認に、全員が苦笑いする。

「ユーク！　あたしたちは仲間でしょ。絶対に一人で行かせないからね」

「そうっすよ。ユークさんは時々水くさいっす」

マリナとネネがニコリと笑って、うなずく。

「いいですか、ユークさん。一人で行かれてしまったらわたくし達が困ってしまいます」

「今度は、ボクたちが、ジェミーさんを助けよう。……みんなで」

また一人で走るところだった。

一人では大して何もできやしないくせに。

「そうだな、みんなで行こう」

全員でうなずき合ったところで、ドアを誰かがノックした。

ベンウッドがもう戻ってきたのだろうか？

「はい、どなたっすか？」

素早く動いたネネが扉の前で確認をする。

こういう時にネネが動くのは、あまり覚えのない気配が近づいた時だ。

「おい、開けろ。戻ってるんだろう？」

扉の先から聞こえたのは、ベシオ・サラスの声だった。

◇

ネネに目で合図して立ち上がり、扉の前まで行く。

その間に、ネネは死角となる場所……つまり扉直上の天井にするりと張り付いた。

全員に目配せをして、扉に手をかける。

「まったく、呼ばれたらすぐに動けよ。これからお前たちのご主人様になるんだぞ？　オレは」

開いた先には、お尋ね者になろうとしているのに随分と余裕を持った様子のベシオ・サラスが、護衛らしき二人を伴ってこちらを見ていた。

中に入ってこようとする、ベシオ・サラスを制して、睨《にら》みつける。

「悪いが我が家に入らないでくれないか」

「なんだ、その態度は？」

拳を振り上げるベシオ・サラス。

懲りないやつだ。素早く股間を蹴り上げて、〈拘束《ホールド》〉の魔法を放つ。

「ぬおお……」

悶絶《もんぜつ》した様子のまま、身動きできないご主人に代わって護衛らしき強面《こわもて》の二人が武器を抜いたが、その瞬間……ネネの投げたクナイがその手を貫いた。

そのまま、首を刎《は》ねるべくネネが護衛に迫る。

「ネネ、殺すな」

「っす」

俺の指示をあらかじめ予想していたのだろう、二人の意識を刈り取ってから、するりと身をひるがえして後ろに下がるネネ。

「て、てめぇ……！」

もぞもぞと身動きを取ろうとするベシオが脂汗を流しながら青い顔で俺を睨む。

「ベシオ・サラス。俺は言ったよな？　もう関わってくれるなよ、と」

「馬鹿が！　そんなこと知るか！　お前はもうおしまいだ！」

「サイモンに期待してるなら考えを改めた方がいい。……あいつは死んだ」

「へ？」

理解が及ばないといった顔をするベシオ。

まさかと思うが、Aランクなら死なないとでも思ったのか？

やはりお前は冒険者に向いていない。

「……いや、しかし目的は達成したハズだ！　そう言っていたからな！」

やっぱり違法な個人用配信の魔法道具《アーティファクト》も持っていたか。

ベンウッドたちが把握してないってことは、公の配信局を通さない不法な配信局を持っているか使用しているってことだ。

配信を推進しているこの王国では、それなりに重い罪に問われる。

「さぁ、レイン！　出ておいで！」

声を張り上げてレインを呼び、俺をにやにやとした顔で見る。

この状況でまだ勝機があると思っているあたり、豪胆なのか考えが足りないのかよくわからないな。

「……」

どうしてやろうかと考えていると、後ろからレインがとことこと歩いてきた。

「レイン？」

「よぉーく、来た！　さぁ、レイン、こっちにおいで」

「……」

次の瞬間、にやけた顔のベシオ・サラスの頬に火かき棒の先端がめり込んだ。

「ぼぉぁッ！」

血と共に、数本の歯が飛ぶ。

「レ、レイン？」

思わず驚いて隣を見ると、見たこともないような冷たい顔でレインが火かき棒を振り上げていた。

それが的確にベシオ・サラスの鼻を陥没させてから、俺はレインを止める。

「レイン。やりすぎると死んでしまう」

「うん。殺そうと、思って」

こともなげに言うレインからはうすら寒い本気の殺気が伝わってくる。

あまり親しい女の子から感じたくない類いのもので、思わず心がひんやりと冷えてしまった。

「この人が、ボクたちを、危険にさらしたんだし？」

確かに、そう言える。

実行犯が『サンダーパイク』だというだけで、それを上手《うま》く利用したのがこの男だ。

落ち目のあいつらに金と道具を渡して、俺達をいいようにしようとした。

そう考えたら、このまま殺してやろうという気にもなるな。

だが、こいつは重要な証人でもある。王国監査官にでも引き渡せば、今回の事件に関わった連中をまとめて捕縛できるかもしれない。

ここのところ、短気と短慮で失敗したところだ……気持ちで動くのは悪手だろう。

「気持ちはわかるが、罪人でも殺せば面倒だぞ。こいつにはまだ使い道がある」

俺の言葉に、小首をかしげてから小さくうなずく。

「そう、だね。ユークが困るといけないから、やめる」

「オ、オレがなにじだって……」

「ボクに、こんなものを嵌《は》めるように、頼んだよね？」

屈《かが》み込《こ》んだレインが【隷従の首輪】をプラプラとさせて、ベシオ・サラスを覗き込む。

「そ、ぞれば……！」

「あげる。次、姿を見たら、最悪の死に方……すると思って、ね？」

「ご、ごれは……！　は、はずじでぐれ！」

すっかり力を失《な》くした【隷従の首輪】をベシオの首に巻いて、レインがにこりと笑う。

なかなかいい意趣返しかもしれない。力を失った今、別に違法な魔法道具《アーティファクト》でもないが、それを知るのは俺たちだけ。

ベシオ・サラスがあれでレインに何を命令しようとしていたかなんて、狙われたレインが一番理解していたはずだ。

こいつは「このくらいで済んでよかった」とレインに感謝するべきだろう。

殺されたって、文句は言えない。

「おでは……レイン、君に……」

「軽々しく、ボクを呼ばないで。ユークが困るから、殺すの、やめただけ、だよ」

「ずっど、ギミを見でだ！　ずっど、ずっど……！」

レインが俺の手を取って、握る。

それを握り返すと、レインが小さく息を吐いて呼吸を整えた。

「ボクは、もう……この人のもの、だから」

堂々と宣言するレインを見て、ベシオ・サラスの顔が一瞬で年を取ったように見える。

「ぞ、ぞんな……うぞだ。ぞんな」

独語のようにブツブツと話すベシオ・サラスの目はうつろで、心がどこかに行ってしまったかのようだ。それを見て溜飲《りゅういん》を下げたのか、レインが少し満足げな顔で俺を見上げた。

「すっきり、した」

「そうか。ネネ、悪いけどベンウッドを呼び戻してきてくれないか」

「警邏《けいら》でなくていいんすか？」

「ああ。下手に警邏に渡すと金を積んで逃げそうだからな」

「わかったっす」

ネネが音もなく走り去っていく。

「次は、殺していい？」

「次がないのが一番いいんだけどな。ああ、そうだ……こうしよう」

小さく詠唱をして、ベシオ・サラスの頭部に触れる。

「ヒッ……が⁉　あああぁあああばばば」

これも、あまり人として使うべき魔法ではないかもしれないが……俺の特性としてペルセポネが掘り起こした魔法であれば、死の女神の神罰として機能するかもしれない。

なにせ、今の俺は死の女神の使徒だからな。

「なに、したの？」

「ちょっとしたおまじないさ。もう二度と俺達の前に現れないように。さ、見張っておくから、家に入っててくれ」

さっそく、魔法の効果で痙攣《けいれん》じみた震えを見せ始めたベシオ・サラスを見下ろしてから、レインを家に押しやる。

……レインの近くにいると、血が沸騰してコイツが死んでしまうからな。

◇

ベシオ・サラスの件で余計な時間を食ってしまった俺達は、その日……かなりの大急ぎで再突入の準備を進めた。

何と言ってもマリナ達の武器の類いはサイモン達が取り上げたままだったし、俺がメインに使っていた魔法の鞄《マジックバッグ》もない。

本当に、いちからの準備となってしまっている状態だ。

その上、冒険者ギルドは今回の件について、少しばかり後ろ向きであるらしい。

そもそも『無色の闇』は一時的に封印指定を解除されたとはいえ、一般開放された迷宮《ダンジョン》ではない。

今や犯罪者となった上に、違法な魔法道具《アーティファクト》で以《もっ》て迷宮に忍び込んだ『サンダーパイク』メンバーの救助など、無駄なリスクを抱えるだけ……というのが、客観的な判断であるのは俺にもわかる。

「武器類の準備は終わりました。防具の修復と調整も進めてもらっています」

「リストにあった薬品類は、揃《そろ》えたっす。食料品も六人で三日分確保したっすよ！」

「魔法の巻物《スクロール》も、おっけー、です」

メンバーが続々と準備を進める中、俺はいくつかの魔法道具《アーティファクト》と市場では出回りにくい魔法の巻物《スクロール》を作成していた。

市場を探すより、作ってしまった方が早いものだってある。

「あたしも、準備おっけー！　今すぐにでも出られるよ！」

「そう急《せ》くもんじゃない。一番重要なものがまだだからな」

そう、最も俺達に必要なもの――【退去の巻物《スクロールオブイグジット》】がまだ手に入っていない。

希少なものだし、錬金術師を抱えるパーティならばまず手放さないものだ。

ギルドマスター《ベンウッド》に頼んだからと言って、そう易々《やすやす》と見つかる類いのものではないだろう。

日が傾いてきた窓の外を見ながら、焦燥感だけを募らせていると、不意に扉を叩《たた》く音が聞こえた。

ベシオ・サラスの件もありやや身構えたが、客はすぐに名乗って俺達に問いかける。

「パーティ『スコルディア』のルーセントという。ユーク・フェルディオ君はいるか？」

扉を開けると、そこには確かにAランクパーティ『スコルディア』のリーダー、ルーセントの姿があった。

「直接は初めましてだな。ユーク・フェルディオ」

「ええ。お噂《うわさ》はかねがね」

『スコルディア』は、ここフィニスでもトップランクのパーティだ。

質実剛健を地で行くパーティで、『無色の闇』の調査にも参加していた。

「噂を聞いた。これを探していると」

バッグから取り出されたのは、一つの魔法の巻物《スクロール》。

……【退去の巻物《スクロールオブイグジット》】だ。

「もう一度、『無色の闇』に挑むつもりか？」

「そう、なります。ただ、以前とは少し目的が違いますが」

「それを聞きに来た。ギルドは『無色の闇』を再封印するつもりのようだ」

その話は、まだ聞いていないな。

「……それを譲ってもらえないでしょうか？」

ルーセントという男はわざわざ訪ねてきて、ただ見せびらかすような人間ではない。

『スコルディア』は旧《ふる》き良き冒険者を体現したようなパーティだ。

それこそAランクとなった今も、〝銅貨一枚の依頼〟を引き受けるほどに。

「ユーク・フェルディオ。君に問う。何のために『無色の闇』へ挑む」

「仲間を助けるためです」

「それは『サンダーパイク』などという胡乱《うろん》な連中のことを言っているのか？」

ルーセントの冷たい言葉に、俺は首を横に振る。

「そうとも言えますし、そうでないとも言えます。それでも……彼女は俺達の命の恩人で、俺は行かなきゃならない」

「──よし、行け」

【退去の巻物《スクロールオブイグジット》】を俺に投げ渡してルーセントが背中を向ける。

「え、あの……これ」

「冒険者が一番大事にしないといけないものがわかってるなら、それでいい。取り戻せるものは、取り戻してこい」

どこかで聞いたセリフを残してルーセントは雑踏に消えてしまった。

「かわった、人だね？」

やり取りを後ろで見ていたレインが小首をかしげる。

「きっと、ユークさんの気持ちがわかるんすよ。ルーセントさんは駆け出しの頃、ダンジョンでパーティが半壊したことがあるって聞いたっす」

「……そうか、それで……」

俺はまだ間に合うかもしれない。

ここは、ありがたく先輩の厚意を受け取っておこう。


「準備ができたら全員で休息をとる」

「すぐにいかなくていいの？」

「迷宮攻略《ダンジョンワーク》のセオリーを守るなら、まずは俺たち自身が突入前のメンテナンスをしないとな。六時間の睡眠をとって、日が昇ると同時にギルドに向かい突入しよう」

この六時間でジェミーの命を駄目にするかもしれない。

もし、俺一人ならこのタイミングで出ていた。だが、四人が付いてくると言うならば、俺は『クローバー』のリーダーとして四人の命についても十分な備えをしなくてはならない。

「わたくしの準備は完了です」

「ボク、も」

「あたしもいつでも行ける！」

「問題なしっす」

全ての準備を終えているのを確認して、各々うなずき合う。

「じゃ、あたし寝る」

「私もっす」

マリナが気の急いた様子で階段を上っていく。

それに続くように、ネネも階段に消える。

「ユークさんも、ちゃんと寝てくださいよ？」

「わかってるさ」

二人に続いて階段を上っていくシルクにうなずいて返しながらも、頭の隅で準備不足の項目をチェックする。

……が、そんな俺の考えなどお見通しとばかりに、レインが手を握って引っ張った。

「俺はまだ少し……」

「ダメ。ユークが、一番、万全じゃないと、ダメなんだから」

レインが小さくため息をついてから背伸びをして……俺の鼻をつまんだ。

もう随分と前の事に思えるが、『無色の闇』に挑む前に同じことをされた気がする。

「ほら、行こ。怖いのも、焦るのも、不安になるのも、一緒にしよ。何があっても、ボクは……ボクらは、ユークの味方だから」

「ああ、わかった」

手を引かれるままレインと階段を上り、そのまま俺は眠りについた。

◇

「マジで来やがったか」

明朝、冒険者ギルドの地下……大空洞に入った俺達を待っていたのは、ベンウッドとママルさんだった。

人払いをしたのか、ギルドには誰もいない。

この状況から見るに、ベンウッドとママルさんは俺達を見逃すつもりのようだ。

「救難配信はまだ続いているわ。でも、配信の内容から現地はかなり危険なことが予想されます。それでも行くの？」

「もちろんです。ここで退いたら、それこそ冒険者として失格だと思っています」

俺の言葉にママルさんが苦笑する。

「頑固なところはあの人に似てるわね。いってらっしゃい、ユークさん」

「はい……！」

ママルさんに軽く頭を下げて、ベンウッドに向き直る。

「無理を言ってすまない、ベンウッド」

「仕方ねぇってあきらめたよ。そんかわり、無事で帰ってこい。封印作業はそれまで待つ」

やっぱりか。

国と管理機関の判断としては、即時封印という決断をギルドに要請したのだろう。

「迷宮攻略《ダンジョンワーク》のセオリーを守れ。お前が背負ってんのは、自分だけでもジェミーの奴だけでもねぇんだからな」

「わかっているさ」

ベンウッドの視線は、俺の後ろに続くマリナ達に向けられている。

言わんとするところは、俺も理解しているつもりだ。優先順位は、しっかりと頭に入っている。

「あと、ジェミーの通信からわかったことだが、階段エリアの崩落もあるらしい。ちゃんと進めたもんじゃないかもしれんぞ」

「ああ、それなんだが……。多分何とかなると思う」

「ん？」

『無色の闇』で話していたマリナの推測が正しいとして、あの迷宮の特性《カラー》について再度、レインと一緒に整理してみた。

おそらくだが、『無色の闇』は階段などの共通エリアを起点にして、いくつもある別のエリア——別世界——に跳躍《スキップ》させる迷宮だ。

そしてそれは、俺達と迷宮の潜在意識によって決定づけられるのではないだろうか。

最難関ダンジョン、最も深き場所……二十年前にこの迷宮を攻略した面々はそんな緊張感をもって挑んだはず。

きっと、ベンウッドやママルさんを含め、その全員が「何十階層もあるはずだ」という思いを持っていたに違いない。

そんな集団の潜在意識に『無色の闇』が応えたとすれば……それこそ、ご丁寧に挑んだ全員が納得する深度になったのではないだろうか。

特に、前回調査の時も今回のように迷宮の異常が観測されていた時期だという。

『無色の闇』の迷宮としての特性《カラー》が異常として出現していた可能性は高い。

これをある程度裏付けるものとして、ジェミーが残した配信映像がある。

サイモンたちは『一層下っただけ』で三階層への階段エリアに到達していた。

これが示すところ……すなわち、『深淵の扉《アビスゲート》』本来の特性《カラー》は、〝求める場所に到達する力〟なのではないか、というのが俺とレインが出した結論だ。

だから、異常を探していた俺達は、最も異常性の高いフロアである『灰色の野』へとたどり着き
……俺たちを追っていたサイモンは、すぐさま俺達に追いついた。

今回はそれを利用して、ジェミーの元へ俺たちを運んでもらう。

だから、全員にジェミーを探すと意識を強く持ってもらうことにした。

……言うまでもなく、全員がそのつもりだったが。

「仮説は仮説だろう。そんな不確かなものに賭けるのか？」

俺の説明を聞いたベンウッドが首をひねる。

何人もの仲間を犠牲にして最奥に到達したベンウッドにとっては、納得しがたい話かもしれない。

「ダメならダメで、いつも通りに進行するさ。頼れる仲間がいるしな」

「いや、お前さんを信じるよ。なんたってあいつの甥《おい》っ子だしな」

ベンウッドが大きくうなずく。

「気をつけていってこい。大空洞に救護隊を待機させる。やばいと思ったらすぐに戻れ」

「ああ。ついでに祝杯用の酒とつまみも頼む。……それじゃあみんな、行こうか」

軽口を叩いてから振り向くと、全員が大きくうなずく。

その顔は決意とやる気、そして自信に満ちていた。少し前まで、どこか頼りなげで、まだまだ駆け出しだと思っていた彼女たちが、今ではこうも俺を安心させてくれる。

人の成長ってのは、思いのほか早いものだな。

「隊列は以前通りでいく。ただ、階段エリア進行の際だけは俺が前に出るから注意してくれ」

この中でジェミーを最もよく知っているのが俺で、一番後悔しているのも俺で、一番会いたいと思ってるのも多分、俺だ。

どの段階で『無色の闇』が跳躍《スキップ》を管理しているのかわからないし、個人の意思が反映されるのかすらもわからないが、念を入れておくに越したことはない。

「ネネ。気をつけて行ってきなさい。ユークさんのお役に立つように」

「はいっす！」

ママルさんの言葉に緊張した様子で頭を下げるネネ。

契約上、ネネはこの救出についてくる義理はない。本来、調査依頼のための一時加入《スポット》であり、すでにそれは達成されているのだ。

それなのに、ネネは俺達をただ助けるためについてきてくれるという。本当にありがたいことだ。

「嬢ちゃんたちも無理するなよ。ユークはヘンなとこで抜けてるからな」

マリナ達がベンウッドに苦笑する。

「でも、ユークはあたし達のリーダーだから！」

「足りない部分はわたくし達が補います」

「ユークは、まかせて」

各々がベンウッドに応えて、俺に向き直る。それを合図にして、俺達は『無色の闇』の入り口へと向かった。

迫る真っ暗な入り口に、記憶が掘り起こされる。

『灰色の野』にサイモンたちの奇襲、そして『サンダーパイク』の壊滅。

これまで、俺達『クローバー』が経験してこなかったことのほとんどが、ここで起こった。

それでも、折れることなく、恐れることもなく、ここに進んでいけるというのは、きっと俺達がパーティとして一つになれている証左だろう。

――だから、俺も怖くない。

このパーティなら……俺達『クローバー』なら大丈夫だ。

きっと、ジェミーを助けて、ここに戻ってこれる。

「よし、〝生配信〟スタート。攻略、開始！」

配信開始の言葉と共に、俺達は『無色の闇』へと足を踏み入れた。


「問題ないっす。進みましょう」

予定通りにネネの先行警戒に頼りながら、『無色の闇』を進んでいく。

進みはするが、本当に進んでいるのかがいまいちよくわからない。

「シルク、どうだ？」

「前回との乖離《かいり》が多すぎて……」

【魔法の地図】で地図作成《マッピング》をしているシルクの顔が曇る。

エントランスから一階層に下りる階段でジェミーのところに跳躍《スキップ》できればと思ったが、期待むなしくそこは以前に見たモザイクなエリアが重なり合う第一階層だった。

……ただ、広すぎる。

そこかしこに崩落跡があるため【風の呼び水】もまともに機能しない上に、フロア自体が相当な広さに拡張されている気がする。

遭遇する魔物も雑多でボルグルもいれば鰐頭狼《ダイルウルフ》にも遭遇した。

しかも、一部は天井から落ちてきたヤツもいる。どこかのフロアの崩落に巻き込まれて、まだ安定しているこのモザイクな第一階層に跳躍《スキップ》したのかもしれない。

「【風の呼び水】は使えないっすけど、危険度はそこまででもないっす」

「崩落はどうだった」

「数ヵ所ってところっすね。通路はあんまり崩れてないっすけど、扉の先の部屋がまるごと落とし穴《シューター》になっていたりしてたっす……」

崩落にもなにか法則性が在るのかもしれない。

いや、階段エリアという最も強固なルールを持つ場所が崩落している以上、あまり楽観的になるべきではないか。

ベンウッドやママルさん、それに王立学術院の出した結論としても『無色の闇』に異常性が在るのは確かだ。そして、それは王国のそこかしこで見られる異常でもあるらしい。

ただ、崩落現象が起きているのはここだけとのことだ。

何が起きているか興味はあるが……今は、そんな事を考えている場合ではない。

まずはこの狂った迷宮からジェミーを救出するのが先決だ。

「この先の部屋に居つきの魔物がいるっす」

「種類は？」

「魔法生物っぽい感じすけど、私は知らないやつだったっす。こう、黒っぽいゼリーに目玉がいっぱいついてる、おぞましい系っすね」

……それは、見たことがあるな。多分。

いつの間にか蔦《つた》の這《は》う土壁となった通路を進みながら、抵抗魔法《レジストマジック》を準備する。予想が正しければ、それは魔法を得意とする魔物だろう。

「あれっす……」

声を潜めて、死角から部屋を指さすネネ。

ちらりと視線をやると、そこにいたのは予想通りの魔物《モンスター》だった。

ヘドロのような黒く粘着質な体だけを見れば、粘性生物《スライム》のようにも見えるが、その体には大量の目玉がむき出しで付着してぎょろぎょろと動いている。

それが、三体。

「……百目汚泥《ヘクトアイズ》だ。悪魔だよ、あれは」

百目汚泥《ヘクトアイズ》は下級の悪魔だ。

この世界に顕現した受肉悪魔の残滓《ざんし》や、召喚損ない、あるいは迂闊《うかつ》に悪魔と契約を結んでしまった愚か者のなれの果て……それらが、こういった最下級の悪魔になる。

知能はなく、見た目通りの原生生物そのままな生態ではあるが、魔界に連なるモノの本能か、魔法を使う。

「魔物《モンスター》ランクはCランク相当だ。魔法を使うし、そこそこ動きも速いぞ」

「あのナリでっすか?」

「ああ、粘性生物《スライム》だと思うと、痛い目を見るぞ」

抵抗魔法《レジストマジック》を配りながら、マリナに目配せする。

「あのタイプの悪魔は魔法が効きにくい。マリナ、頼むぞ」

「まっかせて!」

再会した頃に使っていた、やや短めのバスタードソードを鞘《さや》から抜いたマリナが、大きくうなずく。

「私もやるっす」

「俺も出よう。足止めくらいはしてみせるさ」

ネネとマリナに並んで、新しく手に入れた細剣を抜く。

うっすらと青い光を放つ真銀《ミスリル》製の魔法の剣。

俺にはもったいない逸品だが、赤魔道士にしか使えないとなれば、俺が佩《は》くしかない。

「シルクは氷の属性矢を頼む。レインは〈石　礫《ストーンバレット》〉で援護を頼む」

「わかりました」

「うん。了解」

油断できる相手ではないが、手間取っているわけにもいかない。

「タイミングは任せる、マリナ」

「じゃ、せーの……ッ！」

少しのタメを作って、マリナが飛び出していく。

その後をネネと二人で追う。

魔剣のオーラを纏《まと》ったマリナのバスタードソードが、百目汚泥《ヘクトゲイズ》を捉えて、一体を真っ二つに引き裂いた。

飛び込んできたマリナに百目汚泥《ヘクトアイズ》が魔法を紡ぎ始める……が、俺とネネでそれを止める。

「足止め、行きます！」

俺たちの頭上に緩く弧を描いて放たれたシルクの氷の矢が、狙いたがわず百目汚泥《ヘクトアイズ》の一体に突き刺さる。俺が足止めしていた奴だ。

「ユークさん、とどめを！」

超低温の矢じりに射貫《いぬ》かれた百目汚泥《ヘクトアイズ》がその動きを鈍らせる。

粘性生物《スライム》ではないが、液状ではあるため低温による足止めは有効だ。

半ば凍った百目汚泥《ヘクトアイズ》に踏み込んで、細剣を振るうと、まるでバターでも切るように百目汚泥《ヘクトアイズ》が数切れに分断されて、転がった。

さすが名のある名剣は、切れ味が違う。

「あとは……！」

そう振り向くと、すでに最後の一体はマリナとネネによって始末されていた。

さすがに仕事が早い。

「周辺よし、っす」

増援などがないことを素早く確認したネネが、俺にうなずく。

「損耗は?」

「属性矢を一本。問題なしです」

「あたしも問題なし!」

「損耗なしっす」

「魔力、大丈夫」

速攻の奇襲が功を奏して損害もないようだ。

「よし、進もう。ネネ、頼むよ」

「了解っす」

うなずいたネネが部屋から延びる通路へするすると駆けていく。

が、すぐに曲がり角から顔を覗かせた。

「ユークさん! 下りの階段っス! 見つけたっすよ!」

◇

「……いない、か」

まだ崩落していない階段エリア。その踊り場で俺は肩を落とす。

避難しているとすれば階段エリアだと思ったのだが。

「跳躍《スキップ》、ダメだったのかな？」

「いや、多分……成功だったっす」

周囲を確認していたネネが、こちらに戻ってくる。

「どういうことだ？」

「これを見てくださいっす」

ネネが指さす場所、薄暗い階段の一角。

明かりで照らしたそこには、まだ乾いていない生々しい血痕が残っていた。

「血臭の鮮度からして、さっきまでここにいたんだと思うっす。跳躍《スキップ》の時間経過がどれほどのものかわからないっすけど……」

ネネの視線が階下に点々と続く血の痕に注がれる。

「ここから動く必要があった？」

「何かに襲われたんじゃないっすかね。もしくは誰かに」

ジェミーは俺達を逃がすためにかなり無茶をした。

いくら頭の回転が悪いサイモンでもあの状況を見ていれば、ジェミーの裏切りに気が付いたかもしれない。あいつが生きているとは思えないが、万が一生きていれば、ジェミーを襲ったとしても不思議ではないと思える。

迷宮がこの状態だ、魔物《モンスター》が『溢れ出し《オーバーフロウ》』を起こして階段エリアに侵入したという可能性もあるが、今問題なのはそこではない。

重要なのは、ジェミーが何者かに襲われて、安全であるはずの階段エリアから危険で不安定な下層に手負いの状態で下りたということだ。

「ユーク、行こう！」

「行きましょう、ユークさん！」

マリナとシルクが揃って俺を見る。


──「迷宮攻略《ダンジョンワーク》のセオリーを守れ」。


ベンウッドからかけられた言葉が脳裏をよぎる。

これは先人たちがダンジョンに挑む後輩に必ず口にする言葉だ。

緊急事態だといってそれをないがしろにすれば、必ず手痛いしっぺ返しにあうことになる。それは時に自分か、あるいは仲間の命で贖《あがな》われることがあるという事を、ベテラン冒険者はよく知っているのだ。

「私はすぐに行けるっす」

「ボクも、大丈夫。でも、ユークの判断に、任せる」

少しの逡巡《しゅんじゅん》ののち、俺は決断した。

「……行こう」

ジェミーの無事を願いながら、先頭に立って階段を下りる。

そんな俺達が足を踏み入れたのは、異様ながらどこか見慣れた風景の場所だった。

空は夕焼け色に染まり、黄昏《たそがれ》時の光が建物に触れて長い影を作っている。

「ここ……」

レインが珍しく動揺した様子を見せる。

とはいえ、この情景に心揺らされたのはレインだけではない。

俺たち全員が、思わず足を止めた。

「フィニス……ですよね？」

「うん。だって、後ろにあるの……冒険者ギルドだもん」

マリナの言葉に振り向くと、背後は階段から冒険者ギルドへと変じていた。

その中にうっすらと階段が見えている。

「血痕は向こうに続いてるっす」

ネネが冒険者通りから西通りへと抜ける小さな辻《つじ》を指さす。

あの方向は……なるほど。

「ジェミーの行き先がわかった。ネネ、西居住区の『踊るアヒル亭』ってわかるか？」

「わかるっす」

「その方向に向かって先行警戒を頼む。……きっと、ジェミーは弟のいる家に向かったんだと思う」

西居住区には、ジェミーの弟が住んでいるアパートメントがある。

ジェミーは喘息《ぜんそく》の気《け》がある弟をそこに住まわせていたはずだ。

階段は……『無色の闇』はジェミーが願った場所に跳躍《スキップ》させた。

些《いささ》か、この光景は趣味が悪いが。

人の気配がまったくない冒険都市がここにある。

「なんだか、怖い」

レインが周囲を見回しながら顔をしかめる。

「うん。こんなのフィニスじゃないよ。静かすぎるもん」

「嫌な光景ですね。はやく、ジェミーさんを助けて帰りましょう」

「ああ。帰ったらジェミーにお礼と説教をして……みんなで打ち上げと洒落込もう」

そうとも。ここは、俺達の帰るべきフィニスではない。

「ルート確保っす！」

戻ってきたネネが路地から俺達を呼ぶ。

「敵影なしっすけど、血痕の後を追う足跡があったっす。追われてるのかもしれないっす」

「急ごう……！」

小さく息を吐きだして心を落ち着けてから、無人のフィニスを駆ける。

見慣れた場所だからといって気を抜いてはいけない。

「見えてきた……！」

かつて俺が寝床にしていた『踊るアヒル亭』の活気はなかったが、出入り口に立っていた大きなアヒルの木像は健在だ。

「血痕と足跡は向こうっす」

点々と続く血痕を追って、西居住区の広場に足を踏み入れる。

「……！」

視界が開け、そこで、ようやく俺達はジェミーの姿を確認した。

全身血にまみれて、土気色の顔をしたジェミーが、井戸に力なくもたれかかっている。

そして、その傍らには下卑た笑みを浮かべて夕焼けの赤い光に身を晒《さら》す下手人。

そいつが、俺の方にくるりと顔を向ける。

顔のそこかしこは黒ずみ、片目は血のように赤く輝いている。とても人間とは思えないが、その顔に俺は見覚えがあった。

「やぁ、ユーク。そっちからきてくれるなんて、手間が省けたよ」

俺に向き直り、三日月のように口角を上げる鎧《よろい》姿の男。

「……サイモン……ッ！」

その名を呼ぶと、死んだはずの幼馴染が明確な殺気を撒《ま》き散《ち》らしながら嗤《わら》った。

「お前、どうして……ッ⁉」

「さあ？　どうでもいいじゃないか、そんな事」

未だ血の滴る黒い長剣をぶらぶらとさせながら、サイモンが俺に向き直る。

その背後には、今まさにサイモンに斬られたであろうジェミー。

サイモンめ、どう考えてもおかしいぞ。

風貌もおかしいが、どうにも違和感が強い。

そもそも、本当にサイモンなのか？

死んだはずだろ？　お前は。オルクスに頭を齧《かじ》られていたじゃないか。

「あの人、この世のものではありませんよ……！　狂った精霊が渦巻いていて、まるで『影の人《シャドウストーカー》』

みたいです」

「……！　くそ、そういうことか」

ここに来て、ピンときた。

サイモンがこんな姿で生きている理由に、だ。

ベシオ・サラスが『サンダーパイク』に提供した違法魔法道具《アーティファクト》の中に、ああなるであろう危険なモノがいくつかあった。いずれにせよ、アレがサイモンでありつつも、もはや人間でないことを裏付けることにしかならないが。

見慣れぬ黒い長剣を引き摺《ひず》りながら、サイモンがこちらに歩いてくる。

その一歩一歩に異常な殺気が濃く漲《みなぎ》っていて、俺達に何をしようとしているかなんて、考えるまでもないほどだ。

「さぁ、懺悔《ざんげ》の時間だよ……ユーク！　死んで詫《わ》びろ！」

徐々に歩調を早め、やがて駆け出すサイモン。

それを止めるべく、バスタードソードを抜いたマリナがその前に立つ。

「邪魔をするなぁッ！」

「くぅ！」

サイモンの斬撃を受け止めたマリナが鍔迫《つばぜ》り合《あ》いのまま一歩下がる。

ここのところで随分と力をつけた彼女に力押しで勝るなんて、本当にサイモンか？

とはいえ、マリナは今や『侍』の力も備えた戦闘者だ。ただ押し負けるという事もない。

「てぇ……いッ！」

体捌《さば》きで回転を加えた斬撃が、サイモンの腹を鎧ごと深く切り裂く。

臓物が漏れ出し……どう見ても致命傷だ。

「痛い……！　ああ、痛いッ！　ははははは‼」

どす黒い血を周囲に撒き散らしながら、サイモンが笑い悶《もだ》える。

そして、次の瞬間……傷など意に介さぬ様子でマリナに剣を振り下ろした。

「えっ⁉」

「マリナ！」

サイモンに〈衝電《ショック》〉の魔法を放って怯《ひる》ませる。

低レベルの弱体魔法だが、一瞬でも隙があればマリナは危機を脱せられるはずだ。

「大丈夫か、マリナ？」

「うん！　ごめん、油断した」

体勢を立て直して、剣を構えなおすマリナ。

そんな俺たちの目の前で、サイモンがゆらゆらと嗤う。

「あははは……愉快で滑稽だね、そんな雑魚《ざこ》どもを引き連れて」

「ユークさん、あの人……！」

身体《からだ》を真っ二つにする勢いだった傷が、粘着質な音をたてながら、見る間にふさがっていく。

「驚くほどの事かい？　……僕はね、もうこんな事では傷つかないのさ。不死身になったんだよ。でも……」

おどけるように嗤いながら、サイモンが俺達をぐるりと見る。

「いいなぁ、ユーク。ずるいなぁ、ユーク。どうしてお前だけが、そんな風にちやほやされてるんだい？」

「なんだと？」

「僕はこんなに大変なのにさ。お前は毎日その女どもと楽しくやってる。羨ましいなぁ。妬ましいなぁ。……だからさ、ユーク。全部奪い取って踏みにじりたいんだ。いいよね？」

いいわけないだろう。

だが、そんな問答すらする気もない俺は、細剣を構えてサイモンを睨む。

「……返事をしろよ、ユゥゥゥゥークッ！」

突然、激昂《げきこう》して絶叫したサイモンが声を荒らげて黒い剣を振り回す。

魔剣の力か、剣撃と共に放たれる衝撃波が周囲の地面を鋭利に抉《えぐ》った。

「ユーク、これじゃ、ジェミーさんに近づけない」

レインが不安げな顔で俺を見上げる。

目視できる距離とはいえ、ジェミーまでの距離は200フィート近くある。

回復魔法を使うにも、【退去の巻物《スクロールオブイグジット》】を使うにも、このままでは遠すぎて何もできやしない。

ならば、覚悟を決めねばなるまい。

「あれはもう、人間じゃない。〝討伐〟するぞ……！」

違法魔法道具《アーティファクト》の副作用と呪いによって、サイモンは別の何かになってしまった。

魔人か、屍人《しにん》か、あるいは魔法生物か。いずれにせよあれはもう人間ではなく、敵対的な魔物《モンスター》だ。

「アレを叩いて、ジェミーを救出する！　〝起動《チェック》〟」

【多重強化付与の巻物《マルチエンチャントスクロール》】を起動して、一気に仲間を強化する。

「レイン、こっちで足止めするからジェミーのところに走ってくれ。ネネ、それのカバーを頼む」

「了解っす」

「ん。わかった」

大丈夫だ。まだ、死んでいないはずだ。

だが、あの傷だ。放っておけば、いずれは生命が尽きてしまう。

「マリナ、正面を任せる。付与魔法で援護するからなるたけあいつを足止めしてくれ。シルクは遊撃と補助を」

「まっかせて！」

「承知しました。ユークさんは？」

「考えがある。少し時間を稼いでくれ……来るぞ！」

殺意と悦楽に憑《つ》かれたような嗤い声を上げながら剣を振り上げ、サイモンがまっすぐにこちらに向かってくる。

化物になっても相変わらずの脳筋野郎。巷《ちまた》では「バカは死ななきゃ治らない」なんて言うが、サイモンの場合は残念ながら死んでも治らなかったようだ。

「——いまだ！」

仕掛けておいた〈転倒《スネア》〉の魔法が発動し、サイモンがたたらを踏む。

そのタイミングを見計らって、マリナがバスタードソードを横薙《な》ぎに振るった。

胴が二つに分かれたサイモンの隣をレインが駆け抜ける。

よし、完璧なタイミングだ。

すぐさま再生したサイモンがレインに手を伸ばすが、それを読んでいたシルクが木の精霊《ドライアド》の力を借りて、石畳から伸びた蔦でサイモンを拘束した。

それを引きちぎって動こうとするサイモンを、マリナが再度剣を振るって切り裂く。

しかし、すぐに再生する。まるで粘性生物《スライム》や屍肉悪魔《コープス》のようにも見える再生だ。

「無駄だよ！　僕はな、高みに至ったんだ。この不死身の肉体があれば、誰にも負けない。誰も怖くない！　何もかもを手に入れて永遠に生き続けられる！」

「人を捨てた自慢か？　サイモン！」

「僕が怖いか？　ユーク。お前とお前の仲間たちを必ず殺す。僕を見殺しにしたお前を絶対に許さない」

俺の〈必殺剣《クリティカル・ウェポン》〉を付与されたマリナの斬撃に切り裂かれては再生しを繰り返しながら、殺意に満ちた赤いまなこでサイモンが俺に嗤う。

どうやら、不死身というのは本当らしい。

「僕は不死身で無敵なんだ。逃げたってどこまでも追いかけて、必ず殺す。殺す殺す殺す殺すころす……あはははははは!!　――……お前は最後にしよう、ユーク」

悦に入《い》ったように嗤っていたサイモンが急に真顔になる。

「そうしよう。ただ殺すだけじゃ不公平だ。お前の目の前で女どもを嬲《なぶ》って殺そう。そうじゃないと、バランスが取れないもんな？　僕だけが不幸だなんて、許されるわけがないもんな？　ユーク、お前は僕よりも不幸でないと……でないと、僕が幸せでいられない！　あはははははははははは！！！！！」
「サイモン、お前は……！」

嗤うサイモンに静かに怒りながら、俺は指を突き出す。

「何をしたって無駄だよ。僕は死なない」

「……らしいな」

そう告げて、俺は詠唱を始める。

「――La putra odoro de rozoj, hurlantaj nigraj hundoj, la maro glutanta la subirantan sunon, miksaĵo de nigra kaj blanka, hele kolora malpura akvo!（薔薇《ばら》の腐臭、遠吠《とおぼ》えする黒い犬、夕陽《ゆうひ》を飲み込む海、黒と白の混合物、鮮やかな色の汚水）」

詠唱と共に魔力を練り、魔法式を緻密に織っていく。

お前が永遠を望むならくれてやる。不死身の身体で好きなだけ味わうがいい……！

理論上、この魔法は死ぬまで解けないからな。


「――〈歪光彩の矢《プリズミック・ミサイル》〉」


虹色に滲《にじ》む光が、夕焼けを切り裂いてサイモンに刺さる。

静かに吸い込まれた虹色の暴虐は即座に不死身の男を苛《さいな》み始めた。

「あ……ッ　うぐぁ……ッ」

七孔《しちこう》から黒い血の混じった泡を吹きながら、サイモンがのたうち回る。

〈歪光彩の矢《プリズミック・ミサイル》〉の影響で腐り落ちた四肢が腐ったまま繋《つな》がり、焼け爛《ただ》れ溶ける身体は再生しては溶けてを繰り返す。

「あああぁッ……なんだ、なんだ、これ……ッ!?　ぐ、ぐるじい……ッ！」

絶叫しながら死と再生を繰り返すサイモンから視線を逸らす。

「マリナ、シルク。決着はついた……レインたちと合流しよう」

「……とどめはいいの？」

マリナの言葉に首を振る。

「本人曰《いわ》く、不死身らしい。それに、死ねる体ならもう死んでる」

そう吐き捨てて、続くサイモンの絶叫を耳から遠ざけようとする。

幼馴染としての愛想はすっかり尽かしていたが、殺意を向けたのは初めてのことだ。

ここで、サイモンを絶対に仕留めねばならない、と強く感じた。

……仲間を守るために。

「がぁ……ッ！　ユーク……ユゥ──ク！　僕に何をじだ！」

「行こう、二人とも」

がなるサイモンには応えず、黙ってマリナとシルクを促す。

こんな場所に長居するつもりはない。

「お別れだサイモン。その魔法は……〈歪光彩の矢《プリズミック・ミサイル》〉は死ぬまで解けない」

「な、なんだ……ってェ！　お……おい、嘘《うそ》だ、ろ？　ユーク!?　ぐぶ」

俺の創り出した複合型弱体魔法〈歪光彩の矢《プリズミック・ミサイル》〉は、複数の猛毒と疫病と綻びの魔法を混ぜ合わせ、それを呪いによって循環させることにより永遠に作用するようになっている。

俺が、そう作った。錬金術の知識で以てギリギリのバランスで魔法式を組み上げ、ザルナグで実戦投入し、その後何度も調整して……ついさっき、完成を見た。

今までのあれには俺の『負の感情』が足りなかったのだ。

あくまで複合型弱体魔法としてそれを定義し、いままで揮《ふる》ってきた。

だが、ペルセポネの祝福を受け……俺が奥底に秘めていた負の感情を魔法として、また呪いとしてコントロールする力を得た今、〈歪光彩の矢《プリズミック・ミサイル》〉は本来の性能となったのである。

「助けで！　助けで！　僕を、僕を──あぶッ、お、置いてかないでグ……れよ！」

のたうち、這いずるようにして俺に顔を向けるサイモン。

もう少し、何かあるかと思ったが、何もなかった。

良心の呵責《かしゃく》も、自責もない。

かわりに、すっきりともしなかったが。

「なあ、僕だぢ、友だぢ、だろ？　……がふっ、このままじゃ、僕は──……」

「知ったことか」

それだけ告げて、俺はジェミーの元へ向かう。

サイモンを、その場に残して。

◇

「どうだ、レイン？」

「ぎりぎり、間に合った。でも、傷が……深い」

土気色のジェミーがうっすらを目を開けて、俺に視線を向ける。

「あはは、ユーク、だ」

「あまりしゃべるな。応急処置したらすぐに迷宮を出るぞ」

「アタシ、さ。も、だめ」

「ダメなもんか。本物のフィニスに帰って、元気になったらまた冒険すればいい」

俺の言葉に、ジェミーが小さく涙を流す。

「そだよ！『クローバー』に入ればいいよ！　女の子ばっかりだから、気兼ねないよ！」

「マリナ、ユークさんがいるでしょう？」

「いいじゃん。ユークならジェミーさんも仲間《かぞく》って言うに決まってるもん」

それはいい案だ。

ここまで騒ぎになったらジェミーを入れてくれるパーティはないかもしれない。

だが『サンダーパイク』を離れたジェミーなら……俺達を命がけで助けてくれた彼女なら、きっといい仲間になってくれる。

「アタシが、また、ユークと？」

「俺は構わない。だから、もう少し頑張れ」

予備に買った魔法の鞄《マジックバッグ》から、治癒の魔法薬《ヒーリングポーション》を取り出して、傷口にかける。

青色の煙を上げながら傷がふさがっていくが……すぐにまた開く。

「……普通の傷じゃないな」

「サイモンの魔剣の効果、かな。一生消えない傷を、あんたにつけるって、言ってたもの」

「厄介な真似をしてくれる」

「だから、さ。アタシ、もう、助からないわけ……」

ジェミーが無理をした顔をする。

自分で自分を諦めようとしているな?

あの傍若無人でけたたましく笑っては騒ぐ女がなんて様だ。

「……〈魔法式破壊《ディスペル・マジック》〉」

自分の頬の痣《あざ》に軽く触れて、魔法を紡ぐ。

もはやこれが魔法なのか何なのかわかったもんじゃないが、魔法道具《アーティファクト》の効果で塞がらない傷だと言うなら、これで何とかなるだろう。

「……魔法、効く」

ずっと回復魔法をかけ続けていたレインの顔に、喜色がともる。

代わりに、俺の頬から首筋にかけて何やら気味の悪い感触があったが、人外の魔法だ。

多少の事には目をつぶろう。前みたいに倒れたりしなきゃ充分だ。

みるみる塞がっていく、ジェミーの傷。

だが、そのせいで消耗したのだろう。ジェミーは気を失ってしまった。

「傷は、塞いだ。あとは、大丈夫だと思う」

「さすがレインだ。よし、帰ろう」

「急いだ方がいいみたいっす」

ネネが少し緊張した様子で、耳をぴくぴくさせる。

赤い夕陽が徐々に陰りはじめて、薄暗くなったフィニスの街の影から何かが数体這い出してくる。

「……『影の人《シャドウストーカー》』か」

「私たちはまだ見つかってないっす。でも、あれ……」

ネネが指さす先ではサイモンが、いまだ絶叫を上げながらのたうち回っている。

『影の人《シャドウストーカー》』がそれに飛び掛かり、謎の力がサイモンを引き裂いた。

「いぎぃッ⁉」

……不死身なので、すぐに再生したようだが。

もう、どうしようもない。サイモンは永遠にこの偽りの冒険都市の廃墟《はいきょ》で、毒と呪いに苛《さいな》まれながら『影の人《シャドウストーカー》』に裂かれ続けるのだ。

俺が、そういう風にした。そして、今から、アレを置き去りにする。

俺の意志で。

「あばよ、サイモン」

「ユ、ユーク！　僕、は――……」

【退去の巻物《スクロールオブイグジット》】はサイモンの言葉を最後まで耳に届ける前に、俺達を大空洞まで退去させた。

◇

大空洞についてからの事は、実に迅速だったと思う。

生配信を見ていたベンウッドがすぐに俺達の元へ駆けつけ、大空洞に待機していた治療術師たちがジェミーを上級治療院へと移送……俺達は、冒険者ギルドで事情聴取を受けることとなった。

なにせ、ベンウッドたちが目をつぶってくれたとはいえ、封印が決まった迷宮にわりと強引に入ったのだ。

記録《ログ》と一緒に顛末《てんまつ》書を提出せねばならないのは致し方ないだろう。

そうでないと、ギルドマスターたるベンウッドの責任問題になってしまう。

とはいえ、これが形式的なものに留まるのは自明の理だった。

冒険者ギルド所属の治療術師を待機させ、公営の治療院にすでに話をつけていたのだ。

これを上が把握していないはずはない。

それもあって、俺達へのおとがめは比較的軽いものとなった。

口頭注意と冒険者信用度《スコア》の減点、それと一ヵ月の活動停止。

……最後のは、指定期間的にやや長いかもしれないが、『サンダーパイク』の生き残りたるジェミーに下されたものに比べれば随分と軽い。

そのジェミーだが、初期治療が功を奏して一週間ほどで退院となった。

その間に彼女は王国監査官の聞き取りや、ベンウッドとの面談、『サンダーパイク』としての後処理など諸々をこなした。

俺も元『サンダーパイク』としていくつか手伝いはしたが……なかなかひどい有様《ありさま》だったように

思う。

俺が抜けてたった数ヵ月で、Ａランクパーティ『サンダーパイク』はこれまでの何もかもを駄目にして、すっかり落ちぶれてしまっていた。

違法な組織との直接契約やＡランクを隠《かく》れ蓑《みの》にした違法物品の取引、他パーティへのたかり行為や達成物の横取り、それに伴う恫喝《どうかつ》の数々。

リーダーであるサイモンには、プロとしての意識と危機感が足りなかったのだ。

『サンダーパイク』にいた時、俺が「任された仕事だから」と対外交渉を全て受け持ってしまったせいもある。

サイモンは田舎者の……ある意味、純粋すぎる愚かさで、自身にもたらされた甘言を受け入れてしまった。

これまで、痛い目を見てこなかったのだ。そういった者の見極めもままなるまい。


「あー、終わったぁー」

俺の隣でジェミーが大きく伸びをする。

今日はジェミーと二人で、冒険者ギルドと公正証人組合へ行って、必要な書類の作成と提出をしてきた。

これで『サンダーパイク』関連のあれこれは全て片付いたことになる。

「多少くたびれたが……お疲れ、ジェミー」

「あんがと」

今日は町娘のような質素な格好をしたジェミーが苦笑する。

あの華美な冒険装束も損失の補塡のために売り払ってしまった。

化粧も控えめだし、ちょっとした知り合いなんかだと、きっとジェミーだと気付けないだろう。

「少し休んでいこうか」

俺の言葉に、ジェミーが小さく笑ってうなずく。

近くにあった屋台で、羊肉のパイ包みとホットジンジャーエールを買って、俺達は噴水の縁に腰かけた。

「そろそろ冬だな」

「んだね」

季節は秋、大通りを見やると季節の実りを並べる露店が立ち並び、まるでフィニスに冬の支度を促しているかのようだ。

「ねえ、ユーク」

「ん？」

横でパイ包みを食《は》むジェミーが、小さく囁《ささや》くように俺を呼ぶ。

あの、けたたましい甲高い笑い声を上げていた魔法使いと同一人物とは思えないような、小さな声。

「ごめん、なさい」

立ち上がったジェミーが、深々と頭を下げる。

……またか。

「ジェミー、もういいって言っただろ。過去の事は過去の事だし、救助の事は借りを返しただけだ。もう全部水に流そうって話したじゃないか」

肩を摑《つか》んで、そのままベンチに座らせる。

さて、これで何回目だ。もう十回は超えてるぞ。

「何回謝っても、足りないわよ……」

「俺はもう足りすぎて、余った分を質に入れようかと思ってるくらいだ」

ぐずるジェミーに軽口を叩いて、俺は頭をかく。

こんな様子の彼女はどうにも調子が狂ってしまう。

ジェミーという女魔法使いは、出会った頃からどこか派手で底抜けに明るく、いつも耳障りな笑い声を上げていたような気がするのだが。

……こっちが素なのだろうか？

「なあ、ジェミー。俺はもう気にしてない。そりゃ、『サンダーパイク』時代はいろいろあったけどさ、それはそれでいい経験になったと思っている。だから、そう気にするなよ」

「あー……ホントやだ。アンタのそういう優しさに、ずっと付け込んでた自分がやだ。あんなパーティにいたのも、それに交ざってアンタをバカにして笑ってたのも……ホント、嫌《や》になる」

ぐずりながら俯《うつむ》くジェミーの背中をそっと撫《な》でる。

「アンタの、そういう女誑《たら》しなとこもやだ……」

「そんなつもりじゃないぞッ？」

思わず背中から手を離して、ギクリとする。

そんな風に、思われていたなんて少しばかり心外だ。

「ちょろいアタシもホントやだ……」

「ん?」

「何でもないわよ」

苦笑したジェミーが、俺を見る。

「アタシは、変われるかな?」

「もう十分に変わってる。だって、こうして俺と普通に話してるじゃないか」

『サンダーパイク』にいた頃、俺とジェミーがこうして二人で話す機会などまずなかった。冒険中以外はせいぜい薬の受け渡しをする時に話すくらいで、基本的に時間をあまり共有しなかったし、ある時期からは嘲笑から逃れるために能動的に距離を取りすらしていた。

それが、俺の過ちだと今ならわかる。もっと、コミュニケーションを取るべきだった。

いま、こうしてジェミーと話しているように、俺という人間をわかってもらうためにもっと努力できたはずなのだ。

そうすれば、結果は違っていたかもしれないと思う。

「さて、そろそろ帰るか。テックが待ってるんだろ?」

「そだね。あー……」

立ち上がったジェミーが小さく体を揺らす。

五年たって初めて気付いた、仲間の癖。言い出しにくいことを言う時に、ジェミーはこうして体を揺らすのだ。

「今日、手伝ってくれてありがとう、ユーク」

意を決したらしい仲間《ジェミー》のお礼の言葉に、俺は笑って応える。

「どういたしまして」

エピローグ

ジェミーの救出劇から一ヵ月。

冬の訪れが本格的になり、木々がすっかり葉を落として空が高く感じられるようになった頃……俺達『クローバー』の謹慎期間があけた。

この日、さっそく俺は冒険者ギルドへと訪れていた。

『クローバー』のリーダーとして、依頼《しごと》を始める前に謹慎明けの挨拶くらいはしておいた方がいいだろうという考えである。

「活動再開ですね、ユークさん」

カウンターにいたママルさんが声をかけてくれる。

「ここでお会いするのはしばらくぶりですね」

「いい休暇になりましたよ」

「それは良かった。それで、お仕事ですか？」

挨拶の為《ため》だけに来たので、やや面食らう。

ママルさんがこういう言い方をする時は、半ば指名依頼のような『任せたい仕事』がある時だ。

なかなかの職権乱用とも思えるが、ママルさんがそうするべきと判断したなら、それはそれでお眼鏡に適《かな》っているということなので誇らしくもある。

「何かあるんですか？」

「これ、まだ未公開情報なんですけど……新しい迷宮《ダンジョン》が見つかったんです。『クローバー』の復帰記念配信にいかがですか？」

「新しいダンジョンが……⁉」

ここのところ十年以上見つかっていなかった新迷宮の初見配信となれば、確かに大きな話題を集めるかもしれないが……これ以上、話題を大きくしてもな。

俺達『クローバー』一行による一連の救出劇は、美談として少しばかり話題になった。

ある意味、これは狙ってやったことでもある。

おかげでジェミーは情状酌量の余地があるとされ、大騒動となった『サンダーパイク』の差別発言事件についてもジェミーについては不問とされた。

そもそも、あの事件の配信でジェミーは一切言葉を発していなかったのだから、当然ではあるし、シルクがジェミーに関して「『サンダーパイク』にいながらにして命を救ってくれた恩人」と発言したことにより、逆に他種族国家との話し合いはスムーズにいったようだ。

ただ、一部の記者が俺とジェミーの間柄を『恋人同士』と誤報したことには些《いささ》か辟易《へきえき》することとなったが。

「今回起きた各迷宮の異常は、この新ダンジョン出現による余波だったのではないかというのが、王立学術院の見解です。どのダンジョンも、今は落ち着いていますしね」

「迷宮同士が干渉し合った……ってことですか？」

「ええ。それでですね、『無色の闇』調査でも多大な功績を挙げた『クローバー』に調査を依頼してはどうか、という話になったのです」

それはそれでなかなか興味深い話だが、俺達にそんな大きな依頼、良《い》いのだろうか？　ランクこそ下がらなかったとはいえ、譴責を受けたパーティに依頼するには少し規模がデカいし、話が上手すぎる気がする。

「ギルドマスターの提案なんですけどね。やっぱり、一番信頼できるパーティがいいと」

「ベンウッドめ。サプライズのつもりか？」

俺の独り言に、ママルさんが微笑《ほほえ》む。

「仲間と相談してみるよ。こんな大きな依頼、一人じゃ返事しかねる」

「ええ、いいお返事をお待ちしています。……皆さんはお元気ですか？」

「みんな元気ですよ。ネネもね」

結局、ネネは正式加入《レギュラー》として『クローバー』に残ることとなった。

ネネの希望でもあったし、俺たちもそうしてほしいと願っていたので、いい形に収まったと思う。

「あの子をよろしくお願いしますね」

「寂しいですか？」

「あら？　ユークさん。あんまり私をいじめないでください。仕返ししたくなります」

俺のちょっとした軽口にぞっとするような殺気を混ぜた笑顔を返すママルさん。

余りに恐ろしかったので、俺は話題を転換するべく元パーティメンバーの現状を尋ねる。

「ジェミーはどうですか？　上手《うま》く、やれてます？」

「ええ、よく働いてくれてるわ。上手くやったものですね、ユークさんは」

少し困ったような顔でママルさんが笑う。

いま、ジェミーはギルドの仮職員《アルバイト》として働いている。

俺が、ベンウッドに頼み込んだのだ。いくつかの弱みにつけ込んで。

ジェミーに対し、『サンダーパイク』のメンバーとして下された処分は、それなりに重かった。

『冒険者信用度全損《スコア》による冒険者資格の取り消し、そして一年間の再登録禁止』

事実上の廃業通告である。

しかし、犯罪者刻印の打刻と国外追放を免れただけ、よかったともいえる。

ジェミーにはこの都市で暮らす年の離れた弟がいて、まだ援助が必要なくらいに幼い。

そのため、何とかしてジェミーの働き口を見つける必要があった。

一年後、ジェミーが再び冒険者として『クローバー』に所属するという選択肢を残しておくためにも。

「また弟君《テック》の薬を作ってくるって伝えておいてください」

「会っていかないんですか？　恋人さんに」

「ママルさんまでそんなことを……」

先ほどの意趣返しだろうか、悪戯《いたずら》っぽく笑うママルさんに手を振って、冒険者ギルドを出る。

外に出ると、吐く息は白くなっていた。

◇

「おかえり！　ユーク」

「ただいま」

拠点に帰ると、マリナがリビングで武具の手入れをしていた。

明日にでも冒険に出かけるぞ、という意気込みが伝わってくるあたりが微笑ましい。

「何かいい依頼あった？」

ちゃんと挨拶に行くだけだと伝えたはずなんだが、忘れているのか見透かされているのか判断が難しい。

「指名依頼みたいなのを相談されたよ。三人は？」

「シルクは部屋で、レインはお風呂。ネネは出かけたよ」

「夕食の時に話をするよ。受けるかどうかは全員で決めよう」

「わかった！　じゃあ、あたしもちょっと出かけてくるね。魔法の砥石《といし》が足りなくなっちゃった」

言うが早いか、マリナはそのままリビングを出ていってしまった。

相変わらず行動力の塊だ。

「ユーク、おかえり」

しばし、リビングで魔法の鞄《マジックバッグ》の中身を整理していると、薄着のレインが地下の浴室からリビングに現れた。

もう慣れてしまったが、たまには俺が男であるという事を思い出してほしい。

眼福にも限度ってもんがある。

「ただいま。……髪の毛、濡《ぬ》れたままだぞ」

濡れた髪の所々に水滴すらついた状態のレインが、椅子に腰かける。

「よきに、はからえ?」

「はいはい」

タオルで頭を丁寧にふき取ってやる。

幼く見えても同い年のはずなんだが……まぁ、たまにはいいか。

「いい依頼は、あった?」

「マリナと同じことを聞くんだな」

「マリナ、昨日から、落ち着きがなかったから」

確かに。謹慎期間はストレスがたまっていたようだしな……。

「ボクも、冒険に行きたい。今度こそ、『深淵の扉《アビスゲート》』に、行こう」

「そうだな。封印指定、解けるといいんだが……」

「それまでに、ボクらは、もっと実力をつけないと」

「そのためには、髪の水分をしっかり拭えるようにならないとな」

小さく笑ってレインがちらりと振り向く。

「いいの。これはボクが、ユークに、してほしいだけ、だから」

すましてそういうレインに苦笑しながら、濡れ髪をタオルで拭う。

ご機嫌そうに足をぶらぶらさせて、鼻歌まで披露してくれるレイン。

「ほら、乾いたぞ」

「ありがと、ユーク。それじゃ、ボクは、少し寝ます」

「ああ。風邪ひかないようにな」

「温めに、来てくれても、いいよ？」

悪戯っぽい顔で俺をドキリとさせて、レインが二階に消える。

大きく息を吐きだして、平常心を取り戻していると、今度はレインが消えた階段からシルクが下りてきた。

「ユークさん。お帰りなさい、外は寒かったでしょう？　何か温かいものを入れましょうか」

「ああ、ありがとう。頼むよ」

流れるようにキッチンに消えたシルクが、しばらくするといい香りの湯気立つカップを持って戻ってきた。

これは……ホットエールだな。

アルコールを飛ばしてあって、ほろ苦さの中に甘みと香りが広がる、シルクの冬の定番だ。

「いよいよ活動再開ですね。何かプランなどありますか？」

「シルクの案があれば聞かせてほしいところなんだけど、挨拶に行ったら依頼のご指名があった」

「いいですね。今の時期ですと、迷宮由来の依頼でしょうか？」

『無色の闇』の一連の流れを通して、シルクはサブリーダーとしての能力を大きく伸ばしたように思う。

いや、最初からリーダーとしての才能はあったのだろうけど、経験を積んだ彼女はサブリーダーとしてかなり優秀に成長してくれた。

おかげで俺は『サンダーパイク』の時のような失敗を犯さずに済みそうだ。

「夕食時に話そうかと思っていたんだけど、シルクには先に話しておこうか。最近、新しい迷宮が発見されたらしい。そこの初見調査を頼みたいと要請があった」

「それはいい経験になりそうです。配信的にもおいしいのではないでしょうか」

すでに、シルクの中ではスケジュールの管理や物品準備リストなどが想起されているに違いない。なんだかんだと『クローバー』の財布も握っているわけだし、もはや実質リーダーでいいのではないだろうか？

「ダメですよ、ユークさん」

「……！」

そして、勘も鋭い。

「お手伝いはしますけど、リーダーはユークさんなんですよ」

「いや、わかってはいるんだけど……」

「先生？」

久々の『先生』呼びにギクリとする。

「もう、ユークさんは本当にそうやって自分を過小評価するんですから。わたくし達のリーダーは、ユークさんをおいて他にいません。これからも、お願いしますよ」

そう苦笑するシルクに、頭を掻《か》いて苦笑を返す。

確かに中途半端で投げ出すのは良くないことだ。

「了解だ。それで……この件だが、まだ詳細を聞いていないんだ。ギルドもまだ公開前なので受ける前に聞くのはどうかと思って確認をしてこなかったんだが、どう思う？」

「十中八九受けることになると思いますよ」

「だよな。よし、じゃあ依頼を受ける体《てい》で軽く話を聞いてくるよ。通常の迷宮攻略《ダンジョンアタック》用の物資が在るかチェックしておいてくれるかな」

「わかりました」

シルクにうなずいて、残ったホットエールを喉に流し込んで席を立つ。

ふわりと温かくなった身体《からだ》を包むようにコートを着込み、扉に手をかけたところでシルクが俺の肩を軽く叩《たた》く。

「ギルドに行かれるのでしたら、ジェミーさんにも一声かけておいてください。今日は謹慎明けのちょっとしたパーティーをする予定ですから」

「ああ、承った」

「それと……」

シルクが少し声を潜める。

「レインだけじゃなくて、わたくしも時々甘やかしてくださいね」

「……！」

見られてたし聞かれてたか。

「ふふふ、冗談ですよ。いってらっしゃいませ」

「あ……ああ、いってくるよ」

からかわれたのか何なのか。

またしても動悸《どうき》を速くしながら、俺は逃げるように家を後にする。

俺という男は故郷にいた時からあまり女性と接点がなかったものだから、こういう接し方をされるとどうしたらいいかわからなくなってしまう。

周囲に急に女っけが増えたことで、まさに経験不足を痛感している最中だ。

一度や二度の経験では、この溝は埋まらない気がする。

「赤魔道士でも……こればっかりは器用にいかないもんだな」

そう独《ひと》り言《ご》ちて、俺は冒険者ギルドへの道を行く。

冬の支度をしっかり終えた大通りは、人の気配こそ少なくなっていたが、行きかう冒険者の数は変わらない。冬には冬の冒険が待っているのだ。

例えば、新ダンジョンの開放があれば、もっと賑《にぎ》わうことだろう。

そして、そのきっかけを作るのが俺達『クローバー』の復帰後最初の大仕事だと考えると、少し心が躍ってきた。

離脱から始まった『サンダーパイク』との因縁を清算したあとの最初の仕事だ。

リーダーとして浮かれないように、だが……心機一転して臨みたい。

冒険者ギルドの前に来て、軽く深呼吸する。

そして、俺はこの新たな出発にぴったりな、希望に満ちた言葉を口にした。

「よし、慎重に楽しもう」


～fin～

あとがき

皆様、はじめまして。右薙光介《うなぎこうすけ》と申します。

『Aランクパーティを離脱した俺は、元教え子たちと迷宮深部を目指す。』を手に取っていただきまして、誠にありがとうございます。

もしかすると、「はじめましてじゃないよ！」という読者さんもいるかもしれませんね。

そんな皆様は毎度ありがとうございます。


さて、本作はいかがでしたでしょうか？

本作は現代のある側面を切り取り、読み物としてファンタジーに落とし込んだ作品です。

自分勝手で傍若無人なサイモンをはじめ、『サンダーパイク』の面々にもリアルなモデルが存在します。中にはそんな彼らに既視感を覚えた人もいるのではないでしょうか。

本作は流行の『追放モノ』ではなく、自発的な『離脱』を軸に書き上げました。

これは、これまで評価されなかった『誰か』の独立と成長のサクセスストーリーでもあります。

もし、いま辛い思いをされている方は、今までと違った生き方や、あなたを必要とする仲間が必ずいるという事を思い出してください。

本作を読んだ誰か《あなた》に、そういったメッセージが伝わればいいと思います。

わたくし、右薙光介の作品には必ず「あなたのためのメッセージ」が込められています。

当作品を読んで、少しばかりでも勇気や元気を得ていただけたなら幸いです。

最後になりましたが、お世話になった皆様に謝辞を。

イラストレーターのすーぱーぞんび様。とても素敵なイラストを添えていただきまして、ありがとうございます。ラフや設定画が届くたびに大はしゃぎしておりました。

講談社様。出版の機会をいただきまして、誠にありがとうございます。お話をいただいたときは、「まさか」と飛び上がるほどに驚きました。

担当編集様。いつも素早いレスポンスと提案、アドバイスに相当助けていただきました。この場を借りてお礼を。本当にありがとうございます。

本作の編集・営業・販売に携わった皆様。ありがとうございます。皆様のおかげで、本書を読者の方々にお届けすることができました。

そして、なによりも……本書を手に取ってくださった皆様。数ある書籍の中から本書を選んで下さり、心から感謝いたします。

では、いずれまた。第二巻でお会いできることを願って。

2021年4月　右薙光介

Kラノベブックス

A《エー》ランクパーティを離脱《りだつ》した俺《おれ》は、元教《もとおし》え子《ご》たちと迷宮深部《めいきゅうしんぶ》を目指《めざ》す。

右薙光介《うなぎこうすけ》

2021年5月31日第1刷発行
2024年9月20日第2刷発行

発行者	森田浩章
発行所	株式会社 講談社 〒112-8001　東京都文京区音羽2-12-21
電　話	出版　(03)5395-3715 販売　(03)5395-3605 業務　(03)5395-3603
デザイン	百足屋ユウコ＋モンマ蚕（ムシカゴグラフィクス）
本文データ制作	講談社デジタル製作
印刷所	株式会社KPSプロダクツ
製本所	株式会社フォーネット社

KODANSHA

ISBN978-4-06-523716-8　N.D.C.913　366p　19cm
定価はカバーに表示してあります

ファンレター、作品のご感想をお待ちしています。

あて先　〒112-8001　東京都文京区音羽2-12-21
(株) 講談社　ライトノベル出版部 気付
「右薙光介先生」係
「すーぱーぞんび先生」係

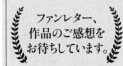

このパーティを抜《ぬ》けさせてもらう!!
ガタ
高ランクパーティを〝離脱〟した
君《きみ》が独《ひと》り立《だ》ち!?
ギャハハハハ
あのお荷物《にもつ》ユークが!? 笑《わら》わせんじゃねーよ!!
クスクス
君《きみ》じゃ他《ほか》のAランクパーティで入《い》れてくれるところなんてないだろ
今《いま》だって幼馴染《おさななじみ》のよしみで『サンダーパイク』に置《お》いてあげてるだけなのに
……
そんなに金《かね》が必要《ひつよう》なのは君《きみ》の力不足《ちからぶそく》のせいだろ
どうしよう…!! 完全《かんぜん》に甘《あま》く見《み》てた!!
あああぁ…!!
赤魔道士《あかまどうし》って世間《せけん》からの評価《ひょうか》そんなに低《ひく》いのか…!!!
凄腕冒険者が贈る——
冒険者やめて他《ほか》の職《しょく》探《さが》そうかとも思《おも》ってるんだ…
やってられるか!!!!

うちのパーティに入れば良《い》いじゃないですか！
ダメかな？
冒険ファンタジーここにスタート！
先生《せんせい》と一緒《いっしょ》に冒険《ぼうけん》できたら嬉《うれ》しいってずっと思《おも》ってた！
ぼ冒険者《ぼうけんしゃ》は皆自分勝手《じぶんかって》だけど先生《せんせい》は違《ちが》う
冒険者《このしごと》は危険《きけん》だからっ
先生《せんせい》は研修《けんしゅう》の時《とき》一生懸命《いっしょうけんめい》ボク達《たち》のこと考《かんが》えてくれてた…！
やでも
プシュ
Aランクパーティを離脱した俺は、元教え子たちと迷宮深部を目指す。

Kラノベブックス

転生貴族の万能開拓
~【拡大&縮小】スキルを使っていたら最強領地になりました~
錬金王
illustration 成瀬ちさと
Kラノベブックス